U0153440

理性與感性

理性與感性

珍・奧斯汀 著

楊淑智 譯

人物表

亨利．達希伍德——與前妻育有一子約翰．達希伍德。死後將財產都繼承給兒子，沒有為妻子與女兒們留下什麼東西。

達希伍德太太——亨利．達希伍德先生的第二任妻子。也是艾琳諾、瑪麗安以及瑪格麗特的母親。為人善良，凡事為女兒們著想。

艾琳諾．達希伍德——十九歲，達希伍德家的大女兒。艾琳諾雖然內心情感豐沛，但是外表卻是理性沉著，與妹妹瑪麗安形成強烈對比。

瑪麗安．達希伍德——十七歲，達希伍德家的二女兒。瑪麗安崇尚自然流露的感性，而浪漫的天性讓她愛上放蕩不羈的約翰．魏樂比。

瑪格麗特．達希伍德——十三歲，達希伍德家的小女兒。瑪格麗特與瑪麗安一樣，天性傾向浪漫感性。

約翰．達希伍德——諾蘭園的合法繼承人，但意志非常薄弱。在妻子的影響下，並未遵守對父親的承諾，妥善照顧達希伍德太太與三名妹妹。

芬妮・達希伍德——約翰的妻子，為人自私、勢利，對先生頤指氣使。她也是愛德華以及羅伯特的姊姊。

費拉斯太太——芬妮、愛德華，以及羅伯特的母親，富有卻有著強烈的控制慾。當愛德華拒絕娶富家女為妻時，她斷然停止愛德華的財產繼承權。

愛德華・費拉斯——芬妮・達希伍德的弟弟。留宿諾蘭園的期間與艾琳諾建立了深厚的感情，但是他與露西・史荻小姐卻締有四年的秘密婚約。

羅伯特・費拉斯——愛德華的小弟，是名自負的花花公子，他繼承了母親所有的財產。諷刺的是，最後他娶了導致愛德華失去財產繼承權的露西・史荻。

布蘭登上校——一名退役軍官，約翰・密賨頓的好友。為人體貼、仁慈，深愛著瑪麗安，默默地為她奉獻心力。

約翰・密賨頓——達希伍德家的遠房親戚，天性快活但粗魯。在約翰・達希伍德繼承諾蘭園之後，邀請達希伍德家母女四人到巴頓莊園居住，避免了無家可歸的窘境。

密賨頓太太——約翰・密賨頓的太太，沉默寡言、態度冷漠，與被她寵壞的小孩們住在巴頓園。

珍寧絲太太——密賓頓太太的母親，愛八卦。她邀請達希伍德姊妹至倫敦作客，並計畫儘快幫她們嫁出去。

露西・史荻——珍寧絲太太的姪女，為人狡詐、自私並缺乏安全感。當愛德華的財產繼承權被解除後，她選擇嫁給他的小弟羅伯特。

安娜・史荻——露西・史荻未嫁的大姊，是一名平庸愚昧無知的女性。

夏綠蒂・帕莫——珍寧絲太太的小女兒，話多且個性開朗。在巴頓園時，她試圖邀請達希伍德姊妹們到位於克里夫蘭的家中作客。

湯瑪斯・帕莫——夏綠蒂・帕莫太太自視甚高的先生。

蘇菲亞・葛雷——富有的女繼承人，魏樂比在拋棄瑪麗安之後娶她為妻。

約翰・魏樂比——一個迷人但虛情假意的年輕人，玩弄瑪麗安的情感，最後卻娶富家女蘇菲亞・葛雷為妻。

第1章

達希伍德家族世居蘇塞克斯，擁有祖先留下的一大片田地。他們的宅第就座落在這片祖產中心地帶的諾蘭園。這個家族世世代代以敦厚傳家，備受遠親近鄰敬重。這片祖產的主人是個單身的老紳士。他的年事已高，多年來一直與兼任管家的妹妹相依爲命。

但是自從老紳士的妹妹早他十年過世之後，達希伍德家就發生了很大的變化。爲了彌補失去妹妹的缺憾，他邀請姪子，也就是這片祖產的合法繼承人亨利．達希伍德一家來和他同住，他也有意要把這宅第留給亨利。在姪兒全家的陪伴下，老紳士享盡天倫之樂。亨利夫婦發自內心的關懷與照顧，使他與家人的感情越來越深；孩子們的歡笑與天眞也爲他的生活平添不少樂趣！

亨利與前妻育有一子，而與現在的太太則生了三個女兒。兒子約翰是一個穩重、文雅的青年，在他成年時，母親留下了一筆遺產，其中的一半歸到他的名下，使他可以過著非常富足優渥的生活。隨後他結婚時，又從妻子芬妮那邊，獲添了更多的財產。因此，對他而言，繼不繼承達希伍德家的遺產，並不是那麼重要；可是同父異母的妹妹們如果不靠父親繼承那筆遺產，則所獲得的財產將少之又少。

因爲她們的母親沒有什麼資產，而她們父親手中可掌管的財產只有七千英鎊，且當他去世之後，所有的財產都將歸兒子約翰繼承。亨利前妻的另一半財產全都限定給她自己的兒子，亨利所擁有的權利，只在有生之年可以領用這筆財產的利息。

老紳士過世後，他的遺囑被宣讀出來。這份遺囑令人失望多過欣喜。就他將遺產留給姪孫子的做法而言，既沒有不公平，也並非不感恩，但是他所設立的條件不啻是讓這份遺產的價値減損一半。亨利．達希伍德渴望獲得這份遺產，不是爲了自己或兒子，而是爲了妻子和女兒。對他兒子約翰和四歲的孫子而言，這樣的安排是很有保障的，但他卻沒有權利動用或變賣任何資產，給最需要他贍養的妻女。

偶爾會和父母一起到諾蘭園玩的小孫子，深得老紳士的疼愛。通常兩三歲的小孩子都有這樣吸引人的魅力：口齒不清的牙牙學語、許多調皮搗蛋的花招……在在博得老紳士的寵愛，遠超過對亨利幾個女兒的喜愛。可以說全部的遺產都是爲亨利的孫子所設想的。雖然如此，爲了表達他對亨利三個女兒的感情，他各留了一千英鎊給每個女孩。

起初，亨利．達希伍德非常失望，但是他生性樂天開朗，於是他期待自己省吃儉用，再多活幾年。他心想，只要好好經營這一片祖產，應該可以累積一筆財富給妻女。但是累積的錢財卻不如他預期，在老紳士過世後不久，他自己也撒手人寰。包含新繼承的遺產在內，總共只有一萬英鎊。

當亨利病危時，女兒們就立刻去請他的兒子約翰過來，亨利用剩餘的最後一口氣，交代兒子好好照顧繼母和三個妹妹。

約翰．達希伍德與家中其餘成員的感情不深，但是值此時刻，身爲獨子兼長子的他責無旁貸，允諾會盡全力讓家人過得舒適。他的承諾讓父親深感安心，約翰於是開始考量他應該怎麼爲繼母和妹妹們盡一份心力。

約翰不是一個不懷善意的年輕人，除非不懷善意指的是相當冷漠、自私，但是大體而言，他頗受敬重，平常交代他做的事，他都能按部就班地完成。要是他娶的太太更溫柔謙和的話，他所獲得的敬重可能更甚於現在，甚至連他自己也會變得更謙和。無奈的是，他非常早婚，而且非常疼他的老婆，而他的太太卻是心胸狹窄、自私自利的人。

當他允諾父親，會好好照顧繼母和妹妹的時候，他暗下思忖如何才能使三個妹妹各自擁有的一千英鎊轉變成更多的財富。接著，他想到的是：如何讓自己也變得更有錢。一年四千英鎊，再加上他現有的收入，此外還有他母親留給他的半數財產，讓他感到安穩，更讓自己覺得有能力慷慨而爲。

「是的，我可以給她們三千英鎊：那可是一筆慷慨、豐厚的金錢！這該夠她們感到極其舒適了。三千英鎊啊！我可以毫不費事地就省下這筆錢。」他終日忖度這個問題，絲毫不覺得懊悔。

然而等他父親的喪禮一過，他的太太在沒有事先通知婆婆和小姑的情況下，就立刻帶著孩子和僕人住進諾蘭園。她確實有權利搬進來，沒有人能對這一點有爭議，自從她公公過世之後，這房子就是她丈夫的。只不過，她如此不得體的舉止，令達希伍德家母女十分不悅；尤其是達希伍德太太還在服喪期間，表面上她淡然處之，但是心裡對於沒受到尊重這件事非常在意。哪怕她再寬容大度，對無論是什麼人做出或遭遇類似的冒犯之舉，都會令她深惡痛絕。約翰的妻子素來不受達希伍德家歡迎。但是，達希伍德一家一直沒有機會瞧瞧她的眞面目，直到現在她們才一目了然。必要時，她可以任意而爲，完全不理會其他人的感受。

達希伍德太太非常強烈地感受到這個媳婦極不客氣的舉止，這點令她非常憎惡。因此當約翰的太太一搬進這個家，她便巴不得馬上搬出去。但是她的大女兒央求她先仔細考慮搬出去的優缺點，而她也因爲疼愛這三個女兒，於是決定繼續留下來，如此一來也可以避免讓這三個女孩與哥哥之間有隔閡。

大女兒艾琳諾的忠告果然奏效，她的思想敏銳且頭腦冷靜，一如她的個性。雖然她只有十九歲，卻足以充當母親的顧問。至於達希伍德太太，雖說是為全家的好處著想，但是卻往往太過輕舉妄動。艾琳諾溫柔善良、氣質高雅、和藹可親，而且非常重感情，但是她知道如何掌管自己的情緒，這是她母親尚未學會，也是她的妹妹們未曾被教導過的功課。

二女兒瑪麗安有許多才情近似艾琳諾。她非常聰穎敏慧，但做事有頭無尾，喜怒哀樂情緒強烈。她的慷慨大方、風趣，很得人喜愛，她什麼都好，就是有些魯莽，和她母親簡直一個模子。

艾琳諾眼見妹妹有過於感情用事的傾向而感到憂心，但是達希伍德太太卻非常看重、珍視瑪麗安這樣的個性。如今面對如此難堪的處境，她們母女倆互相吐露哀苦，長吁短歎，沉陷在哀傷的情緒中久久不能自拔。艾琳諾雖然深受影響，但是她一直在控制自己。她覺得有事可以和哥哥好好磋商，也願意用適當的態度接待嫂嫂。她同時努力讓母親也用同樣的態度對待這個媳婦，並且提醒母親要儘量忍耐。

達希伍德家的另一個女兒瑪格麗特則是個性情溫和的女孩，但是她還沒有什麼判斷力，畢竟她才只有十三歲，不像兩個姊姊已逐漸步入人生的另一個新階段。

第2章

約翰·達希伍德太太立刻封自己為諾蘭園夫人，她的婆婆和小姑們反而成為訪客的身份。儘管如此，她對她們仍是待之以禮，而她的丈夫約翰也儘可能以對待自己妻兒的恩慈來對待她們，同時也極其懇切地請她們把諾蘭園當做自己的家。達希伍德太太心想既然她們還沒有找到適合的居處，也就沒有任何理由離開這裡，只好接受約翰的好意留下來。

留在這個到處都會讓她想起過去種種甜蜜往事的地方，正合達希伍德太太的心意。尤其是在充滿歡愉的節日，她再高興不過了。這也令她深深覺得，對幸福帶著樂觀的期盼，本身就是一種幸福。但是在哀傷的日子中，她也一樣有著強烈的感受，因而痛苦到無法自已的地步。

約翰·達希伍德太太一點也不同意約翰打算照顧妹妹的計畫。她認為要從她兒子的財富中取出三千英鎊給這些小姑，將會使她兒子一窮二白。她要求丈夫再重新考慮考慮。她質問他怎能盜取自己的兒子，何況是獨生子的錢，而且又是那麼大筆的錢？再說，這三位達希伍德小姐只不過有一半的血統和她丈夫相同，在她看來，這等於是毫無血緣關係，憑什麼要這麼慷慨地給她們這麼多錢？同父異母的兄妹之間，是一點感情也沒有的，爲什麼他必須毀了自己和他們可憐的兒子小哈利的權益，花那麼多錢供養只有一半血緣關係的妹妹們？

約翰回答說：「那是我父親臨終時的請託，他交代我要好好照顧遺孀和女兒們。」

「我敢說他不知道自己在說什麼，那時他十之八九一定腦筋不清楚了。他要是頭腦清楚，就不會交代這樣的事情，逼你放棄你獨生子一半的財產。」

「親愛的芬妮，他並未指定任何特別的數目，他只是要求我資助她們，並讓她們日子過得舒適一些。可能他把全部的責任都推到我頭上，他似乎認爲，我不應該忽視她們。但是當他如此要求我時，我毫無拒絕的餘地，至少當時我是這麼想的。這個承諾既然已經說出口，就要做到。她們不久就會搬離諾蘭園，我們一定得爲她們做點事。」

「嗯，那就爲她們做點事吧！但那不表示得給她們三千英鎊。」芬妮繼續說，「你想想，錢一給出去，就永遠回不來。你那些妹妹將會結婚，那些錢也就一去不復返。事實上，如果這些錢能替我們可憐的兒子存起來的話……。」

「唉，當然，」她丈夫嚴肅地說，「也許哈利以後會抱怨我們把這麼一大筆錢分出去。如果將來他有一堆家人，這筆錢對他而言將不無小補。」

「誰說不是呢！」

「這樣一來，也許將給付款減一半，對大家都好。五百英鎊已經足以增加她們一大筆財富了。」

「哦，再也沒有比這更好的事了！世界上有哪個兄長對待妹妹，甚至是親生妹妹，會有你一半好。而你——和她們只有一半的血緣！但是你卻那麼慷慨！」

「我不希望做得太小家子氣，」他回答，「遇到這種情況，寧可多給，也不要少給。至少不要讓人家認為我們虧待她們，而這一切甚至超過她們自己的期待。」

「她們會有什麼樣的期待，不得而知，」芬妮說，「但是我們才不管她們有什麼期待，問題在於你的能力有多少。」

「我想我有能力給她們每個人五百英鎊。就算我沒有給她們這些錢，等到她們的母親過世後，每個人都會得到三千英鎊左右的財產。這筆數目對任何年輕女子而言，都算是非常安穩的財富了。」

「事實上，我認為她們根本不需要任何額外的錢了。因為她們將會有一萬英鎊的錢財可以分。如果她們結婚，婚後將會過得非常富裕。若不然，她們也可以靠那一萬英鎊，過著非常舒適的生活。」

「那的確是，但就整體而言，當她們的母親還健在時，我是不是應該為她們的母親做些事，而不是為她們，我是指給她養老金。這麼做，一定會贏得妹妹和母親的好感。一年一百英鎊將使她們過得極其安適。」

他太太對他這番計畫，猶豫了一下。

「當然這麼做總比一次給她們一千五百英鎊要好得多。」她說，「但是假如達希伍德太太多活個十五年，我們可就虧大了。」

「十五年？我親愛的芬妮，她恐怕只能再活個七、八年吧！」

「她當然不會再活十五年，但是假如你仔細觀察，有養老金可以拿的人通常活得比較久。她身體那麼健康，還不到四十歲。如果你必須每年都給，到時會沒完沒了。給養老金是一件很嚴肅的事情，我可是非常清楚養老金這等事的麻煩。因為我媽就是依照我爸的遺囑，支付養老金給三個因老弱而退休的佣人，但是她非常不認同這種做法。我媽必須每年支付兩次養老金給這三個佣人，而且如何將養老金送到他們手中，都是個問題。起先我們聽說其中一個佣人早就過世了，最後又得知他其實根本還沒有死。我媽對這件事情厭煩極了。她說，那是她自己的錢卻不歸自己用，而且沒完沒了的。這件事使我對養老金的問題感到憎惡，我絕不會為世界上任何人，把自己綁在這種問題上面，以致於必須不斷支付別人養老金。」

「每年都要削減自己的收入，那的確是一件令人不愉快的事情。」約翰回答，「誠如你母親所說的，這就好比一個人不能運用自己的財富。要受這種約束捆綁，在每個固定的日子支付固定的款項，絕對不是愉快的事，這是剝奪了人的自主性。」

「而且毫無疑問地，即使你做這些事情，對方也不會感恩。她們覺得你所做的可能還未超過她們所求所想的。她們認爲到期領款是理所當然的事，在你不會多給錢的情況下，她們是不會感謝你的。如果我是你的話，我不會讓自己綁手綁腳，非得每年都給她們固定的金錢。看看這幾年的光景，一般人想要從花費中存一百英鎊，甚至是五十英鎊，都是極其不容易的。」

「我相信你說得對，親愛的。依目前的情況來看，應該不必給她們年金，我偶爾給她們零用金可能比每年給她們年金更有用。假如她們理所當然地以爲一定會得到豐厚的年金，她們的胃口就會被養大。到了年底，不是多給她們六辨士小錢，就能令她們感到滿足的了。因此改成不時給她們五十英鎊作爲零用金是最好的辦法，一來能避免讓她們感到捉襟見肘，二來也不負我父親的託付。」

「那鐵定能給你父親一個交代。坦白說，我深信你父親不是要你給她們金錢上的資助。我敢說，他所想要你提供的援助，應該僅止於在你能力所及的範圍內伸出援手，諸如爲她們找一幢舒適的小屋子、協助她們搬東西、送她們禮物——像是當季的魚和獵物的肉等等。事實上，如果他的託付還意味著其他要求，那也太奇怪、太不合理了。我親愛的達希伍德先生，你想想，你繼母和妹妹們光是靠那七千英鎊的利息，就可以過著舒適的生活！而且每個女孩還各得到一千英鎊，每年就有五十英鎊的利息收入，足以支付她們吃住的費用。總共加起來，每年有五百英鎊的收入，她們已經有這麼多的錢，四個女人還能再多要求什麼呢？她們也沒有什麼大的開銷，既沒有馬車和馬，也幾乎沒有任何僕人與對外的交際，可說是毫無花錢的需求！光憑想像就可以知道她們的日子會過得多舒服享受！一年五百英鎊呢！她們光是要花掉一半的錢都很難了，而你還想再給她們更多的錢，那實在是很荒謬的事，要她們給你錢還差不多。」

「依我看來，」達希伍德先生說，「我相信你的話完全正確，而且我終於明白，我父親臨終前的託付誠如你所言。我將按照你的建議，給予她們生活上的協助，比如當她們搬家時，我將盡我所能協助她們適應新環境，或是送她們一些小傢俱作爲禮物。」

「當然，」約翰的太太回答，「但是，有一件事你必須考慮到。就是當年你父親和母親搬到諾蘭園時，雖然之前舊家的傢俱已經賣掉了，但是所有的瓷器、盤子和一些亞麻桌巾等都還保存著，現在這些東西都留給你的繼母。她帶著這些東西搬進新居之後，必定可以當成最好的裝飾品，讓新家更完整。」

「毫無疑問，那些東西已經是非常有價値的遺產了！要是能留給我們一些盤子，也是不錯的呢！」

「是啊！你看那一套早餐用的瓷器餐具，比我們所用的任何餐具都漂亮多了。那套餐具無論放在哪裡，都會使那地方蓬蓽生輝！其實她們不需要用到那些東西的，可是你父親只會想到她們母女。我不得不說，你並沒有欠你父親什麼，也沒有義務履行他的遺願，因爲我們都很清楚，如果他有能力的話，他自己早就會替她們留一些遺產了。」

這是無可辯駁的結論。無論約翰過去做了什麼決定，他太太的這番話都使他改變心意。最後他決定：只要對他父親的遺孀和女兒們像對待鄰居一樣仁慈就夠了。他實在沒有必要付出更多。

第3章

達希伍德太太繼續在諾蘭園住了好幾個月。不是她不願搬走，有一陣子，當她看到每個熟悉的景物，內心都會翻騰不已。但漸漸地，她的精神開始振作，就把心力放在找房子這事情上，不再沉溺於回憶裡。但她不想搬得太遠，希望可以在諾蘭園附近找到合適的房子。她找過幾處覺得舒適，便利性又好的房子，但是她的大女兒卻不中意。這個聰明賢慧的女兒總覺得那些房子的租金太貴，所以還在尋覓之中。

亨利．達希伍德生前曾告訴太太，他的兒子將供養她，也就是他臨終時交代兒子的事情。她和丈夫一樣，對這項承諾深信不疑。她相信，就算是少於七千英鎊的供養金，也能夠讓她過得豐衣足食。約翰爲妹妹們著想的心意，讓達希伍德太太感到欣慰，而且她對自己曾經抱怨約翰吝嗇感到自責。約翰對她和幾個妹妹的體貼關懷，使她相信他會關心她們的福祉。有好長一段時間，達希伍德太太一直相信他對她們一家是慷慨以對的。

達希伍德太太早在見到她媳婦的第一眼，就瞧不起這個媳婦。如今住在這裡靠她供養，再經過半年的相處，進一步了解她的爲人之後，就更加地鄙視她。儘管雙方表面上都還算客氣，也還帶著一點親情。但要不是女兒在諾蘭園遇到一些特殊情況，她和她媳婦就會發現要長久住在一起是不可能的。

原來艾琳諾和她媳婦的弟弟愛德華．費拉斯感情漸有進展。愛德華是一個溫和、有教養的年輕人，他姊姊定居諾蘭園之後，他就成了諾蘭園的常客，因此和達希伍德一家人非常熟稔。

有些母親會爲了利益，鼓勵女兒和這樣的男人交往，因爲愛德華是一位已故富翁的長子。但有些母親——只要她夠精明的話，可能會阻止女兒和這樣的男人交往，因爲他所得的遺產只有微不足道的一點點，而且他全部的財產要怎麼用，還得看他母親的意思。但是達希伍德太太絲毫不受這類觀點的影響。對她而言，只要這個年輕人性情溫和，愛她的女兒，而她女兒也愛他，這就夠了。如果爲了財產的多寡而拆散一對戀人，是非常可惜的。做母親的知道許多認識艾琳諾的人，都不了解艾琳諾的優點。而以她對大女兒的了解，她相信艾琳諾有許多特別的優點，值得被欣賞。

達希伍德一家並不覺得愛德華是一位英俊瀟灑、才華洋溢的人。他的外表雖然不吸引人，但和他熟識之後，就會感覺到他是位討人喜歡的人。他外在的靦腆常常遮掩了眞正的內涵，一旦當他克服天生的害羞感之後，他的舉止風度就會變得大方、坦率、機智並且善解人意。他的教育程度也使他這項優點相得益彰，但是他的才能或性情一直無法達到他母親和姊姊的期望。她們期待他更傑出——然而她們卻一點也不知道，所謂傑出是什麼意思。她們希望他能在某一個行業揚名立萬。他母親則期盼他投身政壇，以便進入國會，和當今那些有名望的貴人結交；他姊姊約翰·達希伍德太太也帶著同樣的期盼，期望弟弟功成名就，但在這些高度期望尙未達成之前，若能讓她看到弟弟駕起四輪馬車也就可以心滿意足了。然而，愛德華一點也不想成爲成就非凡的人，更不渴望擁有四輪馬車，他只期盼擁有一個溫馨的家庭和安靜的生活。幸好，他有一個弟弟比他更大有可爲。

愛德華在諾蘭園住了好幾個星期之後才引起達希伍德太太的注意。那時，達希伍德太太正在煩惱憂傷之中，所以沒有注意到周圍的人、事、物。她只覺得愛德華是個相當安靜、謙遜的人，而且他從未以不得體的言語，打擾她紛亂的心思。她第一次想進一步觀察、了解這個年輕人，是因爲有一天聽見大女兒艾琳諾對她說愛德華和他姊姊不一樣。這種對比，增強她想進一步了解愛德華的心意。

「夠了，」達希伍德太太說，「只要他不像芬妮，那就夠了。他溫和友善，我想我已經喜歡上他了。」

艾琳諾說：「我想，當你更認識他之後，你將會更喜歡他。」

「喜歡？」她母親帶著微笑回答，「我對他的感情只比愛低一點，但絕對超過喜歡。」

「你可能還會敬重他。」

「我從來不知道如何分辨敬重和愛之間的不同。」

達希伍德太太費盡心思地想了解這個年輕人。她以慈祥和藹的態度，消除他彆扭的舉止，在很短的時間內，他就顯露了所有的優點。也許是他對艾琳諾的愛意，促使做母親的巴不得看穿他整個人。當她知道他心地善良溫和、性格恬靜，個性柔情似水之後，過去她對於年輕人應該具備何種本領的看法也大大地改觀了。

達希伍德太太一旦察覺愛德華愛慕艾琳諾之後，立刻想到他們的婚事。她渴望他們趕快結婚。

「再過幾個月，哦，瑪麗安，」達希伍德太太說，「艾琳諾隨時都有可能邁入另一個人生階段。我們將會想念她，但是她會很幸福的。」

「哦，媽媽！沒有她，我們可要怎麼辦？」

「親愛的，那將不會是離別。我們可以和他們住得很近，每天都可以見到面的。你們會多一個哥哥——一個眞正有情有義的哥哥。我絕對肯定愛德華的心地。但是你看起來不太高興的樣子，瑪麗安，難道你不贊成你姊姊的選擇？」

「也許吧，」瑪麗安說，「可能是我太驚訝了！愛德華非常和藹可親，我也很喜歡他。但是，他沒有出衆的外表——一個深深愛上我姊姊的男人，卻一點也沒有令人值得期待的條件。他的眼睛缺乏那種足以顯露才華和聰明的光芒。姑且不談這些，媽媽，我害怕的是他沒有什麼眞正的品味。音樂看來一點也不吸引他，雖然他非常欣賞艾琳諾會畫畫，可是他並非眞正了解藝術的價値。很明顯地可以看出來，雖然每次姊姊作畫時，他都會專注於她，但事實上他一點也不懂繪畫。他只是出自於情人的心情，而不是用鑑賞家的角度去欣賞繪畫。以我的觀點來看，這些品格和品味必須兩者兼具。如果一位男士不能與我有相同的品味，我一定不會幸福快樂。他必須進入我所有的感情世界，我們必須唸同樣的書、被同樣的音樂吸引。哦，媽媽！昨晚愛德華朗誦詩句的時候，樣子多麼鬱悶、多麼平淡無味啊！我眞替姊姊感到憂心。然而，姊姊卻是那麼鎭靜地忍受著，看起來似乎一副無所謂的樣子，但我簡直快坐不住了。那些華麗優雅、美得令人心蕩神馳的詩句，卻被他唸得如此冷漠，眞是令人感到索然無味！」

「我當時覺得，他可能比較適合唸一些簡單的散文，但是你卻給他考柏的詩（譯註：英國詩人考柏（William Cowper）的詩多半是讚美鄉村生活和自然風光，詩風樸素平易）。」

「那可不，媽咪，雖然我們必須允許別人有不同的品味，但要是他一點也不被考柏的詩感動的話，那還有什麼可讀的！艾琳諾沒有我這樣的感受，所以她可以不在乎，還覺得能夠和他幸福過活。但如果是我愛上他的話，我一聽到他毫無感情地朗誦那些詩文，我肯定會心碎。媽咪，我越了解這世界，就越相信我這輩子絕不可能找到一個眞正値得我愛的男人。我的要求太高了！他必須擁有愛德華所有的優點，同時必須才華出衆、魅力十足。」

「親愛的，別忘了，你才只有十七歲。不要太早放棄對幸福婚姻的希望。你怎麼知道你不會比媽媽更幸福？我的瑪麗安，願你的命運和姊姊的不一樣！」

第4章

「多麼可惜啊，艾琳諾。」瑪麗安說，「愛德華沒有欣賞繪畫的品味。」

「沒有欣賞繪畫的品味？」艾琳諾回答，「你爲什麼這麼認爲？他的確不曾親自作過畫，但是他非常喜歡看別人畫畫。我敢向你保證，他絕非沒有天分，只是他一直沒有表現的機會。我認爲，要是他有學習畫畫的機會，他一定會畫得非常好。他只是對自己在藝術方面的鑑賞能力不太有自信罷了，但是他有一種與生俱來的品味特質，使他在鑑賞藝術時，完全恰到好處。」

瑪麗安怕引起衝突，於是不再談論這個話題。艾琳諾對愛德華的溢美之詞，形容愛德華非常喜愛看別人作畫，但事實上他並沒有喜歡到欣喜若狂的地步。就瑪麗安來看，唯有喜歡到欣喜若狂的地步，才算是有品味。現在她只能在心裡暗笑艾琳諾的這個錯誤，但她尊重姊姊因爲對愛德華盲目的愛戀而有這樣的觀感。

艾琳諾繼續說：「瑪麗安，我希望你不要以爲他沒有什麼藝術欣賞的品味。我相信你不會有這種想法吧？如果你有這樣的想法，應該不會對他那麼有禮貌吧！」

瑪麗安幾乎不知道該怎麼回答。無論什麼理由，她都不想傷害姊姊的感情，但又不願言不由衷。她只好說：「如果我對他的讚美和你對他的讚美不一樣，請你不要生氣。我並不像你有那麼多機會可以親近他，更精確地了解他的心思、意念、性格和品味。但是我非常欣賞他的善良和感性。我覺得他凡事令人敬佩，爲人和藹可親。」

「我敢保證，」艾琳諾帶著微笑回答，「你這般誇獎，即使是他最要好的朋友也不會不滿意。你這麼說，眞是再溫馨親切不過了。」

瑪麗安很高興這麼輕易就討好姊姊。

艾琳諾繼續說：「就他的感性和善良而言，我想沒有人會懷疑，尤其是那些經常與他眞心相交的人。他有絕佳的理解能力和高尙的道德，只是因爲害羞而隱藏在內心，這讓他保持沉默寡言。可是你一旦認識他夠深，就會對他有公允的評價。他時常和我在一起，我深深地了解他，也觀察過他細膩的情感，聽過他對文學和品味的意見。整體而言，我敢說他是飽讀詩書、見聞廣博的。他極其享受閱讀，想像力也非常活潑，觀察力更是公允、正確。他在各方面的長處，勝過外表風度給人的印象。剛認識他時，一點也看不出他有什麼令人驚歎的本領，因爲他長得並不英俊。但直到你注意他深邃的眼神，你才會欣賞他時時顯得愉悅的面容。如今我深深了解他，我覺得他眞的很英俊。或者說，至少他看起來是英俊的。瑪麗安，你覺得呢？」

「即使我現在不覺得他英俊，很快地我也將會覺得他英俊。艾琳諾，當你告訴我，要愛他如兄弟一般之後，我就再也不覺得他外貌上有什麼不完美的地方。現在我更看見他的心，也不覺得有什麼不完美之處。」

艾琳諾一聽這話，心裡爲之一驚，對自己過於讚揚愛德華有一些不好意思。她覺得愛德華在她心目中佔有很崇高的地位，她相信這種敬重是互相的，但是她必須更確定他們兩人都對彼此有敬重之情，好讓瑪麗安相信他們倆之間是眞心相待的。她知道瑪麗安和母親會期待自己胡亂猜測的想法成眞——對她們而言，渴求什麼就等於是希望，希望就等於是期待。她試圖向妹妹解釋眞正的情況。

「我並不否認，」艾琳諾說，「我非常推崇他——我試圖去尊敬他，喜歡他！」

瑪麗安突然很生氣地說：「試圖尊敬他，喜歡他！哦，你簡直比冷酷無情還糟糕！你再用這些字眼，我立刻就離開！」

艾琳諾忍不住大笑。「原諒我，」她說，「我藉由那種說話方式，表達我自己內心的感受，一點也沒有冒犯你的意思。我相信我的感情比我所說出的還要強烈。也正因爲他有這些優點，所以我才鍾情於他，但也因此產生一些懷疑。我不知道他到底喜歡我多少——我渴望他對我付出愛。除此之外，我敢保證，他也非常敬重我。確實有幾次，我們之間的愛情似有還無，在沒有聽到他完全表白感情之前，我會希望自己避免相信妄言或說得言過其實，這一點你必定不會感到稀奇。我了解他對我有特別的好感，但除此之外，還有其他方面需要考量。他的經濟狀況並非獨立自主的，而且我一點也不知道他母親是什麼樣的人。芬妮偶爾提及她的行爲和觀點，我聽了之後，認爲她不是一個和藹的人。愛德華自己清楚，如果他希望娶一個沒有大筆財產或上流社會的女人，他可能會遇到重重困難。」

瑪麗安非常驚訝地發現，她自己和母親對姊姊這段戀情的想像多麼不符合事實。

瑪麗安說：「你還沒有打算與他訂婚吧？我看這是遲早的事情。但是晚一點訂婚至少有兩個好處。一個是我不會那麼快就失去你；另一個是愛德華可以有更多的機會，在你所追求的藝術嗜好上，改善他的品味，那對你未來的幸福而言很重要。哦！如果他能受你繪畫天才的刺激，自己動手畫。那將是多麼令人欣喜的事！」

艾琳諾已將自己眞正的想法告訴妹妹。她對這段戀情的展望，並不像瑪麗安所想的那麼美好。有時候，她覺得愛德華對這段感情缺乏熱情。如果這不意味著冷淡的話，卻也顯露出某種可能改變的徵兆。假設他也會懷疑她對他的感情，這頂多只會使他心神不寧，卻絕不可能令他沮喪失志，因爲長久以來他一直都懷著這種低沉的情緒。從這裡，更可以合理地看出，他為什麼沒有辦法完全傾注愛情給艾琳諾。她知道他母親對他的態度，並未幫他把現在所住的房子弄得舒適，也沒有給他任何保證，讓他可以不必遵從她的意思而成家。艾琳諾知道這種情況，所以一談到婚事自然就快樂不起來。但是母親和妹妹卻覺得他們會順利發展。他們在一起越久，他的愛情就越值得懷疑。有時，她甚至痛苦地認為，他給她的只不過是普通友誼罷了。

愛德華雖然儘量克制感情，但還是讓他姊姊發現了，這令艾琳諾非常不安。芬妮一有機會就會當場讓婆婆難堪。有一次，她話中有話地告訴婆婆她母親對弟弟的偉大期望。她說她母親費拉斯太太希望兩個兒子都娶有錢人家的女兒為妻，所以那些有意勾引他們的年輕女子，會沒有好下場。達希伍德太太既不能假裝不知道，也無法保持鎮定。但是她也因此下定決心，無論突然搬家將會造成什麼樣的不便或代價，她絕對不能再讓她心愛的艾琳諾繼續受這樣的羞辱。

就在達希伍德太太倍覺苦惱時，信箱裡出現一封給她的信，信裡面的建議來得正是時候。這個親戚住在德蒙夏郡，是一位有身份地位的紳士約翰·密竇頓爵士。他有一幢小房子想出租。他親自寫這封信給她，信中的用詞極其友善、客氣。他了解她正需要一個住處，雖然他說這幢小房子只夠她遮風避雨，但是他保證，只要她認為有什麼設備需要添補，或讓她覺得愉悅的，他一定辦到。信中除了詳細談及房子和前院花園的情況之外，他還誠摯地邀請她帶著女兒們一起到他位於巴頓莊園的家，並說如此一來她就可以順道看看那幢小房子到底適不適合她們母女居住。

他顯然十分渴望她們搬過去住，信中滿滿的友善之意令達希伍德太太感到歡欣，尤其是當她遭遇到至親冷酷無情的對待時。她絲毫不必多花時間去深思熟慮或調查，才讀完這封信，心意就已經定了。

巴頓位於德蒙夏郡，距離蘇塞克斯很遠。幾個小時之前，這樣的房子就算有其他很多優點，光是距離遠這一點，就絲毫不列入達希伍德太太考慮的範圍。但是現在這房子卻成了她的第一優先選擇。她巴不得搬遠一點，因為留在這裡只有寄人籬下和不斷遭受媳婦的嘲弄。相較之下，搬到德蒙夏郡簡直是一種幸運。雖然如此一來，就要永遠搬離心愛的地方，只能偶爾回來拜訪一下被這女人佔走的舊宅，一想到這兒就不免令她感到傷心。她立刻回信給約翰．密竇頓，並謝謝他的好意。她接受他的建議，並且急急忙忙將這封信拿給女兒們看，她幾乎可以確定，在她還沒有宣布她的決定之前，女兒們就已經同意搬到那裡去了。

艾琳諾向來認為搬到距離諾蘭園遠一點的地方，是比較明智的選擇。就此而言，她必定會同意她母親想搬到德蒙夏郡的意見。依照約翰．密竇頓先生的描述，那幢小房子非常簡單，租金也非常便宜，這更使她沒有理由反對。因此，儘管這不是什麼吸引她的計畫，儘管德蒙夏郡的距離超過她原先所設想的，她並未阻止母親回信。

第5章

達希伍德太太才將信寄出，就向兒子和媳婦宣布她準備搬家的決定。她告訴他們，她找到房子了，而且在她們搬進去住之前，房東會把一切設備都準備齊全。芬妮雖然驚訝，但什麼話也沒說，倒是她先生很有禮貌地表示，希望繼母和妹妹們不要搬到離諾蘭園太遠的地方。達希伍德太太非常快樂地回答，她要搬到德蒙夏郡。愛德華立刻以充滿驚訝和關切的語氣詢問達希伍德太太，這種語氣不解自明。他一再地問：「德蒙夏郡！你眞的要搬去那裡嗎？離這裡那麼遠！是德蒙夏郡的哪裡？」

達希伍德太太說是位於埃克塞特以北不到四英里的地方。

她繼續說：「那是一幢小房子，但是我希望能在那裡接待我的親朋好友。我可能有必要再多加一兩間客房，以便讓遠道而來的朋友有一個安身之處。」

她也客氣地邀請約翰和芬妮到巴頓的新居一遊，她更特別熱情邀請愛德華去她新家玩。雖然前一陣子她與媳婦的對話，促使她毅然決定搬家，但是她沒有要藉著搬家，分開愛德華和艾琳諾。她這次刻意地邀請愛德華，就是要讓媳婦看見她是多麼不在乎對方反對這件婚事。

約翰·達希伍德一再告訴繼母，因爲她找到離諾蘭園那麼遠的地方，讓他無法幫忙搬運傢俱，對此他感到非常抱歉。他還說自己的良心上眞是感到非常不安，因爲他無法履行對父親的承諾。

傢俱主要是一些亞麻布飾、器皿、瓷器和書，還有瑪麗安漂亮的鋼琴，全由水路運送。約翰的太太眼看著這些傢俱紛紛被搬走，不禁發出歎息：達希伍德太太的收入和他們的比起來，顯得微不足道，她才有資格擁有這些漂亮的傢俱才是。

達希伍德太太預付了一年的租金。這房子已經裝潢好了，她一搬進去立即可以享受正常的居家生活。這項租屋協定對雙方而言都沒有問題。只要先處理完諾蘭園的物品和安排佣人之後，就可以動身了。她在有興趣的事物上，做事速度非常快，比如她丈夫留下來的馬匹，早在丈夫一過世時便賣掉了。如今她在大女兒極力勸說之下，同意賣掉馬車。但假如只問自己的意思的話，爲了她幾個女兒的舒適，她會希望留下馬車，但是艾琳諾堅持賣掉它。而且依照艾琳諾的智慧之見，家裡的佣人應該減爲三個——兩女一男，從曾經幫助達希伍德一家在諾蘭園建立家園的佣人中挑選出來。

其中一位男僕和一位女佣已先被派去德蒙夏郡打掃房子，以便女主人一家搬進來。由於達希伍德太太和房東約翰．密賨頓的太太完全不認識，所以她打算直接搬到小屋，而不先去巴頓園密賨頓家做客。她完全相信密賨頓先生對房子的描述，因此直到她搬家之前，她都認爲無須親自視察。她想等搬進去再說吧！

由於媳婦看到她要搬家時，露出高興的模樣，使達希伍德太太原本就想搬離諾蘭園的心，更加迫切。這個媳婦在婆婆搬家時，只冷冷地邀請婆婆有空回來玩，更使她巴不得婆婆搬走的心思欲蓋彌彰。

現在正是約翰．達希伍德可以完成父親遺願的時候，他對父親的承諾包括給予繼母和妹妹一筆財產。自從他搬到達希伍德家居住之後，他便一直忽略這項承諾，如今她們搬走，正是他實踐諾言最恰當的時機。但是達希伍德太太早就放棄這種希望，從他的長篇大論就可以相信，他照顧她們母女的承諾僅止於在諾蘭園寄住的那六個月。他經常叨絮持家的費用越來越高，也提到他的荷包經常要應付許多常態性的花費，世上任何有地位的人物也會面臨開銷的問題……，原來他一點也不想履行承諾。

達希伍德太太在諾蘭園接到密賨頓先生第一封信之後那幾個星期，有關新居的每一件事情似乎都進展得非常順利，使達希伍德太太和女兒們順理成章地展開新的旅程。

要向心愛的諾蘭園告別，令她們淚流滿面。搬家的前一天晚上，瑪麗安獨自在屋外散步，邊走邊說：「親愛的，親愛的諾蘭園！什麼時候我才能不再想念你？什麼時候我才能把別的地方當成是我的故鄉？哦，快樂的家園！你可知道我站在這裡看著你，心裡有多痛苦？曾幾何時，我將再也見不到你！還有你們，熟悉的樹啊！你們依然挺立於此。你們的葉子不會因為我們的離去而腐爛。你們的枝幹不會因為我們不再見面而停止擺動！不，你們將會依然如昔。雖然你們絲毫不知道帶給人們的是歡喜還是悲傷，也不知道曾經走過你們樹蔭下的人發生了何種變化！但是，繼續留下的人，又哪裡懂得感受你們所帶來的樂趣呢？」

第6章

這趟前往新居的旅程路途冗長且乏味，並充滿憂鬱的氣氛。但接近新家園時，她們都對鄉野的景色大感讚歎，頹喪的情緒也一掃而空。等她們進入巴頓山谷之後，那兒的景致更令她們感到欣喜。

這是一個土地肥沃、樹木扶疏、草原廣闊的地方。走過這片山谷約一英里多的路，就可以到她們的新家。屋子前方有一個小小的綠色庭院，她們穿過一個小門，就進入屋內了。

巴頓別墅雖然小巧，卻非常舒適。但是作爲居所，難免顯得寒酸，因爲房屋的結構只是普通的設計，屋頂鋪著瓦片，窗櫺沒有漆成綠色，牆壁也沒有爬滿的忍冬花覆蓋……，而且只有一條狹長的穿堂通道通往屋後的花園。通道兩邊各有一個小客廳，大約只有十六平方英尺，過了小客廳再往裡面走是佣人的房間和階梯。房子裡還有四間臥房和兩間小閣樓。大致上來說，這幢別墅的屋齡不會太老舊，而且整修得不錯。雖然與諾蘭園比起來，顯得寒酸、狹小——但是當她們一家搬進來時，受到佣人們熱情地歡迎，使得她們的心情也爲之歡欣起來。時值九月初，正是秋高氣爽的季節，第一眼看到這個季節下的美景，令她們感到印象深刻，也奠定了日後她們對這屋子的美好評價與深厚的情感。

新居的環境極好，群山環繞，有著開闊的高地、耕田，以及茂盛的叢林。巴頓村位在一座山上，因此從別墅的窗戶看出去，美麗的山色盡收眼底。從別墅正面看出去，視野更是遼闊，可以鳥瞰整個山谷和遠處田野的風景。山谷綿延到別墅前方，被三面環繞的山巒截斷，有一道岔出的支谷在陡峭的兩山之間，沿著另一個方向延伸出去。

這幢小屋的大小和擺設，令達希伍德太太感到還算滿意。雖然她先前的生活比起現在要豪華多了，但是往後再慢慢增添、改善，何嘗不是一種樂趣！而她現在手上有的錢，足以購買她所想要的傢俱，把這個家布置得更優雅。她說：「這棟房子對我們而言真是太小了，但是我們仍然可以把日子過得很舒適。今年要改善現況是來不及了，也許明年春天，等我有足夠的錢——我有把握我那時一定會有一些錢，我們就可以考慮改建房子。像現在的兩間客廳都太小了，容不下我接待我的好朋友。我想把其中一間客廳擴充，加進另一間客廳的一部份，再把剩下的部份改成走廊，這麼一來就有一個新的大客廳了，加上一間閣樓和臥房，這裡將變成一個溫暖舒適的小別墅。我還期待可以把樓梯修建得非常漂亮，儘管人不能凡事都期待，但我還是盼望在擴建上沒有什麼困難。我預見明年春天來臨之前，我就可以準備好，並且按著我們的計畫逐步修繕這幢別墅。」

從來沒有存過錢的達希伍德太太，不得不從一年五百英鎊的收入中省下一些錢來，進行這些改建的工程。她們滿足於眼前這幢小屋的現況。她們每一個人都忙於安頓自己，包括把個人的書和物品放好，好建立一個家的樣貌。瑪麗安的鋼琴解開包裝，放在適當的位置；艾琳諾的畫作也掛在客廳的牆壁上了。

第二天早上吃過早餐後，她們還是一直忙碌著，直到房東來訪，她們才暫時歇息。房東對她們表達歡迎之意，並表示他的莊園可以提供任何協助。

約翰．密賽頓爵士年約四十，長得非常體面。他先前曾經拜訪過達希伍德太太的老家，但那已經是很久以前的事，她的女兒們可能已經不記得他了。他很幽默、和藹，舉止態度友善，一如他信中的風格。她們搬來顯然眞的令他感到高興，他也非常關切她們是否住得舒適。他說，他渴望她們能和他的家人水乳交融，並且極力邀請她們每天過去他家吃晚飯，直到她們忙完搬家的雜務安頓下來爲止。他一再地邀約，使她們無法拒絕。他的善意不僅止於言語。他告辭後不久，就派人送來一大籃巴頓園出產的蔬菜水果，天黑前又送來一些野菜，他甚至堅持幫她們到郵局收信、寄信，也不吝於每天把他家的報紙送來給她們看。

約翰爵士先前已轉達他太太的意思，表示希望來拜訪達希伍德一家；或是只要達希伍德太太覺得什麼時候方便，隨時可以到密賽頓家吃飯。達希伍德一家表示歡迎，隔天就邀請房東太太來她們家作客。

她們住在巴頓，凡事都得仰賴這位房東太太，她的光臨，正合她們的心意。密竇頓太太的年紀約莫二十六、七歲，談吐優雅、臉蛋秀美，身材苗條，儀態端莊。她優雅的氣質正是她丈夫所缺乏的，但是達希伍德母女還是比較喜歡密竇頓先生的坦率和熱情。而且儘管她非常有教養，但是思想保守、態度冷漠，除了極其稀鬆平常的話題之外，實在找不出什麼有趣的話題。

約翰爵士非常健談，而且帶著六歲的長子一同出門拜訪客人。每當聊天陷入停頓，小孩就成了衆人的話題。她們總會詢問有關孩子的名字、年紀，同時讚美他長得英俊、並問他一些問題。這孩子會害羞地躲到密竇頓太太懷裡低著頭，她便替她兒子回答問題。兒子這麼怕生令她非常驚訝，因爲這一點也不像他在家時調皮搗蛋、吵翻天的樣子。

接著大家又花了十分鐘的時間談論這個孩子究竟是像爸爸，還是像媽媽，以及哪方面像。大家都表示不同的意見，而每個人對他人的看法都感到驚訝。

接著約翰爵士依然邀請達希伍德一家第二天來巴頓園聚餐。

第7章

巴頓園距離達希伍德一家的小別墅約半英里遠。達希伍德母女沿著山谷走，不久便走到巴頓園，但是從她們的新居是望不到巴頓園的，因爲正好被山丘擋住了。

約翰·密賽頓先生的家又大又漂亮，加上他們一家人都非常高雅、好客，所以經常高朋滿座，各類型的人都有。這類社交活動是他們生活中的重心。雖然密賽頓夫妻彼此的脾氣、行爲舉止毫不相同——約翰爵士喜好打獵，而他太太則是單純的家庭主婦——卻可以各自找到生活的重心。舉辦家庭聯誼活動，可以彌補他們在天賦和教育方面的欠缺，讓密賽頓先生感到積極、有活力，同時也讓他的太太有機會施展她的社交身手。

密賽頓太太善於料理家務，同時燒得一手好菜，這是她引以自豪的地方，這樣的虛榮心是她在每次的家庭聚會中最大的享受。但是，約翰爵士在社交活動上的滿足感卻實際多了。他喜歡招待年輕人，最好是人數多到連他家都擠不下，而且他們越喧譁吵鬧，他就越高興。他是附近年輕人的福氣，因爲每年夏天他都會舉行宴會，在戶外吃冷凍火腿和雞肉，冬天他也會舉辦許多次舞會，邀請十五歲以上的妙齡少女參加。

每次有新的家庭搬到這裡，總是令他高興，尤其這次是經他極力邀請，才搬來巴頓小別墅的這一家人，更是令他欣喜。三位達希伍德小姐都年輕、漂亮、純眞樸素，這些因素給他留下了好印象。因爲漂亮的女孩子若想要讓她的外表和內在同樣討人喜歡，她所能渴望的就是擁有純眞樸素的內在美了。而約翰爵士友善的性情，使他在接待達希伍德一家時感到高興。這一家的處境和過去（男主人還健在的時候）比起來，或許可以說是不幸的。因此，能對這些表親展露善意，令他感到滿足。將一家母女安頓在他的別墅裡，更讓他有樂於助人的成就感。

約翰爵士在大門口迎接達希伍德母女，他誠摯地歡迎她們光臨巴頓園。他陪著她們來到客廳，一路上他一再抱歉地告訴這群年輕的女孩，他一時找不到任何體面的男孩來和她們認識，這點令他感到不安。他說，會場上除了他自己之外，只有一位紳士。這位特殊的朋友一直留在巴頓園，但他不是很年輕，而且也不是很擅長交際。他希望客人們能原諒這次接風的聚會規模太小，並且保證下不爲例。

其實今天一大早他就一連拜訪了好幾戶人家，盼望能拉到更多年輕人來參加這個聚會，但是不巧大家今天晚上都有事。幸好，密竇頓太太的媽媽在最後一個小時內抵達，由於她是一個非常快樂、討人喜歡的人，約翰爵士盼望達希伍德家的小姐們不會覺得這個聚會太過枯燥無味。其實達希伍德小姐和達希伍德太太看到有兩個完全陌生的客人也就滿意了，她們並沒有特別的期待。

密竇頓太太的母親珍寧絲太太是一個性情溫和、快活的胖老太太。她很聒噪，而且看起來非常快樂的樣子，但稍微有點庸俗。她滿口的笑話和笑聲，在吃晚餐前後，她說了好多有關情人和丈夫的笑話。她還說，盼望達希伍德小姐們住在蘇塞克斯郡期間沒有心上人，並且硬說些讓她們滿臉通紅的笑話。瑪麗安感到十分生氣，她對著艾琳諾使眼色，想知道艾琳諾如何忍受珍寧絲太太的這些嘲弄。但艾琳諾看到妹妹生氣的神情比被嘲笑還要痛苦。

約翰爵士的朋友布蘭登上校風度翩翩、莊重沉穩，一看就知道不像是約翰爵士的至友，一如密竇頓太太不適合作他的妻子，或珍寧絲太太不適合作密竇頓太太的母親一樣。儘管布蘭登上校的外表並不討人厭，也很有紳士風度，但因為已經三十五歲，所以在瑪麗安和瑪格麗特眼中，他看來勢必注定一輩子單身了。

達希伍德母女在這次聚會中，並沒有找到和她們志趣相投的朋友，而且密竇頓太太冷冷的態度讓人反感，相形之下，與布蘭登上校的莊重嚴肅、約翰爵士的熱情和岳母的有趣形成明顯的對比。吃過晚飯後，密竇頓太太似乎只有在四個孩子衝進來時，才顯得快樂，這幾個孩子和她拉拉扯扯、揪她的衣服，打斷所有和他們無關的話題。

晚宴過後，大家發現瑪麗安有音樂才華，就邀請她彈幾首曲子。瑪麗安確實有一副好歌喉，在衆人的要求下，她選唱了密竇頓太太結婚時從娘家帶來的樂譜中的幾首歌，這歌本可能一直放在鋼琴上面從沒動過。據說她婚後便放棄彈琴，儘管她母親一直誇獎她彈得非常好，她自己也說非常喜歡音樂。

瑪麗安的彈唱博得衆人熱烈的喝采。她每唱完一首歌，約翰爵士便大聲讚美，一如在她演唱時，他也一樣大聲地和別人說話，密竇頓太太不時提醒他注意禮貌。

整晚只有布蘭登上校在音樂會中心無旁騖地聆聽著。他以專注聆賞表達對瑪麗安的敬意。她也對他感到敬重，因爲其他人都顯得沒有品味。他對音樂的興趣雖然還不到欣喜若狂、與她氣味相投的地步，但是和其他人比起來，他的表現已經夠難能可貴了。瑪麗安寬容地相信，一個三十五歲的男人可能早已失去對人生喜怒哀樂的強烈感受，她終於可以理解布蘭登上校的老成持重是從何而來了。

第8章

珍寧絲太太是個寡婦，接管丈夫遺留下來龐大的遺產。她只有兩個女兒，都已嫁到好人家，因此她閒著沒事，只管幫別人作媒。就當媒婆而言，她可熱心積極得很，只要能力範圍可及，她絕不會錯過任何為身邊年輕男女介紹對象的機會。她極善於發現周圍有哪兩個人正在暗送秋波，也非常自傲自己有辦法一眼就看穿。這種本事讓她一到巴頓園，就斷言布蘭登上校已經愛上瑪麗安。她到巴頓的第一天晚上就毫不懷疑這種看法，因為他們兩人相見的第一晚，當瑪麗安唱歌給大夥聽時，布蘭登上校非常專注地聽著。當達希伍德一家回請密竇頓夫婦到小別墅吃飯時，布蘭登上校的愛慕之意更加明確，因為他再次聽得出神。事情一定是這樣，珍寧絲太太絕對相信布蘭登上校迷戀瑪麗安。她也覺得這兩人是絕配，一個有錢，一個美麗。珍寧絲太太自從在女婿約翰爵士家認識布蘭登上校以後，就一直希望能幫布蘭登上校找到賢妻，她也一直渴望為每一個漂亮的女孩找到好丈夫。

她一眼看穿布蘭登上校的愛意，這給了她開他們玩笑的樂趣。在巴頓園，她取笑上校；在小別墅，她又逗弄瑪麗安。她對上校的嘲弄，上校完全不在意；但是她對瑪麗安開玩笑，剛開始瑪麗安還搞不清楚狀況，後來了解之後，卻不知道是該取笑這件事情的荒謬，還是該責備這種事情太鹵莽，因爲瑪麗安只當她是在嘲諷上校年紀太大，至今還是個單身漢。

達希伍德太太不認爲一個只比她小五歲的男人，站在她年輕貌美的女兒面前會顯得有多蒼老。她拜託珍寧絲太太不要拿上校的年齡開玩笑。

瑪麗安也說：「媽媽，儘管你可能不認爲這種笑話是居心不良，刻意捏造，但是，你不能否認這個說法實在是太荒謬了。布蘭登上校老得可以當我爸爸，假如他一直到今天都還沒有結過婚，那他必定是拒絕談戀愛。這太可笑了！如果因爲一個人的年紀和衰弱就成爲別人的笑柄，那眞是太可悲了！」

艾琳諾嚷著：「衰弱！你認爲布蘭登上校體弱多病嗎？他看起來是有一點年紀，但是不能因此而說他四肢孱弱吧！」

「你不是聽他埋怨過風濕症嗎？這不是年老體衰最常見的一種症狀嗎？」

「我親愛的孩子，」她們的母親笑著說，「照這個情形，你們可不是要說我已陷入年老體衰的恐懼中？對你們而言，我若是還能繼續健朗地活到四十歲，那一定是神蹟了！」

「媽媽，你誤解我的意思了。我非常清楚布蘭登上校還沒有老到會讓他的朋友們擔心他即將離開人世的地步。他可能還可以再活二十年，但是到了三十五歲就不應該再想到結婚這件事了。」

艾琳諾說：「也許，三十五歲和十七歲的人不適合談婚姻。但是假如有一個女人，二十七歲了還單身，我倒不覺得三十五歲的布蘭登上校娶她會有什麼妨礙。」

瑪麗安停了一下才說：「一個女人到了二十七歲，就別想有人會愛上她。如果她家境不好，或是沒有富足的財產，認爲嫁個人可以得到安穩的生活，我想她可能願意去當保母，以便獲得像爲人妻子般的生活供需和安全感。如果他要娶這樣的女人，當然沒有什麼不合適，只是在我眼中，這根本就不是婚姻，而只是利益交換，彼此希望從對方身上獲得想要的利益罷了。」

艾琳諾說：「我知道不可能說服你相信，二十七歲的女人可能與三十五歲的男人年紀相距不大，可以互成爲好伴侶。但是，我不同意你只因爲聽他昨天剛好說到一邊肩膀有點風濕，就判定布蘭登上校和他妻子必定會綁在病懨懨的房裡。」

「但是他談到法蘭絨馬甲，」瑪麗安說，「對我而言，穿絨布背心意味著與罹患疼痛、痙攣、風濕，以及像老年人和身體虛弱者一樣的各種症狀有關連。」

「假如他只是發高燒，你就不會那麼貶低他了。瑪麗安，發燒、臉色發紅、兩眼空洞、心跳快速，其實沒有這麼可怕吧？」

艾琳諾離開房間之後，瑪麗安說：「媽媽，談到疾病，我有些擔憂。我敢說愛德華一定是病了。因為自從我們搬到這裡將近兩星期，他都沒來。這樣的延遲多麼不尋常，一定是他身體不舒服。要不然諾蘭園會有什麼事情絆住他呢？」

「你以為他會這麼快來嗎？」達希伍德太太問道，「我對這件事有點擔心，當我邀請他到巴頓一遊時，他似乎遲疑一下。艾琳諾是不是已經在期待他的到來？」

「我從來沒和她提起這件事。但是，她當然是期待他會來。」

「我覺得你錯了，因為我昨天和她提起要為空房弄一個壁爐時，她覺得還不急著弄壁爐，因為那個房間暫時還不會有人住。」

「多奇怪的想法！這意味著什麼？他們對彼此的態度真是令人費解！他們最後的告別多麼冷靜、多麼泰然自若！他們最後一晚在一起的談話，多麼了無生氣！愛德華對我的告別和對艾琳諾的告別幾乎沒有什麼兩樣：就像是哥哥對兩個妹妹的告別一樣。離開的那天早上，我曾兩度刻意留他們在屋裡，但每一次愛德華都跟著我走出房間。艾琳諾離開諾蘭園時，也沒有像我一樣哭得半死。即使現在，她還在努力的克制自己。你什麼時候見過她流露出沮喪或憂鬱的情緒？你見過她拒絕參加社交活動，或顯露出煩躁不滿的樣子嗎？」

第9章

達希伍德一家在巴頓安頓下來，生活尚稱安適。房子、前院花園以及身邊一切事物逐漸變得熟悉。原來在諾蘭園所做的那些日常消遣現在已經漸漸恢復起來。自從父親過世後，巴頓給她們的快樂已遠大於在諾蘭園的時光了。剛搬來的頭兩個星期，約翰爵士每天都來拜訪她們。他在家裡清閒慣了，因此當他看到達希伍德一家整天忙進忙出時，不禁大感驚訝。

她們的訪客除了來自巴頓園的人之外，其他訪客不多。儘管約翰爵士希望她們多和鄰居交往，而且再三保證她們可以自由使用他的馬車，但是由於達希伍德太太不喜歡與人往來，所以只好委屈女兒們也少交些朋友。她堅決不去拜訪任何超過她散步腳程可達的鄰居。她們住家附近零零星星有幾戶人家。沿著蜿蜒崎嶇的艾倫漢峽谷走，距離小別墅大約一英里半外，女孩們發現一座漂亮的大宅邸，這讓她們聯想起諾蘭園，也引起她們的興趣，想一探究竟，更想認識這幢大宅邸。經過了解，這幢宅邸的主人是一位非常和藹的老太太，可是因爲身體不好，鮮少出門，無法與外界來往。

整個巴頓鄉間風景優美，從達希伍德家的每扇窗戶都可以看見高高的山崗，十分美麗，使得女孩們想登高攬勝。有時山在虛無縹緲間，美麗的景色被遮掩了，只有爬到山上才可以一覽無遺。某一天早晨，瑪麗安和瑪格麗特因爲再也無法忍受連續兩天雨不停歇而蟄伏家中的悶氣，又被雨後乍現的陽光所吸引，大地像被洗過一番的清新，決定漫步到山丘，享受美麗的山色。儘管瑪麗安宣稱，接下來幾天氣候會變晴，但是尙無法說服家中另外兩個女人停下畫筆和書籍走出戶外，因爲烏雲隨時都會帶來大雨，飄落在山谷中。

瑪麗安和瑪格麗特快樂地登上山崗，興高采烈地望著蔚藍的天空，當西南風吹拂過她們的臉龐時，她們不禁惋惜母親和姊姊因爲顧慮太多而錯過了這麼美妙的景色。

「這裡的風景眞是太棒了！瑪格麗特，我們倆至少要在這裡好好待上一兩個小時。」

瑪格麗特隨聲附和，於是她們迎風向前，一路笑聲縈繞地走了約二十分鐘。突然之間，頂上烏雲密佈，倏地下起傾盆大雨。兩姊妹又懊惱又訝異，只好轉身往回家的方向跑。附近除了她們自己的家之外，再也沒別的地方可以躲雨。遇到這種緊急時刻，她們也顧不得女孩子的端莊，只好以最快的速度從陡坡往下衝回家。

兩人一路飛奔。瑪麗安起初跑在前面，後來卻跌了一跤，瑪格麗特跑得太快，根本停不下來扶瑪麗安一把，只能繼續往前衝，一路衝到家門口。

距離瑪麗安跌跤的地點幾碼外，正好有一位紳士荷著槍，帶著兩隻獵犬經過。他見狀立刻放下槍，跑去扶瑪麗安。她立刻從地上坐起身，但是腳卻扭傷了，無法站立。這位紳士伸出援手。儘管瑪麗安為著女孩子的矜持，企圖拒絕這位紳士的幫助，但他還是一路抱著她走下山丘、經過花園和大門、走進屋內，直到瑪麗安在客廳椅子上坐定了才放手。這時因為沒有幫姊姊忙而感到羞愧的瑪格麗特也才剛剛到家。

他們一進門，艾琳諾和母親都站了起來，以驚訝、好奇的眼光盯著這位儀表出眾的紳士，母女倆都流露讚嘆的眼神。他非常有禮貌地為冒昧闖進她們家而表示道歉。他的態度十分坦誠、優雅，人又長得極其英俊，聲音和表情尤其迷人，使得他魅力無窮。就算他長得又老又醜，光是救她女兒這件事也會讓達希伍德太太感激不盡。何況這位年輕人竟是位英俊優雅的男士，這點更讓達希伍德太太感到欣賞。

達希伍德太太殷勤地一再向他致謝，並邀請他坐下休息。但是他拒絕了，因為他全身又髒又濕。達希伍德太太接著詢問他姓名。他說他叫魏樂比，家住艾倫漢，他並且恭敬地表示，盼望達希伍德太太能允許他明天有這個榮幸再來探望瑪麗安。達希伍德太太表示歡迎，於是他便告辭，冒著大雨離開了。

魏樂比英俊和出眾的優雅氣質立即贏得達希伍德家人的景仰，並且成為她們家的話題。他英雄救美的英勇之舉，更成了眾人取笑瑪麗安的話柄。瑪麗安自己則因為被他抱進門，一時窘得臉紅，沒敢正眼瞧清楚他的長相，但是她樂得附和眾人對他的讚賞。魏樂比的儀表氣質與她心中夢寐以求的白馬王子完全符合。他不拘泥於男女授受不親的禮節，抱著她進門，由此可見他做事果斷。每件與他有關的事都令她感興趣。他的名字眞好聽，他住的地方正是她們最喜歡的村莊，她還發現他穿著獵裝非常帥氣。她漫天遐想，越想越陶醉入迷，早就忘了腳扭傷的疼痛。

天氣一放晴，約翰爵士一大清早就登門拜訪她們。她們把瑪麗安遇到英雄救美的故事告訴他，並且熱切地問他，認不認識一個住在艾倫漢，名叫魏樂比的年輕人？

約翰爵士大叫：「魏樂比！什麼，他來到郡上啦？無論如何，這是好消息。我明天就騎馬過去邀請他星期四過來吃飯。」

「這麼說，你認識他囉？」達希伍德太太問。

「認識他？我當然認識他，他每年都會來郡裡。」

「那他是個什麼樣的人？」

「我敢向你保證，他絕對是個再好不過的年輕人。不但槍法非常準，騎馬技術之好，更居全英格蘭之冠。」

瑪麗安忍不住叫道：「就只有這些嗎？他在熟朋友之間的風評如何呢？還有，他有什麼興趣、才能、天賦呢？」

約翰爵士被問得一愣一愣的。

他說：「我確實不知道他那方面的事。但是他一直滿好相處的，脾氣也不錯，他養了一隻黑毛小獵犬，是我見過最棒的一隻。今天他帶了那隻獵犬嗎？」

瑪麗安根本不知道魏樂比今天帶的狗是什麼顏色，就如約翰爵士不知道魏樂比是個什麼樣性情的人一樣。

艾琳諾追問：「但是，這個人的背景如何？是哪裡人？他在艾倫漢有房子嗎？」

對於這一點，約翰爵士就可以提供確切的訊息了。他告訴她們，魏樂比在本郡並沒有任何房地產，他只有到艾倫漢探訪住在大宅邸的老太太時，才會住在那裡。那位老太太是他的親戚，將來會把財產歸他繼承。

約翰爵士繼續說：「我可以告訴你，艾琳諾，他絕對是個值得託付終身的好對象，他在桑莫塞夏郡有一幢小房子。假如我是你，我才不管什麼英雄救美的事，我絕對不會把他拱手讓給瑪麗安。瑪麗安若想征服全天下所有的男人，布蘭登上校可要醋勁大發了。」

達希伍德太太用帶點幽默的口吻說：「我才不相信我任何一個女兒會做出倒追魏樂比的事。那不是她們的教養。男人再怎麼有錢，和我們在一起絕對安全。無論如何，我很高興聽到你說，他是個值得敬重的年輕人，也很高興能認識他。」

約翰爵士重複一遍說道：「我相信，他是一個再好不過的人。我記得去年聖誕節在巴頓園舉行的小舞會，他從晚上八點跳到凌晨四點，一刻都沒有坐下來過。」

瑪麗安眼睛一亮，雀躍地叫道：「眞的嗎？他眞的跳得又好看、又精神奕奕嗎？」

「是啊！而且隔天早上八點，他就起床，騎馬去打獵了。」

「那就是我會喜歡的人，年輕人就應該像這樣，不管做什麼事，都全力以赴，絲毫不知道累。」

約翰爵士說：「哎呀！我知道將會發生什麼樣的事。我知道，你將會以追求他為目標。哦，可憐的布蘭登上校！」

瑪麗安機靈地說：「約翰爵士，我非常不喜歡你這種說話方式。我討厭話中帶話。什麼『追求』、『征服』，那是最令人憎惡的字眼。它們的意涵不雅、鄙俗。就算這類字眼會被視爲慧黠之詞，它所有慧黠的內涵早就被摧毀無遺了。」

約翰爵士不太知道瑪麗安爲什麼這麼說，他還是自顧自地說：「好，我敢說，你肯定可以征服很多男人。可憐的布蘭登！他已經受到沉重的打擊了，儘管你跌倒或是踝骨疼痛，他依舊非常值得你追求。」

第10章

瑪麗安的救命恩人（這是瑪格麗特對魏樂比的尊稱）第二天一大早就來造訪，特地向瑪麗安致意。由於達希伍德太太聽了約翰爵士對魏樂比的描述，加上自己對魏樂比的感恩之情，因此對他極其禮遇。魏樂比到訪不久，便從許多跡象看出，他因一場意外而結識的這個家庭是非常有品味、優雅、溫暖的一家人。魏樂比幾乎不需要和她們見第二次面，就足以相信她們的魅力。

達希伍德大小姐面容柔美，眉清目秀，身材修長有致。瑪麗安更是美麗。她的身材雖然沒有姊姊那麼勻稱，但是卻更引人注目。她有漂亮的臉蛋，若用一般所謂的「美女」來讚美她是再貼切不過了。她膚色略顯黝黑，卻很有光澤；她的身材姣美，笑靨迷人，烏黑的雙眸充滿靈氣、熱情，叫人看了不由得喜歡。她剛開始和魏樂比見面時，因爲想到曾被他抱過，令她感到有些尷尬，所以不敢正視他。但是後來等到她慢慢恢復平靜——她看這位紳士教養良好，而且爲人坦率、活潑，尤其是聽他訴說自己喜歡的音樂和舞蹈之後，便對他更加傾心。她的神情充滿對他的讚賞，直到魏樂比離開，大半時間都是他們兩個人在聊天，而且談得興味盎然。

和瑪麗安聊天，只需要先聊一些她有興趣的話題就夠了。這話題一打開，她就絲毫不會害羞沉默或有所保留。他們很快地就發現彼此都非常愛好舞蹈和音樂，而且看法非常一致。這鼓舞瑪麗安進一步詢問他其他的觀點。她和他談起一些有關書的問題，她眉飛色舞地說出她最喜歡的幾位作家的姓名。一般二十五歲的年輕人並不會傾心於閱讀文學著作，也不會了解這類作品的絕妙，因爲他們素來疏忽文學著作。而魏樂比和瑪麗安卻同樣愛好文學作品，甚至喜歡同樣的書、推崇同樣的段落——就算兩人有什麼看法不一，甚至引起辯論，只要瑪麗安大加爭論，兩人的眼神便又閃閃發光，歧見也立刻消弭得無影無蹤。魏樂比認同瑪麗安所有的觀點，附和她所有的狂熱情愫。在他結束這趟拜訪之前，他們的談話早就像老朋友一樣熱絡了。

「哦，瑪麗安，」魏樂比一離去，艾琳諾便說，「我看你一整個早上收穫很豐富。你已經明白魏樂比對重要問題的觀點，你知道他對考柏和史考特兩位浪漫派詩人的看法；你也確定他懂得欣賞他們作品的精髓，而他對詩人波普的讚賞也很中肯。可是以這樣的速度，你們倆一下子就把話題都談完了，將來要怎麼繼續交往呢？你們很快將會談盡你們所喜愛的話題，下次再見面，你們大概要談他對美景和二度婚姻的看法，接著你就再也沒有什麼東西可以問他的了——。」

瑪麗安大叫說：「艾琳諾，你這樣講公平嗎？我的知識就那麼狹隘嗎？我知道你是什麼意思，你認爲我太不矜持、太快樂、太率直了，我不該違背女孩子應該有的端莊！我應該更保守、不活躍、沉悶、做作才對。如果我只是每隔十分鐘談談天氣和路況，就不致於遭你這般責怪了。」

她的母親說：「親愛的孩子，你不應該生艾琳諾的氣——她只是開玩笑罷了。如果她眞想阻止你和我們這位新朋友愉悅的對話，我會罵她。」這使得瑪麗安的態度軟化了下來。

魏樂比一再表示能結識她們這一家人使他感到非常榮幸，他熱切希望能有更多機會跟她們往來。他幾乎每天都到達希伍德家作客。起初，慰問受傷的瑪麗安是他登門拜訪的理由，但是他熱情的問候以及一天比一天更加殷勤的舉動，讓他在瑪麗安康復之前，不再需要什麼理由就可以來造訪。瑪麗安被迫必須待在家裡休養，但是她從未覺得無聊乏味。魏樂比多才多藝、才思敏捷、神采奕奕、坦率大方、眞摯熱情，正是瑪麗安喜愛的那一型男人。而且瑪麗安的鼓舞使他更加熱情奔放，這也贏得了瑪麗安的芳心。

漸漸地，瑪麗安最大的期待就是能和魏樂比共處。他們一同閱讀、談天、唱歌。他相當有音樂天賦，朗誦起書來，也非常感性、富有生氣，這些都是愛德華所欠缺的。

在達希伍德太太的眼光中，魏樂比和瑪麗安一樣完美無瑕。艾琳諾沒有說什麼批評魏樂比的話，但是對他卻稍有意見，因爲他太像瑪麗安，而且百般討好瑪麗安，往往不顧旁人和時間場合，事事大發議論。爲了得到意中人的歡心，他總是不顧禮貌倉促地論斷別人，而且還藐視一般人情世故的禮節。儘管瑪麗安和魏樂比極力辯駁，但艾琳諾還是不認同魏樂比的舉止。

瑪麗安開始了解到，她十六歲半時所懷有的一種絕望的情緒，以爲這輩子可能找不到理想中的完美對象的想法太輕率、太不合理。無論是鬱鬱寡歡的日子裡，或是其他快樂的時刻，魏樂比都是足以令她愛慕的對象。而他的所作所爲也一再顯露他對她的愛意。

她的母親也因爲看見這樣的進展，還不到一個星期就期待瑪麗安和魏樂比能有結果。她並不是因爲魏樂比將繼承一大筆財產，而想攀這門婚事，她只暗自欣喜能得著兩位好女婿——愛德華和魏樂比。

布蘭登上校對瑪麗安的愛意，老早就被他的朋友們發現，但是現在只有艾琳諾察覺到，因爲其他人都把注意力轉移到比他更幸運的魏樂比身上去了。之前大家喜歡嘲弄布蘭登上校，如今再也沒有人這樣嘲笑他，可是布蘭登上校卻動了眞情。這時，艾琳諾不得不相信珍寧絲太太指稱上校愛上瑪麗安是確有其事。魏樂比和瑪麗安兩人志趣相投，給了魏樂比極大的優勢。布蘭登上校雖與瑪麗安的性情完全相反，卻絲毫不影響他對瑪麗安的情感。艾琳諾很擔心一個沉默的三十五歲男人，怎麼比得過二十五歲又充滿朝氣的魏樂比呢？她知道他成功的機會很小，只希望他能淡然處之。她很喜歡他——儘管他老成持重、保守、言行舉止嚴肅，但卻溫文儒雅。她認爲他的拘謹似乎不是因爲天生憂鬱使然，而是因爲經歷過某些傷害。約翰爵士曾經暗示過，布蘭登上校過去曾遭遇過一些感情上的傷害和挫折，這使得艾琳諾有理由相信上校是一個不幸的人，因此她尊敬他、同情他。

也許艾琳諾同情、尊敬上校，是因爲他受到魏樂比和瑪麗安的輕視。他們覺得他太老氣橫秋、一點也不活潑，因此處處貶損他。

有一天，當魏樂比和瑪麗安在談論布蘭登上校時，魏樂比說：「布蘭登就是那種受到人人誇獎，卻沒有人喜歡的人；大家都喜歡看到他，但是卻沒有人想要和他說話。」

瑪麗安大叫：「那正是我對他的看法。」

艾琳諾說：「你們兩個人那樣說並不公平。上校受到巴頓園一家人的尊敬，我每次看到他，也總會認眞地和他交談。」

魏樂比說：「你對他的誇獎固然是好，但是別人對他的尊敬，卻像是一種嘲弄。誰承受得了像密竇頓太太和珍寧絲太太這類女人的讚許呢？那簡直是一種侮辱。」

艾琳諾說：「但是，像你們這樣的非議，也許正好彌補了這對母女的讚美之詞。如果她們的讚美是批評，你們的批評可能就是讚美了。和你們的偏見和不公平相比，她們還不算沒有辨識力。」

「你爲了替你的被保護人（上校）辯護，竟然這般無禮起來了。」

「一如你所稱被我保護的那個人，是一個有理性的人，而理性總是吸引我的。是的，瑪麗安，他是一個三、四十歲的老男人。但是他周遊列國、見多識廣、博覽群書，很有思想。我發現他可以給我許多各種不同的資訊，他總是非常有教養、和藹地答覆我的問題。」

瑪麗安輕蔑地大叫：「也就是說，他已經告訴過你，東印度群島的氣候很熱，蚊子很討厭囉！」

「我不懷疑，如果我問的話，他一定會告訴我。只是不巧，這些事我很早就知道了。」

魏樂比說：「也許他還可以說一些從印度發財回來的富翁、莫赫爾金幣和轎子的事。」

「恕我冒犯，他的見聞與學問遠超過你的坦率，你爲什麼不喜歡他？」

「我沒有不喜歡他。相反的，我把他看做非常值得尊敬的人。人人都誇獎他，但卻沒有人注意他。他有的是花不完的錢財，多得是用不完的時間，而且每年都會做兩件新大衣。」

瑪麗安接著說：「再加上沒天分、沒品味、沒活力；理解力也不夠、感受力也不強、聲音也不帶感情。」

艾琳諾說：「你們倆數落了布蘭登上校一堆缺點，全都是憑空想像出來的。相較之下，我對他的稱讚比起你們的枯燥多了。我只能說，他是一個理性的人、教養好、知識淵博、溫文儒雅，而且擁有溫厚的心胸。」

魏樂比大聲說：「達希伍德小姐，你對我非常不客氣。你正試圖說服我相信我不願意相信的事，但這是行不通的。我不喜歡布蘭登上校，有三個理由：第一，當我渴望晴天時，他卻威脅我說今天會下雨；第二，他挑剔我的雙輪馬車；還有第三，我勸不動他購買我的棕色雌馬。我相信他的人格在其他方面確實是無懈可擊，但無論如何，我要告訴你，你不能剝奪我也有不喜歡他的權利。」

第11章

達希伍德母女從未料到，搬來德蒙夏郡之後，會有那麼多的社交活動。她們收到好多邀請函，訪客也絡繹不絕，以致於她們幾乎沒有空閒時間做其他事。然而，事實的確是如此。等瑪麗安腳傷康復之後，約翰爵士原先就計畫好的大大小小娛樂節目，便一一開始實行。幾場私人舞會陸續在巴頓園舉辦。在這多雨的十月，只要天空一作美，他們便舉行水上聯誼會。每次有這類聚會，魏樂比總會參加。這些聚會輕鬆自在、不拘禮儀的氣氛，使他與達希伍德家更加熟絡，讓他有機會看見瑪麗安出衆的才華，展現對她的仰慕之情，同時也從瑪麗安的行爲態度上，獲得她也愛上他的證明。

艾琳諾毫不驚訝他們兩情相悅，她只希望他們不要太明目張膽。她幾次想提醒瑪麗安注意規矩，偏偏瑪麗安憎惡矯揉造作，她覺得隨心所欲並不丟臉，反而認爲壓抑感情不單是一種毫無意義的行爲，更是一種對於陳規世俗的屈從。魏樂比也這樣認爲，於是兩人外在的行爲都在在表現著自己的想法。

每當魏樂比在場時，瑪麗安的眼神便一直追隨在他的身影左右。他所做的每件事情都對，他所說的每句話都很有見地。聚會的最後一項活動通常是玩牌，魏樂比總是不惜作弊，設法幫瑪麗安湊上一手好牌。如果當晚的活動是舞會，他們有一半的時間都會黏在一起跳舞。即使當中有幾支舞他們不得不分開，也會儘量站在附近，幾乎不跟其他人說話。這樣的行為自然會使他們成為眾人的笑柄，但是這些揶揄並未使他們感到難堪或生氣。

達希伍德太太完全理解他們的感情，因此她並沒有去責備他們過於張揚。對她而言，那本是熱情奔放的年輕男女，自然流露眞情的表現罷了。

瑪麗安感到無比幸福，她的一顆心全繫在魏樂比身上。認識魏樂比後，她的新家變得可愛多了，從蘇塞克斯郡伴隨而來的思念諾蘭園的心情，已在不知不覺中消失。

艾琳諾卻不快樂。她無法放輕鬆，對眾人的娛樂也未能盡情享受。在這裡認識的朋友，無法彌補她失去的諾蘭園舊友，這樣歡娛的場面也無法使她不懷念諾蘭園的種種情景。她所懷念的暢談情景，密賓頓太太和珍寧絲太太都無法給她。儘管珍寧絲太太很健談，而且一開始就對她很好，常常找她閒聊，但她已經重複說了好幾次關於她自己的故事。如果艾琳諾沒記錯的話，在她們認識後不久，便聽她說過珍寧絲先生在重病期間所發生的各種細節，以及他臨終前向她說了什麼話。密賓頓太太比她母親可愛一些，因為她不愛講話。艾琳諾輕易地就可以感覺得出密賓頓太太不多話是個性使然，與她的理解力、判斷力無關。她對丈夫和母親也是一樣寡言，因此任何人都無法和她建立一種更親密的關係。除了重複前一天已經說過的話，她就無話可說。她言辭無趣，一成不變，沒有任何情緒起伏。她並不反對丈夫安排的聚會，只要一切都弄得體面、氣派，而且兩個大孩子也能跟著她。但是她從不曾因爲那些聚會而顯得興高采烈，反而表現得跟端坐在家中沒什麼兩樣。她不會加入大家的談話，她的存在也沒有給其他客人帶來愉悅。只有在她關切那幾個搗蛋的兒子時，才能讓別人注意到她的存在。

布蘭登上校是艾琳諾認識的所有新朋友當中最有內涵的一位。他是個有趣的人，會爲別人帶來歡樂。魏樂比則不太一樣，艾琳諾對他的景仰和關心一如兄妹。如今他正在熱戀中，把注意力全部都在放在瑪麗安身上，如果不是這樣，他或許會比較討人喜歡。同樣心繫瑪麗安的布蘭登上校卻得不到她的青睞，他發現只有和艾琳諾聊天時，被冷落的心情才能夠得到安慰。

艾琳諾發覺上校似乎知道，這段令他失望的戀情已經毫無希望，於是她越發同情上校。艾琳諾猜想上校知道瑪麗安已經陷入別人的情網，是因爲有一天晚上在巴頓園，大夥正忙著跳舞，艾琳諾和上校坐在一塊，這時上校的眼睛一直盯著瑪麗安，沉默一會兒後，他訕訕地笑著說：「我知道你妹妹認爲人生只能有一次戀情。」

艾琳諾回答道：「是啊，她滿腦子都是浪漫的想法。」

「或者更精確地說，我相信她會認爲，人一輩子不能談兩次戀愛。」

「我相信她會這樣認爲。但是我不知道她爲何會有這種想法，我父親就娶過兩個太太。無論如何，或許幾年之後，當她的常識和觀察都有所增長之後，會變得比較理性一點。那時，他們兩個人可能比現在更懂得如何定義、證明愛的眞諦。」

他回答說：「也許是吧，但是年輕人腦袋裡的偏見是那麼的有趣，有誰願意看見他們放棄自己的想法，而去接受一般人的觀點呢？」

艾琳諾說：「這一點我不同意。瑪麗安有些想法很難讓人認同，就算她是如此的熱情奔放和天眞無邪，也無法彌補。她完全不把規矩放在眼裡，我覺得多見見世面會對她有很大的益處。」

上校停頓了一會，又繼續說：「你妹妹認爲人一生中只能談一次戀愛，是對任何人都是如此嗎？如果第一次戀情失意，是因爲對方用情不專，或是因爲命運捉弄而分手，難道他們一輩子就不能再談戀愛？」

「說眞的，我不知道她對這些事情的看法。我只知道，我從不曾聽她說過，第二次戀愛是可以被原諒的。」

他說：「這種看法是不會持久的。情感的改變——哦，不不，不是故意的——年輕時一談戀愛，就很容易有這樣的想法，這太偏執、也太危險了！我自己就有過這種經驗。我曾經認識一個女孩子，脾氣、個性和你妹妹一模一樣，思想和價值觀也像她，但是由於遭遇一連串不幸的狀況而完全改變了……。」說到這裡，上校突然打住，似乎覺得自己說太多了。他臉上的表情，激起了艾琳諾的好奇心，如果他不是欲言又止，她可能不會起疑心，現在她卻不由自主開始想像他現在情緒上的變化，是因爲過去某些溫柔的回憶。不過艾琳諾並沒有再進一步探索。如果是瑪麗安的話，她一定不會那麼輕易放過。她會立刻憑自己豐富的想像，迅速編出一個完整的戀愛故事，而且是一個悲慘的苦戀故事，每個情節都按照最纏綿悱惻的劇情推展。

第12章

第二天早上，艾琳諾和瑪麗安一起散步，瑪麗安告訴了姊姊一件事。儘管艾琳諾早就知道瑪麗安鹵莽又粗心，但是她仍爲妹妹這兩項缺點再一次被充分證實感到震驚。瑪麗安非常興奮地告訴她，魏樂比要送她一匹馬，是他在桑莫塞夏郡的莊園自己養大的，絕對適合女孩子騎乘。瑪麗安絲毫沒有想到她母親根本沒有養馬的計畫——如果她因爲接受這項禮物而改變初衷的話，她還得購買另一匹馬給僕人，同時還得另聘一個僕人照顧這匹馬，最重要的還得蓋一個馬廄來飼養這匹馬——而瑪麗安卻毫不猶豫地接受了這個禮物，並且欣喜若狂地告訴姊姊這個消息。

「他想立刻吩咐他的馬夫到桑莫塞夏郡去牽那匹馬，」瑪麗安說，「當這匹馬送來時，我們就可以每天騎馬了。你也可以一起騎。我親愛的艾琳諾，想想看，騎著馬奔馳下山是多麼快樂的事！」

瑪麗安不願意從如此幸福的美夢醒過來，去理解這件事會帶來不愉快的事實，有一段時間她根本不願意去接受。增加一個僕人多花不了多少錢。她敢說，她母親一定不會反對再添一個僕人，而且隨便買一匹馬給他就好了。至於馬廄，只要小小的一間就夠了。艾琳諾直言瑪麗安不該接受來自一位才剛認識、還了解不深的男人的禮物。這禮物未免也太貴重了。

「你錯了，艾琳諾。」瑪麗安溫婉地說，「就算我對魏樂比的了解還不夠多，認識的時間也不算長，但是在我所認識的人當中，除了你和媽媽以外，他算是我比較了解的人了。兩個人的交往夠不夠深，決定因素不在時間長短或機會多寡，而在於性格。有些人彼此認識了七年也不見得彼此了解，有些人則是才認識七天就已經非常了解彼此。接受哥哥送我馬匹，要比接受魏樂比的讓我更覺得不妥當。雖然和哥哥一起住了好幾年，但是我一點也不了解他。但對魏樂比，我卻早已了然於胸。」

艾琳諾覺得這時候最好不要再討論這個問題。她知道妹妹的脾氣，如果對這個敏感的話題繼續提出反對，只會讓她更加堅持己見。於是艾琳諾動之以情、曉之以理，讓她知道飼養馬匹會增加家庭的開銷，且無疑地是給母親增添重擔。瑪麗安聽了之後便打消念頭，決定不向母親提起魏樂比要送馬給她的事，並且同意下次再見到魏樂比，會婉謝這項贈禮。

瑪麗安信守諾言，當天魏樂比來訪時，艾琳諾聽見瑪麗安非常失望地低聲婉謝魏樂比贈馬的心意，並向他解釋箇中原委，這讓他不好意思再提出任何進一步的要求。不過他顯得非常關切，在表達誠摯的心意之後，他也低聲的說：「但是，瑪麗安，這匹馬仍舊是你的，雖然你現在不能騎牠。但是我將會保留這匹馬，直到你能擁有牠。當你離開巴頓，組織屬於你自己的家園時，『瑪珀女皇』將會來迎接你。」

這些話艾琳諾全都聽見了。從魏樂比說這些話時的態度，以及他直接稱呼瑪麗安的名字，艾琳諾立刻看出他們兩人的感情十分親密，顯示出兩人情投意合，艾琳諾甚至懷疑他們是否已經私訂終生。這一點都不令人驚訝，她只是奇怪一向坦率的瑪麗安竟會讓她在無意間發現這個事實。

第二天么妹瑪格麗特跑來告訴她一個秘密，這使得瑪麗安的婚事更加明朗化。原來前一天晚上，魏樂比整天一直與她們一家人在一起。有一段時間只剩瑪格麗特、魏樂比和瑪麗安三個人在客廳，因此有機會觀察到他們的情況，於是她便趕緊跑去告訴大姊。

她大叫：「噢，艾琳諾，我有一個秘密要告訴你，是關於瑪麗安的。我保證她很快就會嫁給魏樂比。」

艾琳諾回答：「自從他們兩個第一次在山崗認識之後，你幾乎每天都說這樣的話。你記不記得在他們彼此認識還不到一個禮拜的時候，你一口咬定看見瑪麗安把魏樂比的照片掛在頸子上，結果那只是伯祖父的縮小畫像。」

「這次可不一樣！我確定他們很快就會結婚，因爲他已經有一綹她的頭髮了。」

「當心，瑪格麗特，那很可能只是他伯祖父的頭髮罷了。」

「但是，艾琳諾，那眞的是瑪麗安的頭髮。我這麼確定，是因爲我親眼看見他剪下來的。昨天晚上喝完茶後，你和媽媽走出客廳，他們一直在用很快的速度講悄悄話。魏樂比好像在向她要什麼東西，不久之後，他便拿起剪刀剪下她披在肩上的一綹髮梢，還親了親那綹頭髮，之後便用紙片把它包起來，放在他的皮夾裡。」

瑪格麗特說得如此繪聲繪影，令艾琳諾不得不相信。而且這件事跟她自己的觀察也完全一致。

瑪格麗特並不是每次都這麼伶俐。有一天晚上在巴頓園，珍寧絲太太硬是要瑪格麗特說出誰是艾琳諾仰慕的男士，因爲她想知道好久了。這時瑪格麗特邊看著大姊邊說：「艾琳諾，我不能講出來，對嗎？」

這話惹得大夥哄堂大笑，艾琳諾也試圖跟著笑，卻感到痛苦。她知道瑪格麗特想說的是誰，但是她不能說出來，免得被珍寧絲太太拿來當作笑柄。

瑪麗安意識到艾琳諾的尷尬，本想幫她圓場，結果卻反而幫了倒忙。她臉紅脖子粗，激動地對瑪格麗特說：「別忘了，無論你猜的是誰，你都沒有權利說出來。」

「我可沒有猜測，」瑪格麗特說，「是你告訴我的。」

大夥一聽更樂了，紛紛起哄要瑪格麗特多講一些。

「哦，拜託，瑪格麗特，把所有的事情都說出來吧！」珍寧絲太太說，「那位紳士到底是誰呢？」

「我絕不能講，夫人。但是我知道他是誰；我也知道他現在人在哪裡。」

「是，是，我們可以猜到他人在哪裡。他當然會在諾蘭園，在他自己的家。我猜，他一定是那個教區的副牧師。」

「不，他不是傳道人，他根本沒有職業。」

「瑪格麗特，」瑪麗安非常溫柔地說，「你知道，這些全都是你自己編出來的，世界上根本沒有這個人。」

「嗯，這麼說他是剛剛去世？瑪麗安，我確定曾經有過這樣的一個紳士，他的名字是『費』開頭的。」

正在此時，密竇頓太太突然說：「雨下好大喔！」頓時替艾琳諾解了圍。儘管她相信密竇頓太太之所以會如此說，並不是出自對自己的關心，而是對她丈夫和她母親熱衷於這種沒有品味的話題深感厭惡。善解人意的布蘭登上校也立刻接腔，說了些跟下雨相關的話題。魏樂比掀開鋼琴，要求瑪麗安坐下來彈琴。於是大家只好把剛剛的話題就此打住。但是艾琳諾驚魂未定，心緒仍處在緊繃的狀態中。

這天晚上，眾人決議翌日到一個景色優美的地方遊玩，此地叫惠特爾，距離巴頓約十二英里，是布蘭登上校姊夫的莊園。他的姊夫目前正在國外，若沒有上校引領，一般人是無法進入的。據說，那個莊園非常漂亮，尤其約翰爵士更是大力推崇，過去十年來，每年夏天他都至少會在那裡舉辦兩次聚會，因為他的意見值得信賴。眾人決定明天早上在那個莊園的小湖泊中泛舟遊樂。他們還會帶一些冷飲和冰涼的食物，四輪敞篷馬車，郊遊聚會所該預備的東西也都一應俱全。

但是有人擔心這個計畫有點冒險，他們認為時節不對，過去兩個禮拜以來一直在下雨，而且達希伍德太太感冒了，艾琳諾便勸她待在家裡休息。

第13章

這趟旅程，最後卻與艾琳諾期待的大相逕庭。她原本預料會玩得全身濕透、既疲倦又刺激。然而事情比她想像的更不幸，因爲最後他們根本沒有去。

上午十點整，所有人都依約來到巴頓園，準備一起吃早餐。儘管昨晚下了一整夜的雨，但是今天早上天氣相當不錯，天空的烏雲已逐漸散開，陽光三不五時會探出頭來。衆人興致很高、笑聲盈盈、充滿期待，決意要克服萬難去享樂。

正當大夥吃早餐時，信差送信來。有一封是給布蘭登上校的——他打開一看，臉色爲之大變，旋即起身離開餐廳。

「布蘭登是怎麼回事？」約翰爵士問道。

沒有人知道。

「但願他不是收到什麼壞消息。」密竇頓太太說，「想必是很不尋常的事情，才會讓上校如此倉促地離開。」

五分鐘後，上校回到餐廳。

「不是什麼壞消息吧，上校？」他一進門，珍寧絲太太便問。

「不是，夫人。謝謝你。」

「是來自亞維農的信嗎？難道是令妹的病情有所變化？」

「不是的，夫人。只是從城裡寄來的一封公函。」

「如果只是一封公務信，你為什麼見了之後大驚失色呢？來來來，這樣是不行的，上校，告訴我們眞相吧！」

「親愛的母親，」密竇頓太太插嘴說，「看看你在說什麼。」

「還是你表妹芬妮要嫁人了？」珍寧絲太太絲毫不理會她女兒的責備繼續問道。

「不，眞的不是。」

「好吧，那樣我知道是誰寄來的信了，上校。我希望她一切安好。」

「你指的是誰呢？夫人。」上校臉色有點難看。

「噢！你知道我在說誰。」

「非常抱歉，夫人。」上校轉向密竇頓太太說，「我現在收到這封信，必須馬上離開，去倫敦城裡處理一些公務。」

「去城裡？」珍寧絲太太大叫，「這種時候去城裡能做什麼？」

「要離開這麼愉快的聚會，是我的一大損失。但是最令我擔心的是，大家若要去惠特爾，還是非得有我在才行。」上校接著說。

這對大夥眞是一大打擊！

瑪麗安焦急盼望地說：「布蘭登先生，如果你寫一張字條給管家，這行得通嗎？」

上校搖搖頭。

「我們一定要去。」約翰爵士說，「我們既然決定了，就不應該再耽擱。布蘭登，你等明天再走吧，就這麼說定了。」

「但願事情能就此解決。可是我實在沒有辦法推辭，哪怕是一天也不行。」

珍寧絲太太說：「那麼就請你讓我們知道到底發生了什麼事，讓我們來評評是否非立刻去不可。」

魏樂比說：「如果你先和我們去惠特爾之後才啓程，頂多晚六個小時。」

「我一個小時都不能耽誤。」

這時，艾琳諾聽到魏樂比小聲地對瑪麗安說：「有些人就是不肯跟大家一塊玩樂，布蘭登就是其中一個。我敢說，他是怕感冒，所以弄出這個金蟬脫殼之計。我敢拿五十基尼金幣打賭，那封信一定是他自己寫的。」

「肯定是這樣。」瑪麗安回答。

「我老早就知道，你一旦做了決定，就很難說得動。」約翰爵士說，「但是無論如何，我希望你再考慮一下。想想看，這兩位卡瑞小姐從紐頓莊園趕來，這三位達希伍德小姐則是從她們的別墅走過來，還有魏樂比先生特地比平時早起兩個小時，這全都是爲了今天的惠特爾之行。」

布蘭登上校再次爲令大夥感到失望而道歉，同時重申他眞的非走不可。

「好吧，那你什麼時候還會再回來呢？」密竇頓太太接著說，「你處理完事情就趕快回來吧，我們在巴頓園等你。我們還是要等你回來，才能夠成行呢。」

「謝謝你的好意。但是我不確定什麼時候才能回來，我不敢和大家預定時間。」

「哦！他一定得回來！」約翰爵士大叫，「如果他在週末前還沒回來，我就去找他。」

珍寧絲太太也應聲喊道：「好，約翰爵士，就這麼辦！也許到時候你就能知道到底發生了什麼事。」

「我才不想當包打聽，人家不想講就算了。」

僕人來通報，上校的馬匹已經準備好。

「你不是要騎馬到城裡去吧？」約翰爵士問道。

「不是，我只騎到霍尼頓，然後就改乘馬車。」

「好吧，既然你堅持要走，那就祝你一路順風。不過我還是希望你會改變心意。」

「我眞的沒有辦法。」他向衆人告辭，同時轉向艾琳諾說，「達希伍德小姐，不知道冬天的時候，我還有沒有機會見到你和你妹妹們？」

「恐怕沒有什麼機會了。」

「那麼，我將會有很長一段時間都不能再見到各位了。」

他對瑪麗安只鞠了一個躬，一句話也沒說。

珍寧絲太太還在追問：「來，上校，在你走之前，讓我們知道你要去辦什麼事？」但他只預祝她上午過得愉快，然後在約翰爵士的陪同下，離開了房間。

之前大家爲了禮節，一直壓抑的滿腹牢騷與委屈，現在一股腦兒全宣洩出來，大家都同意碰到這種掃興的事情，實在令人生氣。

「我知道他是去辦什麼事情。」珍寧絲太太得意洋洋地說。

「你眞的知道，夫人？」衆人幾乎異口同聲地問。

「是的，我猜他一定是爲了威廉絲小姐的事情。」

「威廉絲小姐是誰啊？」瑪麗安問。

「什麼？你不知道威廉絲小姐？我敢說，你以前一定聽說過這個人。親愛的，她是上校的一位近親。至於有多親，我可不敢說，怕會嚇到各位年輕的小姐。」接著她壓低聲音對艾琳諾說，「她是他的私生女。」

「眞的？」

「當然。她一發愣起來的神情跟上校很像。我敢說，上校會把所有的財產都留給她。」

約翰爵士一回來，便跟大夥一起爲無法成行感嘆良久，不過他提議，既然大家都到齊了，一定要玩點別的。經過幾番商議，大夥認爲儘管只有到惠特爾才是最快樂的事，但是他們坐車去鄉間兜風也可以散散心，於是他們喚來馬車。第一輛是魏樂比的馬車，瑪麗安和他一起坐。他們飛快地馳騁過巴頓園，瞬間就不見人影，直到大夥回來，才又見到他們。這對情侶似乎玩得很開心，但嘴裡只是籠統地說他們一直都在鄉間小路上兜風，只是大家都往高地上去了。

接著大夥決定乘興開一個舞會，一整天下來每個人都玩得非常開心。後來卡瑞家又來了幾個人，晚飯時將近有二十人，約翰爵士見此情景，覺得非常得意。魏樂比照例坐在艾琳諾和瑪麗安中間。珍寧絲太太坐在艾琳諾的右邊。才剛坐下，珍寧絲太太就傾身向後，在艾琳諾和魏樂比背後，用兩人剛好能聽見的聲量對瑪麗安說：「雖然你千方百計地躲開我們，不過我還是發現你們約會去了。我還知道你們今天早上到哪裡去了。」

瑪麗安臉色泛紅，慌忙應道：「我們到哪去了？」

魏樂比說：「我們不就是乘坐我的馬車出門嗎？」

「是，是，厚臉皮先生，我可是很清楚。瑪麗安，我希望你會喜歡那幢房子。我知道，那幢房子非常大，將來當我去探望你們時，希望你們已經添了傢俱，六年前我去時，那裡什麼傢俱都沒有。」

瑪麗安不知所措地別過臉去，珍寧絲太太則是開懷大笑。艾琳諾發現，珍寧絲太太會知道這對情侶去哪裡約會，是因爲她派人去詢問魏樂比的馬夫，由此得知魏樂比帶瑪麗安去了艾倫漢，又花了相當長的時間在那裡的花園散步，也逛過整幢大宅第。

艾琳諾簡直不敢相信眞有這種事。女屋主史密斯老太太還住在裡面，而瑪麗安一點也不認識她，魏樂比實在不應該做此邀約，瑪麗安也不應該同意進入那幢豪宅。他們一離開餐廳，艾琳諾便追問瑪麗安事情的原委。使她大爲驚訝的是，珍寧絲太太所講的完全屬實。瑪麗安對艾琳諾懷疑珍寧絲太太所說的事還感到氣憤。

「你爲什麼會認爲我們沒有去過那裡？你不也常希望能去看看嗎？」

「是的，瑪麗安，但是我不會選史密斯老太太在那裡的時候去，而且只有魏樂比一個人作陪。」

「無論如何，魏樂比是唯一有資格帶我去看那房子的人。而且他的小馬車也坐不下很多人。今天是我這輩子過得最愉快的一天。」

艾琳諾說：「有些事情令人愉快，卻不見得恰當。」

「才不是呢！愉快正是恰當最有力的證據，艾琳諾。假如我做得不恰當的話，我的感性會告訴我。人做錯事情的時候，自己往往能察覺到。一旦我知道自己做錯了，我就不會那麼愉快了。」

「但是，我親愛的瑪麗安，這已經使你惹來人家的閒言閒語了，你難道不會開始懷疑自己的行爲有失謹愼嗎？」

「如果只是因爲珍寧絲太太的閒言閒語，就認定我行爲不檢，那樣我們一輩子無時無刻都在犯錯了。我一點也不在意她的批評和讚許。我到史密斯太太的花園散步，去看看她的宅第，這有什麼錯？這些花園和房子總有一天是魏樂比的……而且……。」

「就算這莊園有一天會是你的，你這時候去看還是很不應該，瑪麗安。」艾琳諾打斷了她的話。

這番話讓瑪麗安聽得兩頰羞得泛紅，轉身離開，但是可以明顯看出她極爲高興。十分鐘之後，她跑回來，很興奮地告訴她姊姊：「艾琳諾，也許我去艾倫漢是欠缺考慮，但是魏樂比好想帶我去看那幢房子。我敢保證，那是一幢非常迷人的房子。樓上有一間大小適中、很舒適的起居室，只要再添幾件現代的傢俱就非常宜人。房子的兩側都有窗戶，其中一邊的窗戶可以看見後院滾球場的整個草坪和一片漂亮的樹叢，另一扇窗戶可以看見教堂和村莊。越過這些，還可以看到我們都喜歡的美麗山巒。除此之外，我倒不覺得那房子有什麼出色之處，因爲傢俱太老舊了——但是如果重新裝潢的話，就會使它成爲全英格蘭最別緻的避暑別墅了。魏樂比說，那大約要花個兩、三百英鎊。」

如果艾琳諾一直聽她講下去，而沒有別人來打岔的話，瑪麗安一定會非常快樂地細述那幢房子每個房間的情況。

第14章

布蘭登上校突然結束巴頓園的拜訪，又堅持不透露原因，令珍寧絲太太十分好奇，還爲此苦思了兩、三天。她是一個對什麼事情都很好奇的人，特別是別人的行爲，對每個人都是如此。她不停猜想上校離開的原因，認爲一定有什麼壞消息，她想遍各種有可能發生在他身上的苦難，並且堅決認爲他不應該瞞著所有的人。

「我肯定是令人傷心的事情，」她喃喃說道，「從上校的臉上看得出來。可憐的男人！我擔心他的經濟情況可能很糟。他在德拉福特的產業一年賺不到兩千英鎊，他弟弟又把事情弄得一塌糊塗。我猜想他八成是被叫回去處理錢的問題，要不然還會有什麼事？不過也有可能不是。我一定要查個水落石出。也許是有關威廉絲小姐的事——對，肯定是她，因爲當我提到威廉絲時，他看起來很不自然。也許是她生病了，我記得她老是病懨懨的，應該就是這麼一回事了。他不太可能陷入經濟困難，因爲他是個精明的人，何況這時他一定已經清理完產業的問題了。還是他在亞維農的妹妹病情惡化了？所以叫他趕去。他那麼急著離開，看來很像是這個原因。我衷心盼望他能脫困，還能娶個賢慧的妻子。」

珍寧絲太太就這樣邊猜想，邊自言自語。她的看法變來變去，不停地揣測，好像每種情況都有可能。艾琳諾雖然也很關切布蘭登上校，不過她不像珍寧絲太太那樣大驚小怪，胡亂猜測。在她看來，情況並沒有那麼嚴重，沒有必要那麼驚慌。眞正使她感到疑惑的是，瑪麗安和魏樂比絕口不提兩人的戀情。他們明明知道每個人都對他們的戀情非常感興趣，卻選擇繼續沉默，保密的程度不像他們倆平時的個性。爲什麼他們不公開讓媽媽知道兩人情投意合？艾琳諾實在搞不懂。

她明白他們倆可能還不至於立刻結婚，因爲雖然魏樂比已經立業，但是他並不富有。據約翰爵士估計，魏樂比的年收入只不過六、七百英鎊罷了，但他的花費很大，根本入不敷出，經常抱怨自己窮困。但是他們對私訂婚約的保密顯得很奇怪。他們的戀情，其實大家都看得一清二楚，這與他們平時的想法與作風大相逕庭，所以艾琳諾有時候也懷疑，他們到底是不是眞的訂了婚，也因爲未曾證實，她一直不敢去問瑪麗安。

魏樂比的行爲明顯地表達了他對達希伍德母女的一片深情。他對瑪麗安特別溫柔多情，待她的家人也像個女婿或兄長般滿心摯愛、充滿關照之情。他把小別墅當自己的家一樣，他待在達希伍德家的時間比待在艾倫漢多。如果巴頓園沒有大型聚會的話，他也會在早晨的時候出去活動活動，其餘時間則在待瑪麗安身邊，連他心愛的獵犬都趴在瑪麗安腳邊。

尤其是在上校離開大約一個星期後的某一天晚上，魏樂比彷彿對周遭的每一件事情益加眷戀。正巧達希伍德太太提到她計畫明年春天改建別墅，他卻激烈反對，因爲他對周圍這一切景物已產生感情，覺得一切都很完美，不需要改裝。

「什麼？」他驚叫道，「改建這個可愛的別墅！不！我絕不同意。如果我的關切受到尊重的話，請務必不要添加任何一磚一瓦，更動一分一毫！」

「你不用擔心，」艾琳諾說，「我們暫時還不會動工，因爲我媽永遠不會有足夠的錢修房子。」

「那我就放心了！」魏樂比嚷道，「如果她有錢卻無法花在更好的用處上的話，那我寧願她一生窮困。」

「謝謝你，魏樂比。看在我所愛的人的情分上，假如到明年春天等我計算利息，有一筆閒錢可花時，我寧可讓這筆錢閒著，也不會把它拿去做令你痛苦的事。但是，你當眞這麼喜歡這裡，覺得它完美無缺嗎？」

「沒錯。」魏樂比說，「我覺得它完美無缺。不對，不只如此，我覺得它是唯一能讓人感到洋溢著幸福氣氛的房子。如果我有錢的話，我一定會照著這幢小別墅的樣子來重建岸然谷別墅。」

「那樣，你一定也會在你那幢新屋裡，蓋條又暗又窄的樓梯，還有燻煙四起的廚房了。」艾琳諾調侃地說。

「是的。」魏樂比激動地說，「這幢別墅的一磚一瓦，無論好壞，我都照它的原樣蓋一模一樣的。唯有在這樣的屋簷下過活，我在岸然谷才能像在巴頓園一樣自在快樂。」

「依我看呀，」艾琳諾答道，「將來你若是擁有更棒的臥房和較寬敞的樓梯，你也會覺得自己的房子完美無缺，一如你現在對這幢別墅的感覺一樣。」

魏樂比說：「我那房子當然也有我喜歡的地方，但是我對你們家這別墅有一份無法抹滅的感情，是別的地方無可比擬的。」

達希伍德太太歡喜地看著瑪麗安，這時瑪麗安的雙眸緊盯著魏樂比，那眼神彷彿在說，她完全明白他的心意。

「一年前我到艾倫漢時，每次經過這裡，沒有一次不用讚賞的眼光往這屋子裡觀望，並且哀歎沒有人住進這幢房子。當時我幾乎不曾想到，我會從史密斯太太那裡聽到有人搬進去住的消息，等我到這鄉間來，才看見巴頓別墅已經有人住了！當時我覺得很高興，而且有一種預感，覺得我會從巴頓別墅找到幸福的滋味。事情果不其然，不是嗎？瑪麗安。」他壓低聲音對她說。

接著他又用先前的聲調繼續說：「但是，達希伍德太太，這幢房子會被你破壞了。光是你想改裝的想法就已經剝奪了它的樸素之美！這個可愛的客廳，就是我們初識的地方，也是大家一起共度過許多快樂時光的地方，每個人都渴望待在這個客廳，因此直到如今，它比世上任何漂亮的地方，更能給人便利和舒適。」

達希伍德太太再次向他保證她不會重新整修房子。

「你人眞好。」他熱切地回答，「你的承諾令我放心。如果你的保證能更延伸，我會更快樂。請告訴我，不只這房子不會改變，你和令嫒也不會改變，而且你會始終如一友善地對待我。正是因爲你和藹的風度，才使得所有屬於你的東西都令我覺得珍貴。」

達希伍德太太爽快地做了這進一步的保證，魏樂比整個晚上的言行舉止都流露出他的情意和幸福之感。

魏樂比準備離開時，達希伍德太太問道：「你明天會來和我們一起吃晚飯嗎？我並不是要求你明天早上來，因爲明天早上我們必須走路去巴頓園，拜訪密竇頓太太。」

他答應明天下午四點鐘再來。

第15章

第二天，達希伍德太太和兩個女兒一同拜訪密竇頓太太。瑪麗安以有事推托沒跟著去。母親斷定她和魏樂比有約，男方想趁她們外出時找瑪麗安，因此也樂見她留在家裡等魏樂比來訪。

等她們從巴頓園回家時，看見魏樂比的雙輪輕馬車和馬車夫在她們家門口等候。達希伍德太太心想自己果然沒猜錯，可是一進門，卻看見料想不到的情況。她們才進門，瑪麗安就匆匆忙忙地衝出客廳，臉色悽苦，一直用手帕擦眼睛，沒說一句話便衝到樓上去。她們又驚訝又憂慮，只看見魏樂比一個人背對著她們，站在壁爐台旁。她們進到客廳，他就轉身面向她們，他的臉色也和瑪麗安一樣難看，看得出來心情也非常沉重。

「她到底怎麼了？她生病了嗎？」達希伍德太太一進門便追問。

魏樂比試著擠出笑容，回答說：「我希望不是。但願生病的人是我——因爲我遇到一件令人沮喪的事情。」

「令人沮喪的事情？」

「是的，因爲我不能留下來和你們一起吃晚飯。今天早上史密斯太太仗著有錢有勢，想要指使一個窮困的表親，因此派我去倫敦辦此事。我剛剛接到這個消息，所以必須離開艾倫漢。現在我懷著悲傷之情來向你們告辭。」

「去倫敦——你今天早上就要啓程嗎？」

「現在就得走。」

「眞是太遺憾了。但是史密斯太太的話，你又必須照辦。但願你去的時間不會太久。」

他紅著臉答道：「謝謝你。但是我想我不可能馬上回來。我通常很少一年之內來找史密斯太太兩次。」

「難道史密斯太太是你在德蒙夏郡唯一的朋友？只有艾倫漢莊園會歡迎你嗎？太不像話了，魏樂比。難道我們就不能邀請你來嗎？」

他的臉色益加變紅，眼睛直盯著地上，只喃喃答稱：「你們太好了。」

達希伍德太太用訝異的眼神看了艾琳諾一眼，艾琳諾也一樣感到震驚。衆人沉默了一會後，達希伍德太太先開口：「親愛的魏樂比，我只能說，巴頓別墅永遠歡迎你。我不強迫你儘快回到這裡，因爲只有你知道，史密斯太太要你待多久，她才滿意。因此該離開多久，你自有判斷，我不懷疑你的判斷，但是什麼時候回來就看你的意願了。」

魏樂比有些慌忙地回答：「我現在受差遣要做的事，是那種，那種——唉，我說不出口……。」

他沒有再繼續說下去。達希伍德太太驚訝得說不出話來，於是眾人又靜默了一會兒。接著魏樂比略帶一絲微笑先開口：「這樣耗時間實在愚昧。我不能再耽擱下去，折磨自己抓住現在已無法享受的友誼。」

於是他匆匆離開。她們看著他步上馬車，驅車離去，隨即看不見蹤影。

達希伍德太太難過得不想說話，便走出客廳，獨自傷心去了。

艾琳諾和母親一樣不安。對於剛剛發生的事，她既憂慮和疑惑。魏樂比告別時的舉止、侷促不安的神情、強顏歡笑的樣子，尤其是他拒絕她母親邀約時那種畏畏縮縮的樣子，一點也不像戀愛中的男人，更不像他平常的樣子，這實在令艾琳諾費解。

她先是擔心魏樂比可能對他和瑪麗安的婚事，從來沒有認眞地考慮過，一下子又猜疑他可能和瑪麗安吵架。看到瑪麗安一臉悽苦走出房間的樣子，八成是兩人發生嚴重口角。但是再仔細一想，瑪麗安那麼愛他，似乎不可能和他大吵一架。

無論是什麼原因造成他們分離，瑪麗安的傷痛毋庸置疑。艾琳諾非常心疼地想著，瑪麗安這時候必定傷痛欲絕，也許還正在埋頭痛哭，她傷心起來時總是會盡情發洩。

大約過了半小時，母親回到客廳，她的雙眼通紅，卻沒有不愉快的神情。

「艾琳諾，我們親愛的魏樂比現在離開巴頓已有幾英里遠了吧！」達希伍德太太一邊坐下來做家務，一邊說，「他一路上心情一定非常沉重。」

「整件事情太奇怪了，他走得那麼突然，彷彿是瞬間發生的變故。昨天他還快快樂樂、深情款款地和我們在一起！但現在只在十分鐘前打個招呼，便匆匆離去，而且好像不打算再回來了。一定是出了什麼嚴重的事情，他的舉止很反常。媽，你一定也看到這些變化了。會是發生什麼事呢？他們吵過架嗎？否則他爲何不願意接受你的邀請呢？」艾琳諾說。

「艾琳諾，他並不是不願意！我看得很清楚，他只是無能爲力。我也一直在思考整件事情，有些事情一開始顯得很奇怪，不過我現在已經找到圓滿的解釋了。」

「你眞的能夠解釋？」

「是啊。我非常滿意我自己的解釋，但是艾琳諾，你老是喜歡疑神疑鬼——我知道我這解釋不一定能令你滿意，但是你也不能說服我放棄我的看法。我相信是史密斯太太懷疑魏樂比對瑪麗安有愛意，但是她不贊成，也許是她對他另有別的安排，因此趕快把他支開。派他去處理那件事情只不過是個藉口罷了，我相信事情就是這樣。他很清楚史密斯太太反對他和瑪麗安交往，因此不敢在她面前坦承自己已經和瑪麗安訂婚。他在經濟上還得依賴她，所以只好聽從她的安排，暫時離開德蒙夏郡。我知道，你會告訴我，事情也許是這樣，也許不是，但是除非你能提出其他令我滿意的解釋，否則我不要聽你吹毛求疵的批評。現在，艾琳諾，我要聽聽你怎麼說？」

「我沒有什麼話可說，你不都已經料到我會怎樣回答？」

「我知道，你會告訴我，事情或許是這樣，或許不是這樣。艾琳諾，你的思維眞叫人難以捉摸！你老是往壞處想，寧願憂心瑪麗安的痛苦並責怪魏樂比，也不願意去尋求合理的解釋。你堅決認爲錯在魏樂比，因爲他一反常態，毫無感情地告辭。你不允許他是一時粗心大意，或者因爲最近遭遇挫折而精神抑鬱嗎？只因爲情況並不確定，你就不可能接受任何可能性了嗎？我們有一千個理由去喜歡他，或許他眞的有不能說出來的苦衷。你到底在懷疑他什麼呢？」

「我也說不上來。但是，看到他剛剛那個反常的樣子，我難免懷疑發生了什麼令人不愉快的事情。不過，你極力爲他辯解也是對的，我也希望我對每一個人的判斷都能公正。也許魏樂比有充分的理由保密，但是把這些原因說出來，才符合魏樂比的性格，但他卻選擇保守秘密，這點令我感到十分訝異。」

「無論如何，不要再責怪他違反本性，也許這是沒有法子的事。然而你眞的認爲我爲他所做的辯護是公正的嗎？——我很高興——他獲判無罪。」

「我不完全認爲你的辯護是公正的。如果他們之間眞的已經訂婚的話，向史密斯太太隱瞞他們的婚事也許眞有必要，而魏樂比暫時離開德蒙夏郡也是恰當的。但是他卻沒有理由隱瞞我們啊！」

「隱瞞我們？親愛的女兒，你是在指控魏樂比和瑪麗安向我們隱瞞婚事？那眞是奇怪，你不是每天都在批評他們不夠謹愼嗎？」

「我不需要任何證據，就可以清楚了解他們的戀情。」艾琳諾說，「但是有關他們的婚事，我需要他們證實。」

「我對他們的戀情和婚事都不曾懷疑。」

「但是他們兩人都不曾向你提過結婚的事啊！」

「我不需要他們提隻字片語，他們的行爲舉止就足以說明一切。這兩個星期以來，他對瑪麗安、對我們的態度，不就足以說明他把我們當成最親的家人一樣？難道我們還沒有互相了解透徹嗎？他的眼神、態度、體貼且誠摯的情意，不是每天都在向我徵求同意嗎？我的艾琳諾，你怎麼能懷疑他們有沒有訂婚呢？你怎麼會有這樣的想法？你怎麼能假設魏樂比在離開之前，沒有傾吐他對她的愛意呢——他們怎麼可能毫無交換承諾就離別了呢？」

「我承認，」艾琳諾說，「所有的跡象都顯示他們已訂下婚約，只有一個跡象不對，就是他們完全不向別人談及婚事。在我看來，這才是最緊要的一件事。」

「眞是奇怪啊！你爲什麼非得把魏樂比想得那麼卑鄙不可？他們都已經公開交往了，你還懷疑他們兩人之間的關係。難道他對你妹妹的一往情深，都只是在演戲做假？你懷疑他的眞心嗎？」

「不，我從來沒有那麼想過。他一定愛著她，這點我可以確定。但是他卻冷漠無情、不顧結果地離開她。這豈不是一種很奇怪的感情？我親愛的好母親，你要記住，我從不認爲這件事是塵埃落定。我承認我曾經懷疑過。但是，我的疑心越來越小，甚至可能很快就雲消霧散了。只要他們繼續通信，我所有的疑慮就會消除。」

「你這個孩子！如果你看見他們在聖壇上，你當然可以說他們是去結婚。但是我可不需要這樣的證實。我的心中沒有任何的疑慮，也不認爲會有什麼秘密，一切都那麼公開、毫無保留。你不會懷疑你妹妹的感情，所以你就懷疑魏樂比。但是爲什麼要這樣呢？他不是一個紳士、一個有感情的男人嗎？難道他有表裡不一的情況，以致於我們需要警戒嗎？他會是個騙子嗎？」

「我希望他不是，我也相信他不是。」艾琳諾嚷道，「我衷心地喜歡魏樂比。懷疑他的誠懇，我比你更痛苦。但那是不自覺的，我不會鼓勵自己繼續懷疑下去。我承認，看到他今天早上那樣的表現，我非常震驚。他說話的樣子不像他自己，而且回應你的善意時一點也不熱切。但是他會那樣，原因可能正如你所說。他剛剛和妹妹分手，又看著她極為傷心的跑開，想早點回來，又害怕會違背史密斯太太的意思。但是他一定知道，拒絕你的邀請，還說要離開一段很長的時間，會給我們留下什麼樣的印象。遇到這種情況，清楚、公開地坦承他的困難，會更受到尊重，這樣也更符合他的本性。但是我不願意用偏執狹隘的心胸，在對方沒有依我們希望的方式來表達時，便責備、懷疑他。」

「你說得很對，我們不應該懷疑魏樂比。雖然我們認識他還不是很久，但是我們對他並不陌生。你有聽說過他的壞話嗎？如果他能自己做主而不把事情交代清楚就離去，那就很奇怪了。但是他還不能獨立，這樁婚事並不順利，恐怕婚期遙遙無期。就目前所能觀察到的情況而言，對婚事三緘其口也許是明智之舉。」

這時瑪麗安走進客廳，使她們的話題中斷。這使艾琳諾有一些時間思考母親剛才所說的那些話，認為其中有些說法不無道理，但願母親的分析是對的。

自從瑪麗安進入客廳，一直到吃晚飯以前，她們都沒再談魏樂比的事情，瑪麗安逕自坐在桌旁，半晌不說一句話。她的眼睛又紅又腫，看來是好不容易才忍住了眼淚。她刻意不看大家，既不吃飯也不說話。過了一陣子，母親悄悄伸手過去，疼惜地輕輕按住她的手。頓時，她僞裝的堅強崩潰了——淚水奪眶而出，轉身奔回房間。

整個晚上，瑪麗安都處於極度悲傷的情緒中。她無力克制，也不想壓抑。旁人只要稍微提及與魏樂比有關的任何事情，她都會立刻崩潰。儘管家人都非常關心她，但是她們說話時，總讓她無法不想到魏樂比。

第16章

與魏樂比分離的當天夜裡，瑪麗安覺得如果自己還睡得著的話，簡直就是不可原諒。如果起床時不覺得比上床時更想睡，她就沒有臉見家人。因爲她認爲在這種時候還能保持鎮定是一大恥辱，正因如此，她根本就無法鎮定下來。她整個晚上都醒著，大半時間都在啜泣。起床時頭痛，無法說話，也不想吃東西，令母親和姊妹們都感到非常難過，而她又不肯接受別人的安慰。

吃完早餐後，她漫無目標地兀自走到艾倫漢，滿腦子縈繞著過去那些歡愉的回憶，也爲如今的孤單而哭泣。

直到晚上，這樣的情緒依舊如排山倒海而來。她彈了幾首以前曾經彈給魏樂比聽的心愛曲子，也彈著他們經常合唱的每一支小曲，然後她坐在鋼琴前，盯著他曾爲她抄錄的每一行音符，直到自己的心情沉重到無以復加的地步。這樣的情緒日復一日，她常常在鋼琴前一坐就好幾個小時，唱歌唱到最後往往泣不成聲。讀書和唱歌時一樣，總是勾起她無限的痛苦。她什麼書也不讀，只讀他們過去常常一起翻閱的書籍。

如此強烈的哀痛持續幾天後，她漸漸地平靜下來，只是變得鬱鬱寡歡。但是每天一個人默默地獨自散步，偶爾想起一些事情，依舊會讓她悲傷莫名。

魏樂比走後沒有寄來隻字片語，瑪麗安似乎也沒有期待會收到他的信。母親感到非常驚訝，艾琳諾也開始不安了起來。但是達希伍德太太卻隨時都能找到足以說服自己的解釋。

達希伍德太太說：「艾琳諾，你想想，我們的信件通常都是由約翰爵士幫忙傳達的，我們都認爲瑪麗安和魏樂比分離的事必須保密。我們也必須承認，萬一信件藉由約翰爵士轉手，就不可能保密了。」

艾琳諾無法否認有此可能，她一直試著找出充分的理由，解釋爲什麼瑪麗安和魏樂比兩人一直對婚事保持沉默。在她看來，有一種既直接又簡單、妥當的方式可以探知眞相，揭開所有的謎團。她忍不住向母親提此建議。

「爲什麼不直接去問瑪麗安？」她說，「看她是不是眞的已經和魏樂比訂婚了？你是她媽媽，又一向善解人意、寬宏大量，她應該不會對你生氣。因爲你是眞心關切她，一定會問出什麼結果。她向來就坦率，對你尤其如此。」

「我絕不會去問這樣的問題。假設他們根本還沒有訂婚，這個問題將多麼令她痛苦啊！無論如何，這樣做太不體貼了！何況她現在不想告訴任何人，我若強迫她說出來，以後就得不到她的信任了。我了解瑪麗安的個性，我知道她很愛我，只要事情適合公開，她絕不會讓我成爲最後一個才知道的人。我不會強迫任何人吐露心聲，更不想強迫我自己的孩子因爲覺得有義務而說出原本不想說的事情。」

艾琳諾覺得母親太縱容妹妹了，她忘了瑪麗安其實還很年輕。於是艾琳諾再敦促媽媽去詢問瑪麗安，但是母親不聽。那些最起碼的常識、關心、審愼，全都沉浸在達希伍德太太帶有浪漫色彩的性格中。

接下來的幾天，全家人都不敢當著瑪麗安的面提及魏樂比的名字。約翰爵士和珍寧絲太太則沒有那麼好心。他們的雋詞妙語往往爲瑪麗安帶來更多的痛苦。但是有一天晚上，達希伍德太太偶然拾起一本莎士比亞的書，大聲嚷道：

「我們從不曾把《哈姆雷特》讀完。瑪麗安，在我們還沒有達成目標之前，親愛的魏樂比已經離我們而去。我們先把書擱起來，等到他回來……但是也許要等上好幾個月。」

瑪麗安驚訝地大叫：「好幾個月？不——連好幾個星期都不需要！」

達希伍德太太對她剛才所說的那番話感到後悔，但是卻令艾琳諾欣喜，因爲這段話使瑪麗安有所反應，顯示她相信魏樂比，而且知道他的去向。

在魏樂比離開大約一個星期之後的一天早上，瑪麗安終於被說服，和姊妹們一起出去散步。在這之前，她都是獨自一人胡亂漫遊，一直小心地避免和任何人同行。如果姊妹們往山崗上走，她就溜去小路上；如果她們要去谷地中，她就一溜煙往山上跑去。在別人啓程以前，她已經跑得無影無蹤。但是最後她還是被艾琳諾說服了，因爲艾琳諾非常不贊成她這樣一再離群索居。

她們一直沿著山谷走去，大半時間都沒有人講話，因爲瑪麗安的情緒還不能控制。艾琳諾則爲瑪麗安略爲妥協感到高興，不想再得寸進尺。谷口的土地肥沃，雜草稀少，視野十分開闊，她們初到巴頓時，走的就是這條蜿蜒長路。她們忍不住停下腳步四處看看，駐足在這個以前散步時不曾來過的地點，眺望遠處的風景。

在這些景色中，三姊妹忽然發現一個浮動的身影，是一個男子騎在馬上，正朝她們過來。幾分鐘之後，她們看得比較清楚了，分辨出是一個紳士。不久之後，瑪麗安欣喜若狂地呼喊：「是他，一定是的——我就知道！」說罷急忙迎了上去。

艾琳諾緊追在後面大喊：「瑪麗安，你看錯了。那個人不是魏樂比，他沒有魏樂比高，而且氣質也不像他。」

「是他，是他！」瑪麗安喊道，「就是他！他的氣質、他的大衣、他的馬。我就知道他很快會回來。」

她迫不及待地邊說邊走。艾琳諾幾乎可以肯定那個人不是魏樂比，因此加快腳步趕上瑪麗安。轉眼間，她們和那位紳士只離不到三十碼的距離。瑪麗安再仔細一瞧，心立刻往下沉，只見她突然轉身往回跑。她的姊姊和妹妹直喊著阻止她，另外一個聲音也跟著要求她不要再跑了。瑪麗安轉過身，驚訝地看見那人竟然是愛德華。

那一刻，愛德華是瑪麗安唯一能包容原諒的意外訪客，也是唯一能博得瑪麗安笑容的人。她擦乾眼淚，向他展開笑容，爲姊姊感到高興的同時，暫時忘了自己的悲傷。

愛德華跳下馬，將馬交給僕人，跟著她們姊妹三人往巴頓別墅走去。他是專程來探望她們的。

愛德華受到大家的熱情歡迎，尤其是瑪麗安，接待愛德華的熱情更勝於艾琳諾。事實上，對瑪麗安而言，愛德華和她姊姊再度相會的情景和他們在諾蘭園時一樣冷淡。愛德華的舉手投足十分拘謹，在這種場合一個應有的眼神和談吐，他全都沒有。他渾身不自在，看起來似乎沒有因爲與她們重逢而感到愉悅。他既不欣喜若狂，也沒有興高采烈之情。除非情不得已，不然話說得少之又少，對艾琳諾也沒有特別流露愛戀之情。瑪麗安越發感到驚訝，她幾乎開始對愛德華有點反感。這時她又不禁想起魏樂比，因爲魏樂比的風度翩翩是愛德華怎麼樣也比不上的。

在一陣驚訝和寒暄之後，緊接而來的是一段短暫的沉默。接著瑪麗安詢問愛德華：是不是從倫敦來？不，他過去兩個星期一直待在德蒙夏郡。

「兩個星期！」瑪麗安重複著他的話，十分驚訝於他和姊姊待在同一郡，卻一直沒有來找她。

愛德華帶著不安的神情補充說，他之前和一些朋友待在靠近普里茅斯附近的地方。

「你最近有去過蘇塞克斯嗎？」艾琳諾問。

「一個月以前，我去過諾蘭園。」

「可愛的諾蘭園現在看起來怎麼樣？」瑪麗安高聲問道。

「可愛的諾蘭園看起來還是一如往年這時節的樣子吧——樹林裡、路面上都鋪滿厚厚的落葉。」艾琳諾說。

「喔！」瑪麗安嚷道，「以前看著樹葉飄零，我的心情是多麼的激動啊！當我在林中散步，看著落葉漫天飄飛，是多麼的愜意啊！那樣的情境、那樣的季節，還有空氣中的味道，都令人振奮！現在再也沒有人去欣賞落葉了。人們只當落葉是惹人嫌的垃圾，巴不得把它們快快掃走，眼不見爲淨。」

「並不是每個人都像你這樣，對落葉這麼有感情。」艾琳諾說。

「是的，我的感情常跟別人不一樣，也不常爲別人所理解。但是有時總會遇上知音，與我有同感，也了解我的感受。」瑪麗安說著說著便陷入沉思，過一會兒又清醒過來。

「愛德華，」她想把他的注意力引到眼前的景色上，「你看，這裡是巴頓谷。再往上看，你要保持平靜。看看這些山！你看過這麼漂亮的山丘嗎？左邊是巴頓園，就座落在樹林和農場中，你可以看見房子的一端。看看那邊，最遠的那座山丘下有一幢堂皇的建築物，那便是我們的房舍了。」

「這地方眞美，」愛德華應道，「但是低窪地區的冬天一定會變得很骯髒。」

「在這麼漂亮的風景之前，你怎麼會想到骯髒？」

他笑著回答：「因爲在我眼前的這些景物中，我看見一條非常骯髒的道路。」

「多麼奇怪啊！」瑪麗安一邊走一邊自言自語。

「這裡的鄰居好相處嗎？密爾頓一家還可以嗎？」

「不，一點也不，他們糟得不能再糟了。」瑪麗安回答。

「瑪麗安，」她姊姊大叫，「你怎麼可以這麼說？你怎麼可以這麼不客觀？費拉斯先生，密爾頓是非常可敬的家庭，他們待我們極其友善。瑪麗安，你忘了他們爲我們帶來多少歡笑的日子？」

瑪麗安小聲地回答：「不，根本沒有什麼歡笑的時光。」

艾琳諾不理會瑪麗安的回答，只是逕自注意她們的訪客，試著和他保持對話，和他談談她們目前的住宅及生活上的事，也逼得他偶爾吐露幾個問題或評語。他的冷淡和寡言傷透她的心，她又氣又困擾。但是看在過去的情份上，她決定克制自己對他的態度，避免顯露怒氣或不悅，並以他應得的禮遇對待他。

第17章

達希伍德太太看到愛德華並不十分驚訝，因爲在她看來，他來巴頓別墅是再自然不過的事了。她的欣喜和親切的關懷，遠超過了她的驚訝。愛德華得到了達希伍德太太最熱情的接待，因此融化了他原本害羞、冷漠、保守的個性。打從他還沒進門之前，就已經漸漸溶解，後來他的心防更是徹底瓦解。愛上達希伍德太太任何一個女兒的男人，也都會同時愛上她。艾琳諾對於能看到愛德華的態度回復常態感到很開心。他對她們的感情再度熱絡起來，同時流露出對她們的關心。雖然如此，他看起來似乎不是很快樂。他讚美她們的屋子、誇獎周圍的景色，處處流露體貼、善解人意之情，但是卻顯得心事重重的樣子。這些達希伍德母女都可以感受得到，達希伍德太太將原因歸咎於他母親管教太嚴，因此，她憤慨地數落所有自私的父母。

晚餐過後，大夥圍坐在壁爐旁，達希伍德太太問：「愛德華，費拉斯太太現在對你的前途有什麼看法？你還是要違背自己的意願，去當一個偉大的演說家嗎？」

「不。我希望我母親現在能夠相信和了解，我根本沒有從政的興趣和才華。」

「但是，這樣你如何建立你的名聲？你必須成爲出名的人，才能滿足你的家人。然而你既不喜歡花錢，又不愛交際，也沒有職業擔保，要出名恐怕不容易。」

「我一點也不想嘗試，也不願出名。我有千百個理由不想出名。謝天謝地！誰也無法逼迫我變成天才和雄辯家。」

「這點我很清楚，你沒有什麼野心。你的願望很平凡。」

「我很希望像一般人一樣平凡，但過得很快樂。我相信我必須走我自己的路才會快樂，功成名就並不能帶給我快樂。」

「要是它們眞的能帶給人快樂，那才奇怪呢！」瑪麗安大叫，「財富、名利與快樂有什麼關係？」

「名利和快樂是沒有多大關係，但是財富和快樂的關係可大了。」艾琳諾這麼說。

「艾琳諾，眞想不到你會這樣說。」瑪麗安接腔，「唯獨沒有任何東西可以給人快樂時，金錢才會令人感到快樂。金錢除了足以讓人過相當舒適的生活之外，就別無滿足人的地方了。」

「或許，」艾琳諾笑著說，「我們的所見略同。我敢說，你所謂的足以讓人過舒適生活的收入和我所謂的財富，意思相近。我們都同意，現今的社會，如果沒有財富，外在的舒適必定匱乏。你的觀點只是比我的冠冕堂皇一些罷了。你倒說說看，你所謂過相當舒適生活的標準是多少？」

「大約一年一千八到兩千英鎊吧！不會超過這個數目。」

艾琳諾大笑，「一年兩千！我的標準才一千英鎊，我就猜到會有這個結果。」

「一年兩千英鎊已經相當少了！」瑪麗安說，「一個家庭不能用比這更少的錢來維持。我確定我的需求並不奢華，要有幾個僕人、一兩輛馬車、幾隻獵犬。一年如果少於兩千英鎊的收入絕對不夠用。」

艾琳諾聽到妹妹居然能這麼精確計算她未來持家需用的細目，不禁笑了起來。

「幾隻獵犬！」愛德華重複瑪麗安的話，「爲什麼你一定得擁有獵犬呢？並不是每一個人都打獵。」

瑪麗安紅著臉回答：「其實大部分的人都打獵。」

瑪格麗特異想天開地說：「希望有人會送給我們每一個人一大筆錢！」

「哦，會的！」瑪麗安興奮地說著，雙眸閃爍著光芒，臉頰也散發出喜悅，沉浸在幸福的甜美中。

「儘管不富有，但我們全都懷有這樣的希望。」艾琳諾說。

瑪格麗特大叫：「哦，天哪，果眞如此，我不知會有多麼快活！我眞不知道該怎麼用那些錢！」

瑪麗安的神情看起來也彷彿確信事情必定會是如此。

達希伍德太太說：「如果我的孩子們全都不需要藉由我幫助，就變成有錢人，我自己也不知道要怎麼花這一大筆錢！」

「你應該先從整修這幢房子做起。」艾琳諾說，「這樣，你不知道該如何花錢的難題，自然就會消失。」

「如此一來，你們一定會在倫敦大肆採購，到時將會有一筆可觀的訂單。」愛德華說，「書商、音樂商、畫商將因你們的光顧而樂不可支！達希伍德大小姐必定會請所有的版畫店將上好的版畫都送一份過來。而瑪麗安，我知道她的品味高尙——倫敦的所有樂譜商將無法滿足她。至於書籍，英國詩人湯姆森、考柏、史考特的書——她將會買下所有的版本，以防這些書落入不懂得欣賞的人手中，她也會買下所有教人如何讚賞老樹的書籍，是不是，瑪麗安？如果我說得太莽撞，請你原諒。但我想讓你知道，我並沒有忘記我們過去的爭論。」

「我喜歡提及往事，愛德華——無論過去是傷心，或是快樂，我都喜歡回憶往事——你提及的往事，絕對不會冒犯我。你對我會怎樣使用金錢的猜測準確無誤，至少我的零用錢一定會花在購買樂譜和書籍上面。」

「你的大半財產將會做爲年金，用在支付作家和他們的繼承人身上。」

「不，愛德華，我還有別的事情要做呢。」

「也許，你還可以嘉獎那些能將你的觀點透徹寫盡的作家，就是一個人一生只能談一次戀愛的理念——我相信，你的這個理念一直沒變。」

「那當然。以我這年紀，許多想法都已固定。不太可能因爲看到或聽到任何事情而改變想法。」

「你看，瑪麗安還是堅定如初，」艾琳諾說，「她一點也沒有變。」

「她只是變得比以前更嚴肅一點。」

「不，愛德華，」瑪麗安說，「你不必這樣批評我。你自己也不是很快樂的。」

「你怎麼會這麼想！」愛德華感嘆地說，「但是，我的個性本來就不是很開朗的。」

「我想那也不是瑪麗安的個性。」艾琳諾說，「我可以說她做事非常認眞、投入，有時候很愛說話，且充滿活力——但是她常常並不是眞的很快樂。所以我不會稱她是一個活潑的女孩。」

「我相信你說得對。」愛德華說，「但是我總覺得她是個很活潑的女孩子。」

「我經常犯同樣的錯誤。」艾琳諾說，「完全誤解別人的個性，把別人想得太開朗或太嚴肅，太聰明或太愚笨。我也說不上來是怎麼判斷的。有時是因爲聽他們對自己的描述，有很多時候則是聽別人談論他們，而我卻沒有花時間去求證、愼思明辨。」

「但是艾琳諾，我認爲聽聽他人的意見並沒有什麼錯。」瑪麗安說，「我覺得，我們本來就應該以別人的意見作爲我們判斷的基準。我相信，這應該一直都是你的信條。」

「不，瑪麗安，並非如此。我從來就不贊成屈服於別人的判斷。我試圖想影響你的只有行爲而已。我承認我經常勸你對待親友要有禮貌，但是我什麼時候要你完全採納親友的觀感，或順從他們對重大事情的判斷呢？」

「看來，到現在你還是沒有辦法說服你妹妹聽從你認爲應該注重的禮貌吧！」愛德華對艾琳諾說。

「正好相反。」艾琳諾一面回答，一面意味深長地看著瑪麗安。

愛德華說：「論看法，我站在你這邊；但是論做法，我恐怕就要支持瑪麗安了。我絕無意冒犯，但是我笨拙害羞，因此看起來好像是不在乎的樣子，其實我只是天性笨拙，以致於退縮。我經常覺得我一定是受個性影響，以致於不喜歡結交太多朋友，尤其在一群陌生的上流紳士中，我會非常不自在。」

「瑪麗安對於她自己不在乎的樣子，倒是從不羞於找藉口。」艾琳諾說。

「她因爲太了解自己，所以不必假裝害羞。」愛德華回答，「害羞只是自卑感作祟的結果罷了。如果我很有自信，而且我的風度非常自在、優雅，我就不會那麼害羞了。」

「但是你還是會拘謹。」瑪麗安說，「這就更糟糕了。」

愛德華非常驚訝的說：「拘謹？我有嗎？瑪麗安。」

「有，而且非常拘謹。」

「我不懂你的意思，」愛德華臉紅地回答，「我怎麼會拘謹？你怎麼會這麼想呢？」

看到他情緒激動的樣子，艾琳諾很驚訝，但是她試著一笑置之，並對他說：「以你對我妹妹的了解，還不懂她是什麼意思嗎？你難道不知道，只要誰說話沒她快，或對於她所熱愛之事物的讚賞沒有她狂熱，她就稱那人拘謹。」

愛德華沒有回應。他回復到比先前更嚴肅、沉思的狀態，沉默地呆坐半晌。

第18章

艾琳諾看到愛德華悶悶不樂的樣子，心裡頗爲不安。他的來訪只帶給她有限的快樂，他似乎並不享受這趟造訪，他的不快樂是顯而易見的。她盼望他能明顯地展露他對她的感情，她一度相信她可以激起他的熱情的。但是到目前爲止，他的愛情動向依舊曖昧不明，他對她的態度時而拘謹，時而含情脈脈。

第二天早上，在其他人尚未下樓前，他和艾琳諾、瑪麗安就走進餐廳。一向渴望促成他們幸福的瑪麗安立刻識相地走開，只留下他們兩人在餐廳。但是瑪麗安還沒有走遠，就聽見客廳的門打開。轉過身，她驚訝地看到愛德華一個人走了出來。

「我想出去看看我的馬匹。」他說，「反正早餐還沒有準備好，我很快就會回來。」

愛德華回來之後，對周圍鄉村的景色大大誇獎了一番。在前往村莊的路上，山谷中有許多風景優美之處讓他一覽無遺。有個村落的位置比達希伍德家的別墅高一些，從村裡可以眺望山丘全景，令他心曠神怡。這是瑪麗安頗感興趣的話題，她正開始描述她對這些風景的讚賞，並且更詳細地詢問他，有哪些景物最令他印象深刻。愛德華打斷她這一長串的問題，他說：「你不能問得太過頭，瑪麗安——別忘了，我對這裡的風景如畫一點概念都沒有，如果我們繼續再談細節，我的無知和缺乏品味一定會冒犯你。這些山丘應該說是險峻的，我卻只會說，這些山丘陡峭；崎嶇不平的路面，我會說成奇形怪狀的路面；我所謂的遠處景物看不見，應該說成是迷濛的山嵐。我的誠實讚賞必定能使你感到滿意。我稱這是一個絕佳的鄉村——山勢陡峭、樹木扶疏、景色宜人——到處有草原，還有一些井然有序的農莊散佈。我心目中對美麗鄉野的定義，都在這裡找到答案了，因爲它既美麗又實用——我敢說，它是風景如畫的地方，因爲你也那麼讚賞它。我可以輕易地相信，山上一定到處是奇石怪木、青苔遍地和灌木叢生，但是這些景物我都無法欣賞，因爲我對風景如畫一竅不通。」

「你說得非常貼切。」瑪麗安說，「但是爲什麼你要誇大其詞？」

艾琳諾爲他辯解說：「我想，爲了避免某種裝模作樣的情緒，愛德華卻掉到另一種裝模作樣的情緒了。因爲他認爲許多人對自然美景大加讚賞，其實都是假裝的，實際上他們內心並沒有那麼大的感懷。他非常討厭那種虛僞的人，所以就假裝自己不懂欣賞風景。其實，他一個人在觀賞大自然美景時，是一絲不苟的。」

瑪麗安說：「的確，許多人對大自然美景的讚賞，已變成只是無意義的陳腔濫調。每個人都假裝能感受到風景的美，且試著用很有品味和優雅氣質的口吻加以描述，彷彿他是第一個爲此美景下定義的人。我憎惡各種陳腔濫調，有時我不說出內心的感受，因爲我找不到足以形容那些美景的話語，而說得出來的盡是平庸的陳腔濫調，毫無品味和意義。」

「我相信，」愛德華說，「你就像你所說的，眞正感受到美好的風景帶給你的一切欣喜。但是，話說回來，你姊姊應該允許我只有著我所說的那種感受。我喜歡美麗的景色，但不是依照風景如畫的原則。我不喜歡彎曲、糾結、枯萎的樹木；我欣賞又高又大、直挺挺和樹葉繁密的樹木。我不喜歡荒廢、破爛的別墅，也不喜歡蕁麻、薊或石南花；我喜歡溫馨、舒適小巧的農家甚於守望樓。整潔、快樂的村民也比世上最好的惡霸，更容易討我歡心。」

瑪麗安驚奇地看著愛德華，又同情地看了看她姊姊，艾琳諾則只是在一旁笑。

這個話題沒有再繼續聊下去。瑪麗安默然沉思，直到新的東西突然引起她的注意。她坐在愛德華旁邊，當愛德華伸手從達希伍德太太那邊接過一杯茶時，他的手直接從她眼前晃過，手上的戒指非常顯眼，戒指中間還嵌有一綹髮絲。

她大叫：「以前我從來沒見過你戴戒指，愛德華。那是你姊姊芬妮的頭髮嗎？我記得她答應要給你一些頭髮。可是我記得她的髮色比較暗。」

瑪麗安不假思索地說出心中的感覺——但是當她看見愛德華感到相當困窘時，她才爲自己沒有經過大腦而衝出口的話感到難堪。他滿臉通紅，瞄了一下艾琳諾，回答：「是啊，那是我姊姊芬妮的頭髮，嵌在戒指上的髮色會因戒指上的光澤而有所改變。」

艾琳諾與他四眼相對，心中似乎了解事實的眞相。她和瑪麗安心裡都認定那是她自己的髮絲，對此艾琳諾和瑪麗安均感到十分得意。兩姊妹唯一的不同是，瑪麗安認爲那是艾琳諾送給愛德華的禮物，而艾琳諾卻認爲那是愛德華趁她不留意時，用計謀竊走的。無論如何，她並不認爲那是冒犯，只是假裝沒注意，轉向別的話題，卻抓住每個機會不停觀察那髮絲，以便確定那眞的是她自己的頭髮。

愛德華尷尬了許久，最後更顯得心不在焉。那一整個早上，他的表情特別嚴肅。瑪麗安很自責說了那些話。然而，要是她知道那些話一點也沒有冒犯她姊姊，她可能就會立刻原諒自己。

中午之前，約翰爵士和珍寧絲太太來訪。他們聽說有一位紳士到別墅來，所以特地來探望這位訪客。約翰爵士在岳母的協助之下，不多時便發現這位姓氏是「費」字開頭的訪客成了他們日後取笑艾琳諾的源頭，只是因爲才剛認識愛德華，所以不好意思立刻就捉弄他們。但是，艾琳諾從他們意味深長的表情中，就可以猜到，他們藉由瑪格麗特提供的線索，已經洞察到許多事情。

約翰爵士每次來訪都會邀請她們第二天去他家吃飯，或是當天晚上去他家喝茶。依目前的情況看來，約翰爵士覺得他有義務提供的，且最能讓她們的訪客盡興的活動，便是去他家吃飯、喝茶。

「你們今晚一定要和我們一起喝茶。」他說，「否則我們會相當孤單——明天你們一定得來和我們一起用餐，因爲我們還邀了很多人。」

珍寧絲太太更進一步邀請。她說：「興致一來說不定我們還會開個舞會呢？那可是很吸引你的吧，瑪麗安小姐。」

「舞會！」瑪麗安大叫，「不可能！誰會來跳舞呢？」

「誰？有你們呀，還有卡瑞家的小姐和輝塔克家的小姐們。怎麼？你認爲因爲某個人不在，就沒有人能跳舞啦？」

「我衷心盼望魏樂比能再度與我們同在。」約翰爵士接著說。

一聽這話，瑪麗安的臉瞬間變紅，令愛德華狐疑，於是他低聲問坐在他旁邊的艾琳諾：「誰是魏樂比？」

她簡短地回答了他。瑪麗安的表情更加饒富意味。愛德華終於了解眞相了，他不僅領悟了其他人的話意，也明白瑪麗安先前一直令他困惑的表情。當客人都走光時，他立刻跑到瑪麗安身邊，低聲說：「我一直在猜一件事情。我可以告訴你，我在猜什麼嗎？」

「你在猜什麼？」

「我要告訴你嗎？」

「當然。」

「嗯，那麼，我猜魏樂比先生一定熱愛打獵。」

瑪麗安又驚訝又困窘，但是看到愛德華那副不露聲色的淘氣樣子，她忍不住笑出來。沉默一會兒之後，她說：「哦，愛德華！你怎麼能這樣猜呢？——我希望到那個時候……我想你一定會喜歡他。」

他回答：「我也相信。」他對她的正經和熱情感到訝異。他只是想開一個普通的玩笑，並沒有把她和魏樂比之間可能有某種關係當眞，否則他也不敢冒然這樣說。

第19章

愛德華在達希伍德家的別墅住了一個星期。達希伍德太太熱切地挽留他再多住幾天，但是他偏偏像苦行僧一般，執意在與朋友們相處得最愉快的時候，選擇離開。最後那兩三天，雖然他心緒不是很平衡，但是已經改善許多。他越來越喜愛這個別墅和周圍的環境，每次一提到要離開就唉聲嘆氣的。他說，他很空閒，甚至不知道離開她們之後要去哪裡，但是他還是必須得走。從來沒有一個禮拜過得這麼快，他幾乎不敢相信已到了該告辭的時候了。他一再這麼說，其他事情也反覆提及，這反而使他的感情欲蓋彌彰。他在諾蘭園並不快樂，也討厭進倫敦城；但是不論是要去諾蘭園，還是倫敦，他都得走了。他非常珍惜她們的親切之情，與她們在一起是最讓他感到快樂的。但是他已經叨擾一個星期了，儘管他自己和她們都不願意就此告別，而且他的時間也沒什麼限制，但總該告辭了。

對於愛德華這種反覆無常的行徑，艾琳諾將一切都歸因於他的母親費拉斯太太。只要愛德華有什麼怪異的地方，她就可以怪罪他的母親，雖然她並不了解他母親的個性。無論如何，她對愛德華曖昧不明的情意感到失望、困擾、生氣，但是她還是以全然誠摯的體諒和寬宏大量，關心他的一舉一動。她總是將他不夠開朗、大方，且反覆無常的個性，歸因於他經濟尚未獨立，而且他知道他母親的脾氣和期望。他短暫停留並堅持要走，也源自他所受到的束縛與無可避免得與母親妥協的個性，一如人類歷來在責任與願望、父母與子女之間所存在的痛苦。她多麼希望知道他這些苦衷何時了結、這種衝突何時鬆綁——什麼時候他母親才會改變；什麼時候她兒子才有自由追求幸福的權利。但是希望渺茫，她不得不轉而從別處尋求慰藉，就是對愛德華的感情恢復信心。回憶愛德華在巴頓別墅的每句話、每個眼神，尤其是他一直戴在手上的信物，都令她大感安慰。

他要走的最後一天早上，大夥一起吃早餐時，達希伍德太太說：「愛德華，如果你有個職業可以應用你的時間、發展你的計畫，並付諸行動，你將會比較快樂。雖然，你的朋友可能因此有些不方便——你再也不能給他們許多時間。但是（她笑著說）至少你能從中獲益——你會知道離開朋友之後，自己要做什麼。」

「你說得對，」愛德華說，「這也是我一直在思考的事情。不論是過去、現在，或是未來，對我來說，可悲的就是我沒有主要的事業以及專業的工作使我在經濟上可以獨立。但是很不幸地，我自己的挑剔和朋友們的挑剔，使我變成今天這個樣子：懶散、無助。我們一家人從未在我的職業選擇這件事上獲得共識。一直到今天，我還渴望當一名牧師，但是我家人卻認爲這不夠體面。他們希望我從軍，但那對我而言太衣冠楚楚，無法勝任。當律師是夠優雅了，許多學法律的年輕人錦衣玉食，非常體面地進出上流社會，出入都搭乘豪華馬車。但是我對法律一點興趣都沒有，即使我家人認爲我不必刻意鑽研，我還是提不起興趣。至於加入海軍，目前雖然是很時髦，但我又太老了。年齡是加入海軍的第一個條件。最後，我好像並不需要有任何職業，即使我不穿紅色的大衣，我也能打扮入時、華貴。於是懶散變成是對我最有幫助、最體面的事。對一個十八歲的年輕男子而言，似乎也還不急著埋首在工作上。朋友都勸我什麼事也不必做，打從我進入牛津大學之後，便一直閒散著。」

「我想，結果將會是，」達希伍德太太說，「既然悠閒並不能使你快樂，那麼你就得培養你的子女擁有多種嗜好、多才多藝、擅長許多專業，成爲一個有名的人。」

愛德華以嚴肅的口吻說：「他們將會被教育成儘可能不像我，無論是在情感、行動、身份……等各方面。」

「快別這樣說，愛德華，這都是因爲你心情不好的緣故。你心情抑鬱，就以爲和你不一樣的人一定都是快樂的。但是別忘了，到了即將告別的時候，每一個人的心裡都同樣感到難過，無論他們的教養和地位如何。若想看到自己的幸福，什麼都不需要，只需要有耐心——說得更吸引人一些，就是要有希望。你的母親總有一天會成全你的，你所渴望的獨立，她有責任趕快讓它實現，免得害你整個年輕歲月都浪費在失望中。誰曉得幾個月之中會有多大的變化呢？」

「我想，」愛德華說，「即使再過幾個月，我的處境也不會有什麼改善。」

儘管達希伍德太太並不了解愛德華的沮喪，但是他的哀愁卻在告別聲中為大家憑添不少傷感。尤其是艾琳諾感到非常痛苦，需要時間或藉由忙碌來平撫這低迷的心緒。但是她決心立刻克服這個情緒，以免讓自己顯得比家人更傷感。她並沒有運用像瑪麗安那樣的方法：瑪麗安面對情人告別時，變得全然沉默、孤立、無所事事。這兩姊妹，因為她們的對象不同，所用的方式雖因人而異，卻也各得其所。

愛德華一離開，艾琳諾就坐在畫架旁，一坐就是一整天。她不刻意，也不迴避提到愛德華的名字，她也和以往一樣對家務事樣樣關心。雖然這樣做並不能減低她內心的痛苦，頂多只是避免增加痛苦罷了，但她母親和妹妹們卻因此不必太擔心。

瑪麗安覺得，姊姊的做法雖然與她的舉止完全相反，但不值得讚賞，她也不覺得自己明顯表達感情的行為有什麼錯誤。她自認為非常輕易就能做到自制——但是在具有強烈情愛的情況下，要這麼自制是不可能的事。凡事保持冷靜，可沒什麼好處，這點她不否認。但是她羞於承認她姊姊的表現非常冷靜，而她自己表達感情的方式卻是如此強烈而明顯，不過她依然眷愛、尊重姊姊的表現。

艾琳諾並未孤立自己不與家人相處，或出門躲避家人，或一整夜輾轉反側，不停思索，但她每天都非常想念愛德華並回顧他的一舉一動。她隨著心情起伏，時而嬌柔、憐憫，時而批評、懷疑。有時媽媽和妹妹們不在身邊，或大家手邊忙不一樣的事，而不能聊一聊，她會感到非常孤獨。在這樣的孤單中，她的心思難免漫天飛舞，過去和未來的情景就會浮現在她的面前，牽引她的注意以及她的記憶、遐想和幻想。

愛德華離開她們之後不久，有天早上，當她坐在畫桌前滿腦子縈繞著這類幻想時，突然有一位朋友來訪，打斷她的思緒。這時只有她一個人在家。她聽見前院小門關閉的聲音，便抬頭往窗戶外看，看見一大群人走向她們家，其中包括約翰爵士、密竇頓太太和珍寧絲太太。此外還有另外兩個她並不認識的人：一位紳士和一位女士。她挨近窗戶仔細看，約翰爵士看到她在窗口，便讓別人去敲她們家的門，自己則穿過草坪到窗口。艾琳諾不得不打開窗扉和他說話。由於大門和窗戶之間的距離很近，所以兩個人的對話很難不讓其他人聽見。

他說：「我們帶了一些陌生人來讓你認識。你喜歡他們嗎？」

「噓，他們會聽到你說的話。」艾琳諾小聲地說。

「如果他們聽見，也別介意。他們是帕莫夫婦。我保證，帕莫太太夏綠蒂非常漂亮。如果你往這方向看去，一定可以看見她。」

艾琳諾看了她幾分鐘之後，沒有按約翰爵士的話題繼續評論，只是轉開話題。

「瑪麗安到哪裡去了？她不會因爲我們要來，就跑掉了吧？我看見她的鋼琴蓋是打開的。」約翰爵士說。

「我想，她可能是去散步了。」

這時珍寧絲太太加入談話，她已經沒有耐心，等到達希伍德家的門打開才說話。她向著窗戶打招呼說：「你好嗎，親愛的？達希伍德太太好嗎？你的妹妹們都跑哪兒去了？怎麼？只有你一個人在家啊！你一定很高興有朋友來陪你坐坐。我帶了我另一個女兒和女婿來看你。哎呀！想不到他們來得那麼突然啊！昨天我們在喝茶時，我聽到一輛馬車的聲音，我從來沒想到會是他們。我只想著，會不會是布蘭登上校回來了。因此我對約翰爵士說：『我聽到一輛馬車的聲音。也許那是布蘭登上校回來了。』」

艾琳諾聽她說到一半的時候，轉過頭去向其他人打招呼。密竇頓太太於是介紹這兩位陌生客人。這時，達希伍德太太和瑪格麗特從樓上下來，大家坐下來，彼此互相認識，而珍寧絲太太從走廊踏進客廳，約翰爵士跟在身邊，一面走一面繼續聒噪地說一堆話。

帕莫太太比密竇頓太太年輕幾歲，但在各方面完全不像她。她長得矮小圓胖，臉蛋倒是極爲漂亮，看起來非常高興的樣子。她笑嘻嘻地走進大門——從頭到尾都一直保持著笑臉。她丈夫看起來非常莊重，年紀約莫二十五、六歲，髮型和思想都比他太太時髦，但是似乎不太願意和人打交道。他一進門就一副神氣活現的樣子，只稍微向在場的每一位女士鞠個躬，不發一語，然後觀察她們每一個人和整個住處，接著拿起桌上的報紙看，一直看到他們離開。

相反地，帕莫太太非常熱情，還沒坐定，就對客廳和屋內的樣樣東西讚不絕口，頻頻用非常有禮貌、快樂的措詞誇獎四周的美景。

「哇！這是多麼令人喜歡的房子啊！我從來沒看過那麼漂亮的房子！媽咪，想想看，自從我上次來這裡到現在，這裡變了好多！我早就覺得這裡會是一個令人滿意的地方，媽媽。」說著，她轉向達希伍德太太：「現在你們把它整修得那麼迷人！只要看一眼，姊姊，這裡每一樣東西都令人欣喜！我多麼喜歡擁有像這樣的一幢房子！你不也是這麼想嗎，帕莫先生？」

帕莫先生沒有回話，甚至連目光都沒離開過報紙。

「帕莫先生沒聽到我說的話，」她笑著說，「他有時候一點也沒聽見我在說什麼。眞是可笑！」

這對達希伍德太太而言還眞是新奇有趣，她從不曾從別人的漫不經心中發現情趣，她不禁驚訝地看著這對夫妻。

這時珍寧絲太太還是大聲繼續談她前晚對於女兒、女婿來訪而感到驚訝的事，直到所有的事情都被她說完爲止。談到他們很驚訝的事情時，帕莫太太痛快地爆笑，而其中兩三次衆人也覺得的確是相當令人不可思議。

「你們可知道，當我們全家人看到他們時，有多麼高興，」儘管大夥都坐在同一個房間，珍寧絲太太說這話時，傾身靠向艾琳諾，且把聲音壓低，彷彿有意不讓別人聽見似的，「但是，無論如何，我還是不希望他們在路上趕得那麼急，跑得那麼遠，因爲他們是經由倫敦繞道過來的。」她邊說邊點頭，邊指向她女兒，「她的身體不方便，我希望她今天早上留在家裡休息一下，但是她非得跟著我們不可，她渴望和你們大家見見面。」

帕莫太太笑一笑，說休不休息對她而言無所謂。

「她預產期是二月。」珍寧絲太太繼續說。

密竇頓太太再也受不了繼續這樣聊下去，於是詢問帕莫先生，今天報紙上有什麼新聞沒有。

「什麼新聞也沒有。」他一邊回答，一邊繼續看報紙。

「瑪麗安來了。」約翰爵士大叫，「現在，帕莫，你可要看看這位美若天仙的女孩！」

他立刻走向前去，打開前門，親自迎接她進門。瑪麗安一出現，珍寧絲太太立刻問她是不是去艾倫漢郡？帕莫太太一聽大笑，彷彿聽得懂這話的含意。帕莫先生看著她進門，打量她幾分鐘，然後又回頭去看他的報紙。帕莫太太的眼睛則被掛在房間四周的繪畫迷住了。她站起來仔細瞧這些畫。

「哦！親愛的，多麼漂亮的畫啊！嗯，好令人欣喜的作品！媽咪快來看啊，多麼討人喜歡的繪畫！我要說，這些畫實在太迷人了；我巴不得一直盯著它們直到永遠。」接著她又坐下來，好像把房間裡有什麼繪畫的事忘得一乾二淨。

當密竇頓太太站起來準備離開時，帕莫先生也接著站起來，放下報紙，伸伸腿，環視大夥。

「親愛的，你睡了一覺，對吧？」他的太太邊笑邊問。

他沒有回她的話，只是靜靜地在一旁看著眾人、看著這屋子，說天花板很低，而且有點歪，接著他點個頭，向所有人告辭。

約翰爵士請大家隔天一起到巴頓園作客。達希伍德太太想要待在家裡，所以婉拒他的邀約，只說三個女兒可隨自己的意思參加。但是她們也沒興趣去和帕莫夫婦一起吃晚飯，而且不指望有什麼樂趣，因此找藉口推辭，說明天天氣不穩定，可能會下雨。但是約翰爵士卻不肯放棄。他說，連馬車都爲她們姊妹準備好了，她們一定得去。密竇頓太太雖然並沒有繼續大力邀請達希伍德太太，但是卻大力邀約這三姊妹。珍寧絲太太和帕莫太太也加入極力邀約的行列，彷彿他們都擔心這場家庭聚會會無法舉辦，最後這三姊妹只好讓步。

他們一走，瑪麗安就說：「爲什麼他們要這樣要求我們參加聚會？雖然我們住在這裡房租很便宜，可是只要他們有訪客或是我們有訪客，我們都必須和他們一起吃飯，如果是這樣，這租約條件也夠苛刻了。」

「他們對我們是出於禮貌與大方吧。」艾琳諾說，「只是他們的邀約太頻繁了，幾個星期以前才邀請過我們。但是，如果他們的聚會總是那麼冗長乏味、枯燥的話，改變這狀況的決定權就不在他們了。我們必須想想其他辦法來應付。」

第20章

第二天，當達希伍德家三位小姐一走進巴頓園的客廳時，帕莫太太也從另一個門跑進來，神色歡喜又非常熱情地牽著她們的手，表示很高興再度和她們相見。

「能見到你們，我眞是太高興了！」她一面說著，一面坐在艾琳諾和瑪麗安之間，「因爲天氣這麼糟糕，我一直擔心你們可能不會來，果眞如此，那就太遺憾了。我們明天就要離開了！因爲魏斯頓一家人下個星期要來找我們。我們的到來實在是很突然，直到馬車已經到了我的面前，帕莫先生才問我，要不要和他一起去巴頓園。他總是這樣好笑！從來不先跟我商量任何事情！很遺憾，我們不能多停留一會兒，但希望我們很快就能在城裡見面。」

達希伍德姊妹不得不讓她打消這種希望。

「你們不去城裡？」帕莫太太笑著說，「如果你們不去，那我就眞的要失望了。我可以在我家隔壁的漢諾瓦廣場，幫你們找到全世界最好的房子。你們一定要來，眞的。如果達希伍德太太不想拋頭露面的話，在我還沒有生產前，很樂意帶各位四處走走。」

她們向她道謝，但是依然婉拒她一再的邀請。

「哦！親愛的，」帕莫太太對剛進門的帕莫先生說，「你一定得幫我勸勸達希伍德小姐們，今年冬天到城裡來找我們。」

帕莫先生毫無反應，只向她們母女輕輕點個頭，接著抱怨氣候不佳。

「多令人討厭的天氣啊！」他說，「這種天氣使每個人、每件事情看起來都那麼令人討厭。無論在家或在外面都令人感到沉悶，也讓人懶得與人打交道。約翰爵士說他家沒有撞球室，到底是什麼意思？懂得享受的人怎麼會這麼少？約翰爵士就像這天氣一樣無趣！」

不一會兒，其他人也陸續走進客廳。

「瑪麗安小姐，」約翰爵士說，「你今天恐怕無法像往常一樣到艾倫漢散步了。」

瑪麗安沉著臉，不發一語。

「哦，別在我們面前隱瞞了！」帕莫太太說，「你的事大家都知道了，我非常欽佩你的眼光，我相信他一定非常英俊。我們在蘇塞克斯郡的住處離他家很近，我猜想，大概不到十英里吧。」

「都快三十英里了。」她先生說。

「好吧！反正也沒差多少。我從沒去過他家，不過聽人家說，那是個非常漂亮的地方。」

「我這輩子還沒見過比那裡更糟的地方。」

瑪麗安依舊沉默，但是她的神情卻流露出對此話題的關切。

「那裡眞的很糟嗎？」帕莫太太繼續說，「若眞是那樣，我想，那漂亮的地方一定是在別處吧！」

當大夥在餐廳坐定，約翰爵士有些遺憾地說，他們總共才八個人而已。

「親愛的，」約翰爵士對他太太說，「客人這麼少，實在掃興！你爲什麼沒有邀請吉伯特一家今天也來作客呢？」

「我難道沒告訴你嗎？約翰爵士，當你先前告訴我這件事時，我已經告訴過你，他們上次才來和我們吃過晚餐。」

「你和我，約翰爵士，」珍寧絲太太說，「我們不要再拘泥於這種禮節了。」

「你們若這麼做的話，那就有些缺乏教養了。」帕莫先生大叫。

「親愛的，你總是愛跟大家唱反調，」他太太笑著說，「你知不知道你這樣說話才是魯莽呢！」

「我不知道原來說你母親缺乏教養就是在跟大家唱反調。」

「唉，你要怎麼說我，隨你便，」這位性情溫和的老太太說，「你已經從我手中搶走了夏綠蒂，再也不能退貨了，因此呢，你是受我的操控的。」

夏綠蒂一想到她丈夫的確是擺脫不了她，不禁大笑起來。因此她得意地說，她不在乎她丈夫如何對待她，畢竟他們還是得生活在一起。世界上實在找不到有人比帕莫太太更和氣、更懂得快樂之道的人。她丈夫對她的冷漠、傲慢和不滿，一點也不會帶給她痛苦，當他責罵她的時候，她絲毫不以爲意。

「帕莫先生很古怪！」瑪麗安對艾琳諾耳語，「他始終都是悶悶不樂的。」

經過艾琳諾的認眞觀察，她發現帕莫先生並不像他外表所表現的脾氣不好又缺乏教養。也許他就像一般男人一樣，對美女有特別的偏愛，但是卻取了一個愚昧的女人，因此他的脾氣才會變得有些乖戾。不過她知道，這種錯誤太常發生，聰明的人不會讓自己沒完沒了地痛苦下去。她相信，他鄙視每一個人、污蔑每一件事情，是爲了顯示自己的與衆不同，以及想要讓人覺得他比別人優秀，這個動機清晰可見。但是他的表現方式也許能在魯莽中成功地建立他的優越感，卻無法贏得旁人的喜愛和讚許，除了他太太之外。

「哦！親愛的達希伍德小姐，」帕莫太太接著說，「我要請你們姊妹賞個光，希望你們耶誕節時到克里夫蘭來玩。請答應我——最好在魏斯頓一家到我家玩時，你們也一起來。你們不知道這將讓我有多快樂！耶誕節一定會非常令人欣喜！親愛的——」她轉向丈夫，「難道你不渴望達希伍德家的小姐全都到克里夫蘭嗎？」

「當然，」他以輕蔑的表情回答，「我來德蒙夏郡不就是爲了這件事嗎？」

他太太說：「你們看，帕莫先生很期待你們來呢！所以你們可不能拒絕。」

三姊妹還是堅決地拒絕了帕莫太太的邀約。

「可是，你們還是非來不可。我保證，你們一定會愛上那裡所有的一切。魏斯頓一家也會到，一切都令人期待著。你們無法想像克里夫蘭是多麼美好的地方！我們現在好快樂，因爲帕莫先生爲了參加競選，經常跑遍街頭巷尾爭取選票，有許多我從未見過的人會來和我們一起吃晚飯，那實在是很有趣的事！但是，可憐的他！可算是筋疲力竭！因爲他被迫要使每個人都喜歡他。」

艾琳諾同意這是件辛苦的事，但也幾乎忍不住覺得好笑。

「他若是進入議會，那該有多棒！我會非常開心！看到他所有的來信都稱呼他『下院議員』的字樣，那多可笑啊！但是你知道，他說，他絕不會讓我利用他的職務之便，免郵費寄信的，對不對，帕莫先生？」

帕莫先生絲毫不理會她。

「你可知道，他是討厭寫信的，」她繼續叨絮著，「他說，那是相當令人厭惡的事。」

「不，」他終於說話，「我從來沒有說過那麼沒有理性的話，不要一股腦兒把你那些侮辱性的語言，都濫用在我身上。」

「你看看，他多滑稽。他老是這樣！有時他半天不和我說一句話，有時卻又突然冒出一句非常可笑的話——關乎各式各樣事情的話。」

回到客廳之後，帕莫夫人就問艾琳諾是不是喜歡她的先生，讓艾琳諾有些吃驚。

「那當然，」艾琳諾說，「他看起來好像很隨和。」

「嗯——我很高興你這麼認爲，他的確是很隨和的。他也非常喜歡你們姊妹，如果你們不去克里夫蘭，他一定會非常失望。我想不透你們爲什麼要拒絕。」

艾琳諾再次婉拒她的邀請，同時立刻轉移話題，以免她繼續懇求她們姊妹去克里夫蘭。她想，既然他們和魏樂比住在同一郡，帕莫太太可能比密竇頓先生更清楚魏樂比的爲人。艾琳諾渴望打聽到有關魏樂比的優點，以減輕自己對瑪麗安的擔心。她詢問帕莫夫婦是否在克里夫蘭見過魏樂比？和他交情深不深？

「哦！當然了，我知道他呢！」帕莫太太回答，「事實上，我從來沒有和他說過話，但是我在倫敦城裡經常見到他。他到艾倫漢郡時，我正巧都不在巴頓。我母親曾經見過他一次——但那時我跟舅舅正在衛茅斯。不過，我敢說，若不是我們很少正巧都在同一地方，我們在德蒙夏郡一定會經常見到他。我相信，他很少待在岸然谷，但是如果他經常待在岸然谷的話，我想帕莫先生也不會拜訪他，因爲他是反對派人士，何況路程也有點遠。我非常清楚你爲什麼詢問有關他的消息，因爲你妹妹即將嫁給他，這令我感到非常高興，因爲這樣她就可以當我的鄰居了。」

「說實在的，」艾琳諾回答，「如果你對這樁婚事有所期待的話，你知道的內情一定比我多。」

「不要否認啦!因爲你知道大家都在談論這件婚事。我是在經過城裡的路上聽來的。」

「親愛的帕莫太太!」

「我發誓我說的都是眞的，星期一早上，我們剛要離開城裡時，就在龐德街遇見布蘭登上校，是他告訴我這件事的。」

「我非常驚訝，布蘭登上校會告訴你這種事!你一定搞錯了。即使這是眞的，我也不相信布蘭登上校會把這樣的事情告訴一個與此事無關的人。」

「但是我向你保證，事實確是如此，我告訴你這是怎麼回事。當我們遇見他時，他就轉回頭來和我們一起走，因此我們開始聊起了我的姊姊與姊夫。我對他說：『上校，我聽說巴頓園附近搬來一戶新的人家。我母親來信說，這一家的姊妹都長得很漂亮，而且其中有一位即將嫁給魏樂比先生，這是眞的嗎？你最近才去過德蒙夏郡，所以你一定知道這件事。』」

「上校怎麼說？」

「哦！他沒有多說，但是他看起來好像是知道這件事情的。從那時起，我就確信事情一定是這樣。我非常高興！他們什麼時候結婚呢？」

「但願布登蘭上校一切安好。」

「哦！當然，他很好。他很誇獎你，盡說你的好處。」

「我受寵若驚，他是一個非常優秀的人，我覺得他非常善良。」

「我也這麼認爲。他是位非常迷人的男士，只可惜太嚴肅、刻板。我母親說，他也愛上你妹妹。我保證，如果他眞的愛上你妹妹，那是她的榮幸，因爲他很少愛上任何女孩子。」

「住在桑莫塞夏郡那一帶的人，有很多人認識魏樂比嗎？」艾琳諾問。

「我相信，應該不是很多人認識他，因爲他住在岸然谷，那地方很遠。不過所有認識他的人都覺得他非常和悅。沒有人的人緣像魏樂比那麼好，他無論走到哪裡都受歡迎。因此你可以告訴你妹妹，她很幸運能得到他；他也一樣幸運能擄獲美女的心。她非常漂亮，又好相處，再也沒有比她更好的女孩了。但無論如何，我並不覺得你妹妹比你漂亮，我認爲你們兩個都很美，我相信我先生也這麼認爲，只是昨晚我們沒有叫他說說他的看法罷了。」

帕莫太太有關魏樂比的訊息不夠具體，但是任何有關於魏樂比的好評語，都令艾琳諾感到高興。

「很高興我們終於認識彼此。」夏綠蒂繼續說，「我希望我們永遠都是好朋友。你無法想像，我多麼渴望看見你們！你們能搬來巴頓別墅住，眞是太好了！再沒有比這更令人欣喜的事了！我很高興你妹妹快要結婚了！希望你會常來岸然谷，因爲那是一個好地方。」

「你認識布蘭登上校很久了嗎？」

「是啊，很久了，從我姊姊嫁過來以後。他是約翰爵士的好友。」她壓低聲音說，「假如他有辦法的話，他一定會非常高興娶到我。但是我母親覺得他條件不夠好，否則約翰爵士就會向上校提婚事，這樣我們可能很快就結婚了。」

「布蘭登上校難道不知道約翰爵士曾經向你母親提過這樁婚事嗎？他從來沒向你表明情意嗎？」

「哦！沒有，要不是我母親反對，我敢說，他一定會樂於接受一切安排的。那時他只跟我見過兩次面吧，但當時我還在讀書。無論如何，我現在過得更幸福，帕莫是我喜歡的那種男人。」

第21章

帕莫夫婦在第二天返回克里夫蘭。住在巴頓的這兩家人又繼續互相款待對方。艾琳諾對帕莫夫婦一直無法忘記，一個無憂無慮，一個高傲正經，實在令人難以想像他們怎麼相處?沒過多久，約翰爵士和珍寧絲太太又介紹新朋友給她們認識。

約翰爵士和珍寧絲太太有一天早上去埃克塞特遊覽途中，遇見兩位年輕的女孩——露西和安娜小姐。珍寧絲太太欣然發現這兩個年輕女子就是她的遠房親戚，於是約翰爵士邀請她們，等她們結束埃克塞特的事情，就去巴頓園玩。因爲受到邀約，她們立刻停下在埃克塞特手邊的事務。密賽頓太太對於馬上要接待兩位年輕女子，感到非常驚訝，因爲密賽頓太太從來沒見過她們，對於她們是否優雅文明感到困擾，因爲她丈夫和母親對她擔憂的事情一點也無法提供正確的資訊。而且她們又是珍寧絲太太的親戚，這使得密賽頓太太的情緒更難平復。珍寧絲太太試圖撫慰女兒，勸告女兒不必在乎這兩位年輕女子的儀表是否過於時髦，因爲她們都是親戚，應該互相包容。

看來此時已不可能阻止她們來訪，密賽頓太太只好表現得像個有教養的婦女一般，只是藉由每天重提此事五、六次，薄懲丈夫，並以此自我滿足。

當這兩位女孩抵達巴頓園時，她們的儀表優雅，穿著時髦，態度也彬彬有禮。她們很喜歡巴頓園，不停地誇獎屋內的傢俱和擺飾，對她的孩子也疼愛有加，而且所談的話題正好是密竇頓太太喜歡的話題。才短短一個小時，兩姊妹就和密竇頓太太相談甚歡。密竇頓太太非常讚賞她們，直誇她們是討人喜歡的女孩。客人受到這樣的讚美，令約翰爵士對自己識人的判斷力更加自信滿滿。

當這兩位史荻小姐一抵達巴頓園，約翰爵士立刻趕去告訴達希伍德家的小姐們，並向她們保證，兩位史荻小姐是世上最可愛的女孩。這樣的讚揚其實沒有什麼意義，艾琳諾深知在英格蘭到處都可見到世上最可愛的女孩——具有各式各樣的外貌、長相、脾氣和見解的女孩。約翰爵士希望達希伍德全家趕緊去巴頓園，看看他的客人。他眞是一個善良、熱情的人！不將這兩位遠房親戚介紹給別人認識，會令他感到痛苦。

「現在，你們一定要來。」他說，「拜託！你們一定要來——我堅持，你們非來不可。你們絕對想像不到你們將會多喜歡她們。露西非常漂亮，教養又好，非常討人喜歡！我的小孩全都纏著她，彷彿早就認識她似的。她們倆也渴望見見你們，因爲她們在埃克塞特就聽說你們是絕世美女。我已經告訴她們，這傳言不假，而且事實更甚於傳言。我保證，你們一定會很高興和她們認識的。你們住那麼近，一定要過來！你們知道嗎？她們也是你們的親戚喔！你們是我的親戚，她們是我太太的親戚，所以你們當然也是親戚！」

但是約翰爵士的勸導並未生效。她們不為所動，只允諾這一兩天內會造訪巴頓園。約翰爵士只能驚訝於她們的冷漠，旋即道別回府，繼續向史荻小姐們吹捧達希伍德姊妹有多麼迷人，一如他向達希伍德家吹捧史荻小姐一般。

當達希伍德家的姊妹依約造訪巴頓園，並介紹給史荻小姐們認識時，達希伍德家的姊妹們發現，史荻大小姐年紀約莫三十，長相平庸，沒什麼值得仰慕之處；但另一位年紀約二十二、三歲，長得相當漂亮，眼光伶俐，看來十分機伶，而且氣質出衆。她們非常謙虛有禮，艾琳諾看到她們審慎小心地取悅密竇頓太太，並且全神貫注花時間在密竇頓太太的子女身上。她們一直誇獎孩子們長得漂亮、吸引孩子的注意，並逗他們玩得很開心，竭盡全力討孩子們歡心，目的等於是在讚賞密竇頓太太所做的一切。如果她正巧做了什麼事，或穿了什麼新款的高雅衣服，她們便高興一整天。利用這類人性弱點大獻殷勤的人，很容易獲得信賴，畢竟一個溺愛孩子的母親總渴望聽到別人對孩子的讚美，這是人性中最貪婪的慾望。密竇頓太太在這方面需索無度，而且她也因此很容易輕信他人。因此史荻小姐們對她的子女過多的愛和忍耐，在她看來就不足為奇了。她以母親慣有的自滿心態，看待她這兩位表親對她孩子魯莽、頑皮搗蛋的容忍；她看著她們的腰帶因此鬆了、披頭散髮、背包被搜得亂七八糟、刀片和剪刀被偷走，但是卻一副毫不在意的樣子。艾琳諾和瑪麗安只能靜靜地坐在一旁呆看。

密賫頓太太的兒子約翰拿起史荻小姐的手帕，丟出窗外，密賫頓太太卻說：「約翰今天精力特別旺盛！他總有一大堆花樣。」

不久，她二兒子非常用力地掐史荻小姐的手指，密賫頓太太依舊是充滿憐愛地說：「威廉太淘氣了！」

她接著輕撫兩分鐘之前才安靜下來的三歲小女兒說：「這是我可愛的小安娜瑪麗亞。她總是那麼乖巧、安靜，再也沒有像她那麼安靜的小孩了！」

但是不幸地，密賫頓太太在擁抱女兒時，頭飾上的針不小心刺到女兒的脖子，她女兒立刻尖聲嚎啕大哭，大家從沒聽過像這樣悽慘的聲音。密賫頓太太大爲震驚；史荻小姐們更是驚恐，趕快忙著哄這小女孩。小女孩坐在母親的腿上，不斷被親吻，史荻小姐蹲下來用薰衣草香水擦她的傷口，另一位史荻小姐則忙著塞一顆糖果在她嘴巴裡。她很聰明，雖得到這樣的報償，卻沒有停止哭泣，反而繼續尖聲大哭、抽噎，一把推開跑來安慰她的兩個哥哥。他們合力安撫卻毫無效果，直到密賫頓太太突然想起上星期也曾經發生類似的意外，想到也許用杏仁醬可以讓孩子停止哭泣。她的小女兒聽到母親想用杏仁醬的話時，哭聲暫時停了一下，於是她被母親抱出房裡，走到廚房去找杏仁醬，兩個哥哥也緊跟著。剎時間，原本鬧哄哄的客廳，頓時安靜了下來。

他們一走出房間，史荻大小姐就說：「小可憐！這實在是非常令人難過的意外。」

瑪麗安說：「我倒不覺得有什麼好難過的，這只不過是一點點小問題罷了，不需要這麼大驚小怪。」

「密竇頓太太是多麼貼心啊！」露西．史荻說。

瑪麗安靜默不語。無論情況如何，她不可能說出口是心非的話。因此，當禮貌上非得說些客套的場面話時，均由艾琳諾代勞。艾琳諾說這些客套話時，總是儘量用比較溫婉的語氣提及密竇頓太太，但是功力還是不及露西．史荻小姐。

「還有，約翰爵士是一個非常迷人的男人！」史荻大小姐說。

而艾琳諾則只說些簡單、適當的話，沒有任何溢美之詞。她只提到約翰爵士是一位和藹可親、友善的人。

「他們這一家是多麼吸引人啊！我這輩子從來沒見過那麼棒的小孩。我忍不住要溺愛他們，事實上，我經常瘋狂地溺愛著孩子。」

艾琳諾笑著說：「就我今天早上所看見的，我猜想也是如此。」

「我有個看法，」露西說，「你們覺得小密竇頓太受寵了。也許他們很外向，但是這在密竇頓家是很自然的事。我喜歡看小孩子精力旺盛的樣子。如果他們很乖順、安靜，我反而無法忍受。」

「我承認，」艾琳諾說，「在巴頓園時，我從未想到嫌棄乖順、安靜的小孩。」

這個話題停了一會兒，史荻大小姐看起來想繼續聊下去，於是突然開口問道：「達希伍德小姐，你很喜歡德蒙夏郡吧？我猜，離開蘇塞克斯一定令你感到非常難過。」

艾琳諾對這樣的詢問感到驚訝，但她誠實地表示自己的確很難過。

「諾蘭園是一個非常美麗的地方吧？」史荻大小姐又說。

「我們聽說約翰爵士愛極了諾蘭園。」露西開這口似乎是在彌補她姊姊唐突的問話。

「我想任何去過諾蘭園的人都會非常喜愛那個地方，」艾琳諾回答，「雖然沒有人能像我們一樣，眞正懂得它的美。」

「你們在那裡有許多聰明的追求者嗎？我猜想，我們這一帶這樣的男人不多。」

「爲什麼你覺得德蒙夏郡的紳士不比蘇塞克斯多呢？」露西替她姊姊感到羞愧地問。

「不，親愛的，我絕不會口是心非地說蘇塞克斯的紳士比這裡多，我相信這裡一定也有時髦聰明的紳士，但是我只怕如果這裡的紳士不如諾蘭園多的話，達希伍德小姐可能會覺得巴頓很單調乏味。但是也許像你們這樣年輕的小姐才不在乎有沒有俊俏的青年。但就我而言，穿著時髦、舉止有禮的俊俏青年非常討人喜愛。我無法忍受男人骯髒、邋遢。就像我們那裡有一位紳士羅斯先生，是非常俊俏機伶的青年，在辛普森先生那裡當書記。但如果你們某一天上午遇見他，妳會發現他簡直不能見人。我猜想令兄還沒有結婚以前一定也是少女們的理想情人，因爲他那麼有錢。」

艾琳諾說：「我實在無法回答你，因爲我並不完全了解你這些話的意思。但我可以老實回答你，如果我哥哥婚前是一個理想情人的話，那麼他現在也應該還是，因爲他婚後並沒有多大改變。」

「哦！親愛的！沒有人會認爲結了婚的男人還是理想情人。他們總是有事情要忙呢！」

「天啊！安娜！」露西高聲叫道，「你除了理想情人之外，就不能談點別的啊？你會讓達希伍德小姐以爲你滿腦子想的只是這些事情。」接著她試著轉移話題，開始稱讚這房子和傢俱。

兩位史荻小姐稱得上是典型的人物。姊姊安娜庸俗膚淺、無知愚昧；妹妹露西年輕貌美又機伶，但艾琳諾看得出她缺乏眞正的優雅和純樸。離開約翰爵士家之後，她絲毫不想再進一步多認識這對姊妹。

兩位史荻小姐卻不這麼想。她們從埃克塞特來，早就是以仰慕之情與約翰爵士的家人和他的表親交往，尤其特別渴望認識達希伍德家人。她們公開宣稱達希伍德家三位小姐是她們見過最漂亮、優雅、又多才多藝的女孩，並希望進一步和她們深交。艾琳諾發現，看來和她們交往是無可避免的事了。約翰爵士完全站在史荻小姐那一邊，每次舉行聚會都一定要邀請她們。因此達希伍德家小姐們每天都得到約翰爵士家，在同一個房間坐上一、兩個小時。約翰爵士沒再舉行別的聚會，他也不知道還需要什麼樣的聚會。就他看來，只要大夥聚在一起親近親近就夠了，由於這樣的聚會不斷舉行，因此他絲毫不懷疑大家已建立穩固的情誼。

約翰爵士竭盡全力促使她們相識相熟，他將達希伍德家姊妹的事蹟絲毫不漏地向史荻小姐們一一介紹。她們才不過第二次見面時，史荻大小姐就在艾琳諾面前誇獎瑪麗安才來巴頓沒多久，便找到如意郎君。

史荻大小姐說：「瑪麗安那麼年輕就結婚是件好事。我聽說他是個非常優秀的青年，而且長得非常英俊。我希望你也能很快地找到好歸宿。但是，也許你的心早有所屬。」

艾琳諾覺得約翰爵士在宣揚她和愛德華的戀情上，不像他宣揚瑪麗安和魏樂比的戀情時那樣坦白。約翰爵士很喜歡捉弄她和愛德華，因爲他們的戀情比瑪麗安那一對更撲朔迷離、更費疑猜。愛德華來訪期間，他們每次聚餐，約翰爵士總是意味深長地舉杯祝賀她情場得意，還頻頻對她點頭眨眼，他的一舉一動都引衆人注意。話題立刻傳開，大家都知道艾琳諾的心上人是「費」字頭姓氏的男士，接著更不斷引來捉弄他們的笑話。

一如艾琳諾所料，兩位史荻小姐現在都知道這些笑話了。史荻大小姐更是好奇地想知道費先生的全名，她每次都積極地打聽，像一個十足的好事者。約翰爵士對她的好奇心沒有賣太久的關子，他興沖沖地告訴史荻大小姐眞相，她也很仔細聆聽。

「費先生就是費拉斯先生。」他小小聲地說，「你千萬別說出去，因爲這是極機密的事。」他的聲音雖然不大，但是衆人卻聽得很清楚。

「費拉斯！」史荻大小姐重複唸一遍，「費拉斯就是那個幸運的男人，不是嗎？什麼！他是達希伍德小姐嫂嫂的弟弟？他是一位非常討人喜歡的年輕男士，我認識他甚深。」

「你怎麼可以這麼說呢？安娜。」露西大叫，她試圖修正她姊姊所說的，「雖然我們曾經在舅舅家見過他一兩次面，但說了解他，其實是言過其實了。」

聽她們這番說法，艾琳諾感到非常驚訝。心想：「是哪一個舅舅家？他住哪裡？他們又是怎麼認識的？」艾琳諾非常希望繼續聊這個話題，可惜史荻姊妹沒再多談。她第一次覺得珍寧絲太太的好奇心太低了，或者太不聒噪了，因爲從她那兒得不到什麼消息。而且史荻小姐談到愛德華時的態度，令艾琳諾十分好奇，她懷疑史荻小姐到底知道多少愛德華的事？而她也渴望藉此多知道一些關於他的事。但是她的好奇心未獲得滿足，因爲即使約翰爵士不經意提及或公開談起，史荻姊妹再也沒提起費拉斯的名字。

第22章

瑪麗安向來就無法忍受魯莽、粗鄙和膚淺的人，甚至連與她的品味不同都令她受不了。以她目前的心情狀態，更不願與史荻姊妹和樂相處，或與她們進一步交往。由於她對她們極為冷淡，艾琳諾自然成為她們轉移的目標。尤其是露西，絕不錯過可與艾琳諾交談的任何機會，極力想藉由輕鬆、坦率的話題，增進彼此關係。

露西頗為聰穎，談吐也還有趣，艾琳諾和她才相處半個小時，就發現她為人還算是謙和。但是她未受教育薰陶，以致於顯得無知或知識淺陋，心智上乏善可陳，尤其是連最基本的常識都沒有。儘管她極力展露自己的優點，但是絲毫逃不過艾琳諾的慧眼。她缺乏教育涵養令艾琳諾感到惋惜，何況她比較沒有惻隱之心、魯莽粗俗，但是待人卻又極為殷勤，在巴頓園極盡諂媚。艾琳諾實在沒有辦法忍受與這樣虛偽、無知的人相處，她的無知使衆人的話題常是言不及義。她對待每一個人也用極其恭敬、諂媚的態度，因此這一切作為在艾琳諾眼裡顯得沒有價值。

有一天，露西和艾琳諾一起從巴頓園散步回別墅時，露西說：「你一定會認為我問這個問題很冒昧。但是，我還是想問：你認識你嫂嫂的媽媽費拉斯太太嗎？」

艾琳諾確實覺得這個問題很冒昧，她的表情也流露出詫異。她回答，她從未見過費拉斯太太。

露西說：「是嗎？我還以為你一定在諾蘭園見過費拉斯太太。那麼，你可能無法告訴我，她是什麼樣的女人了？」

「沒辦法，我對她毫無所悉。」艾琳諾對自己談到愛德華母親的回答十分謹慎，也不希望滿足露西的好奇心。

「我相信你一定會覺得我很奇怪，我這樣在打聽她。」露西說話時直盯著艾琳諾，「但是我這麼做是有一些原因的——我希望我能冒個險。但是無論如何，我希望你相信我絕無意魯莽。」

艾琳諾客氣地回覆了一下，接著她們靜靜地繼續走了幾分鐘。露西打破沉默，又回到先前的話題，以同樣躊躇的態度說話：

「我不想讓你覺得我是個愛探別人隱私的人，請不要誤會我。我相信你是個值得信賴的人。事實上，我現在面臨困擾，很希望能聽取你的意見，告訴我應該如何處理。不過，我想不需要再打擾你了。很遺憾你不認識費拉斯太太。」

「你想知道我對她的看法？」艾琳諾極其驚訝地回答，「但是很抱歉，我確實不認識她。我真的不知道你和他們家有什麼關係，因此當你一本正經問我有關費拉斯太太的個性時，我承認我有點驚訝。」

「你感到驚訝，這是理所當然的。但是如果我告訴你全部的實情，你一定不會那麼驚訝。當然，現在費拉斯太太對我而言什麼也不是——時候可能會到，多快到就要看她的意思了——但也許我們可能會成為親密的一家人。」

她說這些話時低著頭，害羞臉紅地瞄了艾琳諾一眼，邊說邊看著艾琳諾的反應。

「天啊！」艾琳諾大叫，「你是說你認識羅伯特．費拉斯先生？真的嗎？」她想到，如此一來豈不是和史荻小姐成了妯娌，這點令她心裡不是滋味。

「不，」露西回答，「不是羅伯特．費拉斯先生——我從未見過他，」她兩眼凝視著艾琳諾說，「是他的哥哥。」

這對艾琳諾來說簡直是晴天霹靂！她幾乎不敢相信露西的話。她沉默地看著露西，無法分辨她這些話是真是假，也不知道她為什麼要說這些。雖然艾琳諾的臉色瞬息萬變，但是她堅持不輕信這些話，也極力掩飾自己的情緒。

「你一定感到非常驚訝，」露西繼續說，「因為你以前一點也不知道這件事。因為我敢說，他一定從來都沒有向你和你家人提過這件事。這件事一直是個秘密，直到我現在向你表白之前，一直都沒有跟人說過。除了我姊姊安娜之外，我所有的親朋好友都不知道這件事。如果我不是覺得你是値得信賴、又會保守秘密的人，我也不會告訴你。我想，我問了那麼多有關費拉斯太太的事情實在是非常冒昧，所以需要解釋一下。如果費拉斯先生知道我把這秘密告訴你，他也不會怪我的，因爲我知道他非常看重你們一家人，而且把你們姊妹當自己的妹妹看待。」

艾琳諾沉默片刻，剛開始她聽到這些話，驚訝到說不出話來，但最後還是保持鎭定地說：「我能不能問你，你們交往很久了嗎？」

「我們已經訂婚四年了。」

「四年！」

「是的。」

艾琳諾雖然非常震驚，但依舊無法相信這是眞是假。

「直到前幾天，我才知道原來你們倆認識。」她說。

「我們已經認識、交往好多年。你知道，他有好幾年一直受我舅舅照顧。」

「你舅舅！」

「是啊，就是普拉特先生。你聽他提過普拉特先生嗎？」

「我想，他的確提過。」艾琳諾回答時，強忍住高漲的情緒，儘量保持平靜。

「他曾經跟了我舅舅四年，那時他住在普利茅斯附近的龍斯塔波，我們就是在那裡認識的，因爲姊姊和我經常去舅舅家住。我們就是在舅舅家訂婚的，那是他退學一年後的事，之後，我們經常在一起。因爲他是瞞著他的母親，沒有得到她的認可，所以當時我不太願意訂婚。但是你可以想像，那時我太年輕，而且太愛他，以致於沒有考慮清楚就訂婚了。雖然你沒有我了解他，但是你知道，他就是那種會讓女人愛得死心塌地的人。」

「當然，」艾琳諾不知所云地回答。但是她想了一下之後，恢復對愛德華的信任，她相信他對她的誠意和感情，並覺得露西錯了，「你和愛德華．費拉斯先生訂婚！我承認我非常驚訝於你所說的，眞的——請你原諒，但是會不會是你搞錯人或搞錯姓名了。我們談的可是同一個費拉斯先生？」

「絕對錯不了。」露西笑著喊道，「愛德華．費拉斯，公園街費拉斯太太的長子，你嫂嫂約翰．達希伍德太太的弟弟。我總不可能把我要託付終生的男人的姓名搞錯吧！」

「那就奇怪了！」艾琳諾回答，這時她的心情極爲痛苦、困惑、難堪，「我從來沒聽他提過你的名字。」

「不，你只要想想我們的處境，就一點也不覺得奇怪了。目前首要之務便是保守這個秘密。你完全不知道我和我的家庭，因此他也沒有必要跟你提起我，何況他素來擔心引起姊姊猜疑，光是這個原因就足以讓他不提我的名字了。」

露西沉默下來。艾琳諾對這份戀情的安全感一直往下沉，但是她的自制力並未跟著沉下去。

「原來你們已經訂婚四年了。」她以沉穩的口吻說。

「是啊。天曉得我們還要等多久。可憐的愛德華！這件事令他心情糟透了。」接著露西從衣袋裡拿出一幅小畫像說，「爲了證明沒有認錯人，讓你看看這幅畫像。雖然畫得不太像，但是我相信你一定可以認出來是他沒錯。這三年來，我一直隨身帶著它。」

她一面說一面把畫像交給艾琳諾。艾琳諾一看，確實是愛德華沒錯，儘管她心中有過疑惑，擔心自己太快做判斷，或者希望證明露西所言有誤，但現在都無法不承認這一切都是事實。她立刻把畫像還給露西，承認畫像中的人物很像愛德華。

「我一直無法回贈我的畫像給他。」露西繼續說，「這事一直讓我很困擾，因爲他渴望有我的畫像！有機會我決定要找人畫一張給他。」

「你這麼做是對的。」艾琳諾鎮靜地說。她們靜靜地走了一會兒，又是露西先開口。

「我相信你一定會保守這個秘密，因為你知道這是非常重要的事。這件事絕不能讓他母親知道，因為她必定不會答應我們的婚事。我沒有財產，我想她是一個非常高傲的人。」

「我可沒有要你吐露秘密，」艾琳諾說，「不過，還好你信賴我不會洩密。可是你至少應該明白，讓我知道這個秘密，對保密並沒任何幫助。」

艾琳諾說話時，盯著露西看，渴望從她的表情看出一些端倪——也許她所說的有一大部分是謊言，但是露西的表情並無任何變化。

「我擔心你可能以為我對你太口無遮攔了，」露西說，「把所有的事情都告訴你。我才認識你不久，但是我常聽別人談起你們，所以我覺得早就認識你們全家。我一看到你，就覺得你像老朋友一樣。此外，我真的覺得在我打聽愛德華的母親之後，有必要向你多做解釋。很遺憾，我找不到任何人可以給我忠告。安娜是唯一知道這件事的人，但是她沒什麼判斷力，事實上她給我的麻煩比幫助多，我時常擔心她會背叛我。她並不知道如何緊守口舌，你一定已經感覺得出她就是這樣的人。我經常陷入極大的心靈交戰中，那天當約翰爵士提起愛德華的名字時，我還擔心安娜會把所有的事情都講出來。你無法想像我內心有多煎熬。我等了愛德華四年，真不知道自己是怎麼撐到現在的。我們的未來一切都懸而未決、前途未卜，我們一年難得見兩次面。我真懷疑我怎麼還忍受得住。」

這時她拿出手帕，但是艾琳諾未表同情。

「有時候，」露西用手帕擦擦眼淚之後又繼續說，「我在想解除婚約是否對我們都比較好。」她一面說，一面看著艾琳諾，「但是，有時我又不夠有決心。我不忍心害他陷入痛苦，我知道一旦解除婚約，不但他會很痛苦，我自己也痛苦。他那麼愛我，我覺得我永遠無法回報他同樣的愛。像這樣的情形，達希伍德小姐，你能給我什麼忠告呢？換作是你，你會怎麼做呢？」

「原諒我，」對此問題感到驚愕的艾琳諾回答，「我無法給你什麼忠告，還是得由你自己做判斷。」

沉默幾分鐘之後，露西繼續說：「遲早他的母親一定會給予他經濟上的支援。但是可憐的愛德華爲這件事感到非常沮喪！難道你不覺得他在巴頓時悶悶不樂嗎？他在龍斯塔波離開我們，到你們這邊來時，心情非常痛苦。我眞擔心你們以爲他那時生病了呢。」

「當他拜訪我們時，是從你舅舅那裡來的嗎？」

「哦，是啊。那時他和我們在一起兩個星期，你認爲他是直接從城裡去找你們的嗎？」

「不，」艾琳諾認爲她若知道得越多，就越能證明露西所言屬實，「我記得他告訴我們，他來找我們之前兩個星期，一直和普里茅斯附近的朋友住在一起。」她也記得，那時她非常驚訝於愛德華並未再多提那些朋友的事，甚至也沒提過那些朋友的姓名。

「你不覺得那時他的情緒非常沮喪嗎？」露西再問一遍。

「我們確實也感覺到了，尤其是他剛抵達時。」

「我曾要求他振作一點，以免讓你們看出來，因爲他無法再多陪我們幾天，而且他看我傷心難過，這點令他感到非常憂鬱。可憐的愛德華！我擔心他現在也同樣鬱悶，因爲他寫給我的信非常潦草。我離開埃克塞特時，收到他的來信。」她一邊說一邊從口袋裡掏出一封信，不經意地讓艾琳諾看到姓名和地址，「你一定認得他的筆跡，他的字寫得很好看。但是這一封信寫得太潦草了。他一定很累，但是爲了我，他只好儘量寫滿信紙。」

艾琳諾一看，認出那的確是愛德華的筆跡，她再也不懷疑露西所說的。她看到畫像時，還可以猜疑可能是露西偶然獲得的，而不是愛德華送給她的。但是他們之間有通信就證明他們有婚約，再也沒別的理由可以解釋。她幾乎要崩潰——一顆心直往下沉，只差沒昏厥。但是這時她絕對不能倒，她不得不奮力克服如此沉重痛苦的感受。

「聚少離多的兩人，」露西一邊說，一邊將信收進口袋裡，「通信是我們在長久分離期間唯一的慰藉。是的，我還有另一個慰藉就是他的畫像。但是，可憐的愛德華甚至連我的畫像都沒有。如果他擁有我的畫像，也許就會好過一些。上次他在龍斯塔波時，我給了他一綹頭髮嵌在戒指中。他說，這雖然能給他一點慰藉，但是不能和畫像相比。也許你看到他時，也注意到他手上那個戒指了吧？」

「我看到了。」艾琳諾壓抑心中從未有過的悲痛情緒，鎮定地說。此時她感到屈辱、震驚、困惑。

幸好，這時她們已經抵達別墅，可以結束談話。等到史荻姊妹在別墅坐了一會兒之後，便告辭回巴頓園。艾琳諾此時才可以眞正陷入苦思和感受心中的沉痛情緒。

第23章

儘管艾琳諾多麼不願意相信露西所說的一番話，但是她實在沒有理由懷疑她，因為露西不可能編造出那樣的謊言。而且露西所提出的每一件信物、所說的每一句話都吻合事實，只是不合艾琳諾主觀的期待。他們在普拉特先生家認識，正是整個故事的根基，這點毋庸置疑，但令艾琳諾感到驚慌。愛德華造訪普里茅斯附近，他的憂悶、對自己的前途不滿意、對艾琳諾的心意不確定，以及史荻姊妹對諾蘭園和達希伍德家的認識，在在令艾琳諾大感吃驚。畫像、信函、戒指，這一切都是證據，無論她怎麼找藉口，也改變不了這個事實。艾琳諾心中不由得怨恨愛德華為何要欺騙她？她痛恨這樣的行徑，以致於有一陣子陷入紛亂的思緒中，但是她隨後又興起其他想法：愛德華是故意騙她的嗎？他根本就不愛她嗎？他和露西訂婚是因為愛嗎？不，就算剛開始時情況可能是如此，但是現在絕對不是這樣。他是真心愛她的，這一點她毋庸置疑。就連她母親、妹妹、嫂嫂，以及諾蘭園所有親朋好友都知道愛德華愛她，這不是她的憑空幻想。他確實愛她，這是不容懷疑的事實！就這一點看來，她也實在沒有理由不原諒愛德華！當他第一次感覺到她對他的愛時，他就不應該繼續留在諾蘭園，這是他無法爲自己辯護的地方。但是如果他傷害了她，他也同時傷了他自己！如果她的情況堪憐，他的處境更是無助。他的輕率雖然令她痛苦，但是他可能也失去了幸福的機會。她可以及時重拾沉靜安穩，但是他呢？他還能期待什麼？他能與露西．史荻共度快樂的生活嗎？以他的正直、細膩、優雅、學問廣博，如果連艾琳諾都不愛，那麼他又忍受得了像露西那樣知識淺陋、狡猾、自私的妻子嗎？

愛德華在容易沉醉癡迷的十九歲時，盲目地愛上美麗、溫和的露西。但是經過四年的相處——彼此更加認識之後，他必定看清楚她沒有教育涵養的缺陷。那四年間，她都處在較低階的社交圈，也因爲如此，她早已失去了昔日的天眞，這也減損了她美貌的吸引力。

如果愛德華連要娶艾琳諾都會遭到他母親的反對和阻擾，那麼他選擇門第和財富都不如她的露西，這樁婚事遭遇的困難必定更大。如果他在感情上跟露西有些疏遠，這些困難可能並未使他備覺壓力，但是家人的反對和冷漠，卻使他十分鬱悶。

這些思緒不斷困擾著艾琳諾，她不禁潸然落淚。她沒有做錯什麼事卻遭到這樣的打擊。但繼而想之，値得安慰的是，愛德華絕無意傷害她，也並沒有做出令她感到不尊重的事。她現在自覺有必要在如此重大的打擊之下，好好振作起來，不要讓媽媽和妹妹們看出來。由於她努力克制自己，在她的心緒慘遭重擊之後的兩個小時，和媽媽、妹妹們一起吃晚飯時，她們都看不出她才剛爲心上人肝腸寸斷。瑪麗安則一如往常以爲自己完全抓住了那個男人的心，並且期待每一輛經過她們家門口的馬車會是魏樂比的馬車。

隱瞞事情不讓母親和妹妹知道，並未增加艾琳諾的痛苦。相反地，那反而能讓她鬆一口氣，省得向她們解釋時，也把憂傷帶給她們，同時也可避免聽到家人譴責愛德華，這是她無力招架的事。

她知道，從她們的忠告或談話中無法獲得幫助。她們的憐愛和悲傷只會增加她的痛苦，同時她們也不會理解並鼓勵她保持自制力。她相信獨自一個人面對痛苦，反而更有力量。儘管遇到如此傷心的事，她還是以理性支撐，儘量表現得堅毅不拔，絲毫無可動搖，她的笑容也維持得一如往常。

自從她和露西第一次談到這個話題之後，便深陷痛苦之中，但現在她卻渴望再和露西詳談。她有許多理由這麼做。她希望再聽一遍有關他們訂婚的詳情；她希望更清楚了解露西是否眞的愛愛德華；她想看看露西在宣告對愛德華的感情時，態度是否眞摯且一往情深？她還想讓露西相信她是站在普通朋友的立場，心平氣和地繼續談論他們的事。她擔心她在今天早上的談話中曾經不自覺地激動，引人懷疑她對愛德華動情。看起來，露西很可能就是因爲嫉妒她，所以才告訴她全部事情。愛德華一定常在露西面前稱讚她，這不只可以從露西說話的言詞看出，也可以從她才認識她沒多久就信賴她，並全盤托出這麼隱私的秘密看出。而約翰爵士開玩笑地說出她的心上人的秘密，也佔極重要的因素。事實上，艾琳諾堅信愛德華愛的人是她，對此露西自然會吃醋。她的缺乏自信就是一個明證。要不然她何必吐露他們婚事的秘密，說明她擁有愛德華的愛，讓艾琳諾知難而退。她了解了露西的用心，她決心按照貞誠的原則來面對她，克制自己的感情，儘量少和愛德華見面。她想讓露西相信，她並未因此受傷。再也沒有什麼消息能讓她受更大的打擊，因此她相信她可以冷靜地再聽露西告訴她有關他們之間的詳情了。

儘管露西也很願意抓住任何機會再和艾琳諾談她和愛德華之間的秘密，但是一時之間還沒有機會。本來一起散步可以避人耳目，但是天氣不好，她們沒有機會單獨出去。雖然他們至少每隔一天就會在別墅或是巴頓園小聚，但是露西和艾琳諾無法單獨對話。約翰爵士和密賨頓太太都沒想到讓大夥各自閒聊，因此聚會時很少有時間讓大家聊天，也沒有什麼特別的話題。他們通常只是為了吃飯、喝酒、歡笑、玩牌或遊戲而舉行聚會，聚會時一定是鬧哄哄的。

這樣聚會一兩次之後，艾琳諾還是毫無機會找露西私下閒聊。有一天早上約翰爵士到別墅來告訴她們，希望邀請她們去他家和密賨頓太太共進晚飯，因為他必須去埃克塞特，留他太太一個人在家會很孤單，即使有岳母和兩位史荻小姐陪伴。艾琳諾看出這是一個好機會，因爲都是女人的聚會比較自由，在性情較安靜且有教養的密賓頓太太帶領下，會比由她先生帶領的喧囂聚會更平靜，於是艾琳諾立刻答應這項邀請。瑪格麗特在媽媽允許下也接受這項邀約。瑪麗安雖然十分不願意參加他們的聚會，但還是被母親說動了，不再封閉自己，也跟著一起去。

三位小姐前來赴約，密賓頓太太顯得很高興，她原本還在擔心一個人在家會很孤單。這次聚會一如艾琳諾所料索然無味，沒什麼新鮮的想法或話題。孩子們在客廳陪著她們。艾琳諾心想，只要孩子們在，就不可能跟露西單獨交談。等到茶具搬走之後，孩子們才離開。接著擺出牌桌，艾琳諾又思索不知要等到什麼時候才能和露西說上話？這時，大夥都站起來，準備在牌桌上玩上一圈。

「我很高興，」密賓頓太太對露西說，「你今晚不必爲我女兒安娜瑪麗亞編織竹籃吧？因爲在昏暗的燭光下做那種細工藝，一定會傷到你的眼睛。我們明天再補償她吧，希望她不會太失望就好。」

聰明的露西了解這個清楚的暗示，想了一下立刻回答：「事實上，你錯了，密賓頓太太，我只等著看看你這們這牌局少了我一個人行不行，不然我早就去編那個竹籃了。我不會讓那個小天使失望的。要是現在不需要我打牌，我就準備飯後去編籃子。」

「你人眞好！但我擔心會不會傷到你的眼睛，要不要再多點一些蠟燭呢？我知道如果竹籃子明天不能修復的話，我那個可憐的小女兒一定會很失望，因爲我雖然已經告訴她，明天竹籃子一定還不會修好，但是她仍然堅持明天要看編好的竹籃子。」

露西立刻將針線桌搬出來，敏捷、愉快地坐在桌旁修編竹籃，彷彿能爲被寵壞的孩子做些手工藝，是令她再高興不過的事了。

密竇頓太太提議玩一場卡西諾牌，其他人都同意，只有瑪麗安拒絕賭博，一如她平常不理會禮俗規矩的態度。她嚷嚷說：「夫人仁慈，必定能原諒我不和大夥一起玩牌——你們知道我討厭玩牌。我要去彈鋼琴。自從鋼琴調過音以後，我一直沒再彈過。」她沒有拘泥任何禮節，逕自離開去彈鋼琴。

密竇頓太太當時那幅神情彷彿在說：自己從來沒有說過那麼冒昧魯莽的話。

「夫人，你知道，瑪麗安和那台鋼琴結下了不解之緣。」艾琳諾爲了替妹妹圓場而這麼說，「我不懷疑這一點，因爲那台鋼琴是我聽過音色最好的鋼琴。」

剩下的五人就要開始抽牌。

「也許，」艾琳諾繼續說，「如果我恰巧也不必玩牌，我可能可以幫史荻小姐的忙，幫她捲捲紙。竹籃子還有好多地方要編，單靠她一個人做，簡直不可能在今天晚上完工。如果她允許的話，我非常樂意做這個工作。」

「如果你能幫忙，我真是感激不盡呢，」露西嚷嚷，「因為我發現工作量比我原先想像的還要多。讓可愛的安娜瑪麗亞失望將是多麼糟糕的事情呀！」

「哦！對呀！那確實是糟糕的事情，」露西的姊姊說，「多可愛的小天使，我多麼喜愛她啊！」

「你人眞好，」密竇頓太太對艾琳諾說，「如果你眞的喜歡這差事，也許你可以等下一輪再玩牌，還是你現在就要上桌？」

艾琳諾很高興地接受第一項建議。她就藉由瑪麗安從來不屈尊而轉去彈琴的這般話，達到自己的目的，同時又取悅了密竇頓太太。露西也注意到艾琳諾的意圖，並且給她預留了空間。兩位美麗的情敵肩並肩坐在同一張桌子前，一片和諧地忙著做同一件事情。這時瑪麗安則任憑自己的思緒彈出音樂，彈得渾然忘我。而艾琳諾僥倖地判斷這琴聲正好可以掩護她與露西繼續聊有關愛德華的事。周圍十分喧囂，牌桌上的人不會聽見她們的談話。

第24章

艾琳諾以堅定、謹慎的態度跟露西說：「我有幸獲得你的信賴。因此，我冒昧地再提及這個話題，否則就太辜負你對我的信任了。」

露西興奮地大叫：「謝謝你打破僵局。你讓我心裡覺得自在多了，因為我有點擔心星期一告訴你那麼多事，可能會冒犯你。」

「冒犯我！你怎麼會這樣想呢？請相信我，」艾琳諾誠摯地說，「我只想讓你明白，你對我這樣推心置腹，怎麼還會覺得不夠尊重我呢？」

「不過，說眞的，」露西一面回答，一面露出敏銳的雙眼，意味深長地看著她，「那天你的態度有點冷漠，似乎不太高興，讓我好不自在。我感覺你一定在生我的氣。之後，我一直很自責，因爲我實在不應該那樣踰越規矩，拿自己的私事煩擾你。現在看來，那只不過是我庸人自擾的想法罷了，事實上你並沒有責怪我。你知道嗎，對我而言，能對你說出我的眞心話是多麼大的安慰，我知道你一定會憐憫我，並且寬容我的一切。」

「事實上，我相信，你把這些隱私告訴我，而且不後悔，對你而言是一種安慰。你們的情況非常不幸，看來充滿困難，必須依靠彼此的情意才能支撐下去。我相信費拉斯先生現在必須完全依賴母親的經濟支援。」

「他只有兩千英鎊的收入，單靠這麼一點錢想結婚，幾乎是不可能的。雖然我可以無怨無悔地放棄一切高度的期待，我也一直習慣只有極少的收入，也能為他忍受任何的貧窮，但是我太愛他了，他若是娶了他母親中意的女孩為妻，就可以得到她大部分的財產，我不想讓他為我陷入困境，因而喪失應得的財產。現在我們只有等待，也許一等就是好幾年。這對大部分的男人來說是件可怕的事。但是我相信愛德華對我的一片深情和堅貞不移的感情是什麼力量也剝奪不了的。」

「這個信念對你而言非常重要。毫無疑問地，他一定也抱著跟你同樣的信念。萬一你們之間的感情由濃轉淡，尤其你們訂婚已經四年了，這是很可能發生的事情，那你的處境確實很可憐，是值得同情的。」

這時，露西抬起頭來，艾琳諾小心翼翼不讓露西起疑心。

「愛德華對我的愛，」露西說，「訂婚後，我們長久以來雖然一直聚少離多，卻也經歷過許多的考驗，如果我現在還懷疑這段感情的話，就不可原諒了。我可以很有把握的說，從一開始他就不曾讓我擔憂過我們的愛情。」

聽她這麼說，艾琳諾幾乎不知道該笑，還是該歎息。

露西繼續說：「我非常會吃醋，何況我們的生活環境大不相同，他見的世面又比我多，再加上我們又分隔兩地，如果他的行爲有些微不對勁，或者毫無理由的情緒低落，或經常只提及某一位女士，或是像在龍斯塔波時不若以前那樣快樂，我馬上就能察覺出來的。我的意思並不是指我特別善於觀察或眼尖，但是有任何情變的跡象，一定瞞不過我的。」

「說得眞動聽，」艾琳諾心裡想，「我們兩人誰也不會受騙上當。」

艾琳諾沉默了一會兒之後說：「你對未來有什麼打算呢？還是你一點辦法也沒有，只有乾等費拉斯太太過世再說，這可不是太傷感、震驚的絕路嗎？她兒子會這樣認命，冗長乏味地拖著你熬那麼多年嗎？還是甘冒觸怒母親的危險，跟她說明眞相呢？」

「如果我們確定她只是一時生氣就好了！但是費拉斯太太是一個非常頑固、高傲的婦人，她如果一聽到愛德華想跟我結婚的事，一定會氣得把所有的財產都過繼給他弟弟羅伯特。一想到這一點，爲了愛德華，我也不願那麼倉促結婚。」

「也爲你自己著想吧，否則你的犧牲也不可理解了。」

露西再度看著艾琳諾，默默不語。

「你認識羅伯特·費拉斯先生嗎？」艾琳諾問道。

「一點也不認識——我從沒見過他。但是我猜想，他和他哥哥完全不一樣，他應該是一個愚昧的花花公子！」

「花花公子！」史荻大小姐在牌桌上聽到妹妹說這句話，立刻重複說了一遍，因爲那時瑪麗安的鋼琴聲突然停止，「哦！我敢說，她們一定是在聊她們的心上人。」

「不，姊姊，」露西大聲喊，「你錯了，我們會愛慕的心上人才不是花花公子呢！」

「我可以保證達希伍德小姐的心上人絕對不是花花公子。」珍寧絲太太一面熱情地大笑，一面說，「因爲他是我見過的男人當中，最謙虛、溫文儒雅的一位。但是露西這個淘氣的小精靈，我實在搞不清楚她會喜歡什麼樣的男人？」

「哦！」史荻大小姐環伺衆人大叫，也意味深長地看著她們兩人說，「也許露西的心上人也和達希伍德小姐的心上人一樣，是謙虛又溫文儒雅的男人。」

艾琳諾不禁臉紅起來，露西則咬著嘴唇，很生氣地看著她姊姊。露西首先打破沉默，儘管瑪麗安彈奏一首非常優美的協奏曲提供了她們有效的掩護，但是露西還是把聲音壓低地說：「我老實告訴你，最近我有一個計畫。事實上，我會告訴你這個秘密，是因爲這件事跟你有關。我敢說，你一定知道愛德華比較喜歡在教堂當牧師。我的計畫就是：他要儘快接受神職工作，那樣一來，就得透過你幫忙，以你對他的友誼和對我的關心，勸你哥哥讓出諾蘭園的牧師一職。我知道那是一個不錯的工作，而且現在在職的牧師也活不久了。這就足以讓我們先結婚，至於其餘的事情，就只能等時間和機會了。」

艾琳諾回答：「我很樂意幫助費拉斯先生。但是你不覺得，這件事情還不需要用到我？他是約翰．達希伍德太太的弟弟——光憑這一點，她丈夫就會提拔他的！」

「但是約翰．達希伍德太太並不贊成愛德華去當牧師。」

「如果眞是那樣的話，我懷疑我也使不上力。」

她們又沉默了一陣子。最後，露西深深地歎口氣說：「我想，乾脆解除婚約，一了百了，才是最聰明的辦法。我們似乎被種種困難團團圍住，這已經讓我們痛苦很久了，不如結束，這樣我們才會快樂一點。但是你不給我一些忠告嗎，達希伍德小姐？」

「不，」艾琳諾以笑臉隱藏內心的不安回答說，「在這樣的事情上面，我當然不會給你忠告。你自己非常清楚，除非我的意見符合你的想法，否則我的忠告對你來說無濟於事。」

「事實上，你錯怪我了。」露西一本正經地說，「在我認識的人當中，我最尊重你的意見。如果你勸我：『無論如何和愛德華解除婚約。』我一定會馬上這麼做。」

艾琳諾實在受不了露西表裡不一的話，她回答：「這樣的恭維令我受寵若驚，而且這也太抬舉我了。憑我一個局外人，怎能建議感情深厚的情侶分手！」

「就因爲你是局外人，」露西帶著生氣，特別加重最後幾個字的語氣說，「所謂旁觀者清，所以我才會相信你的判斷。如果我覺得你帶有偏見，你的意見就不値得聽了。」

艾琳諾覺得，如果聰明的話，最好不要回答這個問題，以免讓彼此越來越肆無忌憚、毫無保留地談太多隱私。艾琳諾甚至決定再也不和露西談這件事。因此，停了一會兒之後，露西用她慣有的自滿口氣又開口說道：「達希伍德小姐，你今年冬天會進城裡嗎？」

「當然不會。」

「眞是可惜！」露西聽到這樣的回答，眼睛一亮，「假如我能在城裡見到你，那該有多高興呀！因爲你哥哥和嫂嫂可能會邀請你們去做客，我還以爲你一定會去呢。」

「即使他們邀請我，我也不會去。」

「那眞令人遺憾！我非常期待能在城裡見到你。明年一月底，安娜和我都會去城裡，因爲這幾年來，那裡的親友一直希望我們去找他們。但是我去只是爲了見愛德華。他明年二月會在倫敦。除此之外，倫敦對我而言，一點吸引力也沒有。」

這時牌桌上正好玩完第一局，艾琳諾被叫上桌繼續玩，她和露西的秘密對談就此結束。雙方談完之後，因爲話不投機，所以並沒有減少彼此的厭惡之情。艾琳諾坐到牌桌前，心裡不免憂傷，她可以確定愛德華根本不愛露西，如果他和露西結婚，他也不會幸福。只有自己對他的愛，才可以為他帶來幸福。露西明知愛德華已對婚約萌生厭倦，卻仍緊抓這份情不放。

此後，艾琳諾再也不和露西聊這個話題，但露西卻鮮少錯過能再和艾琳諾舊事重提的機會，特別是每當她收到愛德華的來信，都會跑來向艾琳諾炫耀她的快樂。但是艾琳諾都能冷靜、謹慎地泰然處之，不失禮地儘快結束這個話題，因為她覺得不應該縱容露西肆無忌憚地這樣談話，何況這可能對自己的處境不利。

兩位史荻小姐在巴頓園住了很久的時間，遠超過當初主人邀請她們來作客的期限。她們越來越受到歡迎，約翰爵士堅決不讓她們離開。儘管她們在埃克塞特很早就安排了許多事需要她們立刻回去處理，她們還是被留了下來，在巴頓園住了將近兩個月。她們要幫忙約翰爵士家舉辦聖誕節的節慶活動，因為這節日比一般節日重要，需要舉行更多的家庭舞會和盛大的晚宴來慶祝一番。

第25章

雖然珍寧絲太太有個習慣，一年中有大半的時間都住在子女和朋友家中，但是她並不是沒有自己的住宅。自從丈夫過世以後，她每年冬天都會住在波特曼廣場附近的房子裡。她的丈夫生前在城裡的一個較無優雅氣息的地區做生意，經營的還可以。眼看一月即將來臨，又是她該回去過冬的時候了。這一天，珍寧絲太太突然出乎衆人意料地要求艾琳諾和瑪麗安一起陪她回去波特曼廣場附近的住處。艾琳諾沒有注意到瑪麗安對此提議並不冷淡，便逕自謝絕，她以爲她說出兩姊妹共同的意見。她的理由是，她們絕對不能在這個時節離開母親。雖然珍寧絲太太有點驚訝，但還是再邀請一次。

「哦，天啊！我保證你母親沒有你們陪伴，還是會過得很好的。拜託你們幫我一個忙，陪我回家，因爲我非常期待你們陪我。千萬別以爲你們這樣會打擾到我，我不會因爲你們而增添自己的麻煩。我只需送貝蒂坐公共馬車，而你們陪我一起搭四輪大馬車，我想我還出得起馬車的費用，這樣我們就可以舒適地坐我的馬車回去。等我們到了倫敦，如果你們不想和我一起出去，你們可以隨時跟我的女兒出去。我保證，你們的母親一定不會反對。因爲我很幸運，我的幾個子女已經脫離我的手掌心，你的母親一定會覺得我非常適合當你們的監護人。如果我最後沒有把你們至少其中一個嫁出去的話，那可不是我的錯。我會向所有年輕的男士們說你們的好話，你們可以相信我。」

「我有一個建議，」約翰爵士說，「我想瑪麗安不會反對這個提議，如果她姊姊也同意的話。但若是達希伍德小姐反對，那就沒有去玩的樂趣了。所以我建議你們兩個人一起去倫敦，巴頓住久了難免厭煩。」

珍寧絲太太說：「不論艾琳諾去不去，我都非常高興有瑪麗安陪伴。不過假如兩姊妹都去的話，我會更高興，因爲兩姊妹可以一起作伴。如果她們對我感到厭煩，至少還可以互相訴苦，也可以在背後取笑我。但不管怎麼樣，我總得有人跟我作伴呀！你們豈能想像得到，我一個人怎麼過日子。直到今年冬天以前，一直都是夏綠蒂陪著我。來吧，瑪麗安，讓我們握握手，就這麼說定了，如果艾琳諾改變心意決定跟我們一起去，那就更好了。」

「我感謝你，夫人，眞心地感謝你。」瑪麗安熱切地回答，「你的邀請讓我永誌難忘，而且讓我感到高興——接受這邀請眞是令我再高興也不過了。但是我最親愛的母親——我覺得艾琳諾說的對，如果我們不在身邊的話，我母親會比較不快樂，得不到慰藉——哦！不，沒有什麼理由可以讓我離開她。這件事不能勉強，也千萬不能勉強。」

珍寧絲太太再度保證，達希伍德太太沒有女兒的陪伴，還是會過得很好。而艾琳諾這時才意識到瑪麗安其實很想跟去倫敦，因爲她一心渴望能再見到魏樂比，所以艾琳諾便不再推辭，只說這件事還是要由母親做決定。儘管她不同意瑪麗安去城裡，儘管她自己有特別的理由而不願意去，她若反對瑪麗安前往，將很難獲得母親的支持，因爲瑪麗安想做的任何事情，她母親都會成全。她並不指望母親謹愼行事，因爲不管她怎麼解釋，母親都堅信瑪麗安和魏樂比已經訂婚，而且她自己也不敢說明不想去倫敦的理由。愛挑剔的瑪麗安一向不喜歡珍寧絲太太，現在卻願意與她同行，爲了達成目標，她勢必要容忍許多的不願意。由此可見這目標對瑪麗安而言是非常強烈、完全投入的一項考驗。艾琳諾目睹了一切，但對於瑪麗安把這件事看得這麼重要，她還是覺得有些意外。

達希伍德太太聽到這項邀請時，相信這項邀約一定能爲她兩個女兒帶來樂趣，她也注意到瑪麗安對自己表現出異常的體貼，是表明了渴望去倫敦的要求，何況她並不希望聽到她們爲了自己的緣故拒絕這項邀約，因此她堅持兩姊妹應該接受邀請。達希伍德太太並且開始快樂地想著女兒們這次和她分離，結果會是利上加利。

「我很高興有這個計畫。」達希伍德太太大聲說道，「這正合我意。這個計畫讓瑪格麗特和我十分開心，當你們和密竇頓一家離開之後，我們可以安靜、快樂地在家裡享受彈琴、看書的樂趣。等你們回來時，將會發現瑪格麗特琴藝進步很多！我也計畫重新整修你們的臥房，這樣一來，我整修起來就不會妨礙到任何人了。你們能去倫敦，那眞是太棒了。像你們這種年紀的女孩子，應該多了解一下倫敦的時尚和娛樂。你們會獲得像慈母般的照顧，我毫不懷疑珍寧絲太太對妳們的關愛。何況你們這一去，還可能見到你們的哥哥，無論是你們哥哥的錯，還是嫂嫂的錯，一想到他是你們同父異母的兄弟，我就不希望你們和哥哥的感情越來越疏遠。」

「雖然你總是希望我們幸福快樂，」艾琳諾說，「不過這個計畫目前還是有一些問題。我雖然想盡辦法要克服，但還不是那麼容易克服的。」

聽到艾琳諾這樣說，瑪麗安的臉色開始往下沉。

達希伍德太太說：「我親愛的、深謀遠慮的艾琳諾小姐，你想說什麼？現在有什麼難以應付的阻礙？可別說又要讓我破費的事情。」

「我反對的理由是：儘管我非常了解珍寧絲太太的心意，但我們和她相處一向並不是那麼愉快，她的保護也不能給我們什麼好處。」

「這倒是眞的，」她母親回答，「但是你們都在公衆場合之中，不會脫離衆人單獨和她一起，而且參加社交活動時，還有密竇頓太太在身邊呀！」

「如果艾琳諾因爲不喜歡珍寧絲太太而不敢去倫敦，那麼至少不需要阻止我接受這個邀請。我沒有這樣的顧忌，我保證，我可以輕易忍受這類不愉快的事。」

艾琳諾忍不住笑看妹妹變得不在乎珍寧絲太太的作風。她本來一直很難規勸瑪麗安顧及禮貌，包容珍寧絲太太。艾琳諾決定，如果瑪麗安堅持要去倫敦，她不能讓瑪麗安任憑自己的判斷行事，也不能讓想在家裡舒服度日的珍寧絲太太聽命於瑪麗安。有了這個決心之後，艾琳諾便不再推辭。她想起露西說的，二月以前愛德華不會在倫敦，因此她們的造訪不會有任何意外的發生，她們會在二月以前回家。

「我希望你們兩姊妹一起去。」達希伍德太太說，「你們認爲不妥的理由根本不成立。去倫敦將會有很多樂趣，尤其是兩個人一起去的話。要是艾琳諾願意遷就，她將會看見那裡有各種資源，她也許能藉此更認識嫂嫂的家人，何樂而不爲呢？」

艾琳諾想盡辦法希望能降低母親對她和愛德華的期盼，這樣一來，等將來眞相大白時，她母親才不致於太震驚。現在面對母親這樣的提議，她幾乎毫無希望淡化此事，但是她強迫自己儘可能冷靜地說：「我非常喜歡愛德華，也很高興能見到他。至於他的家人認不認識我，我一點也不在乎。」

達希伍德太太笑而不答。瑪麗安驚訝地抬頭看姊姊，艾琳諾心想，她最好不要開口。

經過一番討論之後，她們最後終於決定接受珍寧絲太太的邀請。珍寧絲太太聽到這消息，高興極了，她保證一定會好好照顧這兩姊妹。不只珍寧絲太太高興，約翰爵士也喜出望外，因爲對於一位害怕孤單的人來說，能多兩個人去倫敦，是再好也不過的了。甚至連密竇頓太太也興奮得不能自已。兩位史荻小姐，尤其是露西，這輩子更是從來沒有這麼高興過。

艾琳諾迫於無奈接受這項安排，但心中也不像原來所想的那樣勉強。對她而言，去或不去已無關緊要，因爲她看到母親和妹妹那麼興高采烈的樣子，她只能接受一切，既無法表示不滿也無法表示懷疑。

瑪麗安簡直樂不可支，原先心慌、煩躁的情緒一掃而空。她不願意離開母親，這是唯一能讓她冷靜下來的因素。當她與母親告別時，她非常憂傷，她母親也一樣痛苦，只有艾琳諾把這次分離看做是暫時的別離罷了。

兩姊妹於一月的第一個星期啓程去了倫敦。一星期之後，密竇頓一家才來會合。史荻小姐則繼續留宿巴頓園，過了一段日子才和莊園裡的其他人一道出發前往倫敦。

第26章

艾琳諾與珍寧絲太太一同搭馬車前往倫敦，她對於自己成為珍寧絲太太的客人感到有點迷惘。她和珍寧絲太太認識並不久，彼此的年紀和性情非常不相稱，幾天前艾琳諾還強烈反對陪她到倫敦，怎麼如今卻陪她走這一趟了！但是看到瑪麗安和母親興高采烈和熱情的樣子，她反對的意見完全未被理會。儘管艾琳諾懷疑魏樂比對瑪麗安的眞情，但是看到瑪麗安整個心、整個眼神欣喜若狂地充滿期待，不免感嘆自己的戀情前景無望。相較之下，她自己的心情絲毫快樂不起來，起碼瑪麗安還有個人可以牽掛，也還帶有一絲希望。無論如何，現在必須在極短的時間內斷定魏樂比的心意，他極可能已經在倫敦。瑪麗安到倫敦，顯然就是渴望見到他。在參與許多聚會之前，艾琳諾決心，不只要從她自己的觀察或其他人給她的消息中，斷定魏樂比的爲人，且要看他是否對瑪麗安有深情的關注，以查明他的爲人和意圖。如果她觀察的結果發現魏樂比並不是眞心愛著瑪麗安，她會盡力敲醒瑪麗安；如果發現魏樂比確實深愛瑪麗安，她也將會儘量試著避免做任何自私的比較，進而全心全意希望瑪麗安幸福美滿。

她們已經走了三天，一路上瑪麗安一直非常興奮，可以預期她未來將會對珍寧絲太太和藹、友善。她一直安靜地坐在馬車內，心思全縈繞在沉思中，鮮少大聲開口說話，只有在看到如畫的風景時，才會驚叫著和姊姊說幾句話。爲了補償此舉的唐突，艾琳諾會立刻禮貌地關注珍寧絲太太，與她攀談、說笑，並且儘可能地傾聽她說話。珍寧絲太太也對她們非常和藹，時時關心她們是否舒適和愉快。唯一的困擾是，她不讓她們選擇客棧的晚餐，也不管她們表明比較喜歡鮭魚，而不是鱈魚；比較喜歡煮的家禽肉，而不是炸牛肉薄片。她們在第三天的下午三點時抵達倫敦。經過長途跋涉，她們很高興能從禁錮的馬車中被解放出來，準備在熊熊火爐邊好好享受一番。

珍寧絲太太的這幢房子非常華麗，佈置得十分講究。她們兩姊妹立刻被安排到一間非常舒適的客房居住。這原是夏綠蒂住過的房間，壁爐上方還掛著她親手做的一幅絲綢的彩色風景畫，證明她花了七年光陰在倫敦某家一流名校學畫的成果。

由於晚餐要在兩個小時之後才準備好，艾琳諾決定利用這段閒暇時間寫信給母親，因此坐了下來。幾分鐘之後，瑪麗安也坐下來寫信。艾琳諾見狀說：「我正在給母親寫信，瑪麗安，你能不能晚一、兩天再寫信給母親？」

「我才不是寫信給母親呢！」瑪麗安急忙回答，彷佛希望能避免姊姊進一步的詢問。艾琳諾沒再說什麼，她立刻想到瑪麗安一定是想寫信給魏樂比。她隨即得了一個結論：他們之間這樣的神秘，她肯定瑪麗安與魏樂比一定是訂婚了。這個想法雖然並不令她完全滿意，但是，她還是繼續寫她的信。幾分鐘不到，瑪麗安便寫完了這封信。這封信並不長，頂多只能算是一封便箋。她急忙把信摺一摺，裝進信封，寫上收信人姓名。艾琳諾看到信封上收信人W開頭的姓氏（即魏樂比的姓氏），等她封上信封，瑪麗安便搖鈴叫男僕幫她去寄信。

瑪麗安一直非常興奮，但是她的心神不寧無法帶給姊姊快樂。尤其是到了晚上，她焦躁不安的情緒更加明顯。晚餐時，瑪麗安幾乎食不下嚥。飯後回到客廳，她緊張地細聽每一輛馬車經過的聲音。

還好珍寧絲太太在自己的房間裡忙著，沒有看到瑪麗安的焦慮。茶具端進來了，隔壁人家的敲門聲已不止一次讓瑪麗安感到失望。這時大門口突然傳來很大的叩門聲，她們相信這不是來自隔壁的聲音。艾琳諾想著這必定是魏樂比來了，瑪麗安也連忙起身，朝門口走去。她打開門，走近樓梯，側耳傾聽半分鐘，再焦慮地回到房間，她興奮地認爲應該是魏樂比來了。她忍不住高興地大喊：「哦，艾琳諾，是魏樂比，一定是他！」她簡直巴不得馬上投入他的懷抱，沒想到，出現在門口的卻是布蘭登上校。

這個震撼實在太大，令她無法承受，她立刻離開了房間。艾琳諾也感到失望，但是她對布蘭登上校一直懷有敬意，於是立刻顯露出歡迎之意。她感到特別難過的是，一個深愛她妹妹的男人與妹妹相見時，她妹妹的反應居然是痛苦和失望。艾琳諾立刻發現布蘭登上校並非沒有看出瑪麗安的表情，他眼睁睁地看著瑪麗安離開房間，驚訝之餘，竟然忘記了自己應有的禮貌，直接就問艾琳諾：「瑪麗安的身體是不是不舒服？」

艾琳諾有些爲難地回答，她的確是有些不舒服。接著，她提到了頭痛、情緒低落、太過疲勞，以及她所能想到爲瑪麗安找到的任何理由。

他專注地傾聽艾琳諾的述說，也漸漸恢復鎮定，就沒再多談這個話題，轉而聊到很高興能在倫敦見到她們，並閒談她們旅途上的事和家鄉朋友的狀況。

他們兩人就這樣冷靜、各懷心事又心不在焉地交談著。艾琳諾非常渴望知道魏樂比此刻是否在倫敦，卻又怕這樣問會傷到上校的心，於是便順著話題聊下去，詢問他是否自上次見面之後便一直待在倫敦。他有點尷尬地回答：「是的，幾乎從那時起，我就一直在倫敦。也有一兩次曾經去德拉福特幾天，但是一直無法再回巴頓。」

上校說這話的態度立刻令她想起他離開巴頓時的種種情景，以及他造成珍寧絲太太的憂慮和猜疑，她怕自己的問題隱含超過她想像的好奇心。

這時珍寧絲太太進來。「哦，上校！」她一如往常以吵鬧歡笑的聲音說，「能夠看到你，我實在太高興了。很抱歉，我沒有早一點出來招呼你，請你多原諒。我不得不四處看看，安置一下，因爲我離開家也好長一段時間了。你知道的，當一個人一離開家一陣子，就有許多雞毛蒜皮的事要忙。自晚餐以後，我就一直忙到現在呢！但是，上校，你怎麼知道我人今天會在倫敦呢？」

「我是在帕莫先生家裡吃晚餐時聽到的消息。」

「哦！是這樣啊！他們一切可好？我女兒好嗎？我保證她現在一定是大腹便便了。」

「帕莫太太氣色相當好，她要我告訴你，她明天會來探望你。」

「那當然，我可眞想念她。嗯，上校，我帶了兩個年輕的女孩一起回來，你看——就是她們，現在你只看到其中一個，還有一位不在現場，那就是你的朋友瑪麗安也來了——你應該很高興吧！我不知道你和魏樂比先生之間面對瑪麗安會怎麼做。年輕貌美眞好！我也曾年輕過，但是我從來沒有很漂亮過——我的運氣不好。但無論如何，我還是嫁了一個好丈夫，我不知道最漂亮的大美人是不是能嫁給一個比我丈夫更好的人。唉！可憐的男人！他已經過世八年了。但是，上校，自從我們上次別離後，你都在哪裡呢？你的事辦得怎麼樣了呢？來，來，來，朋友之間不要隱藏什麼秘密。」

他以他慣常的溫和態度回答她的詢問，但是卻一點兒也無法令她滿意。此時艾琳諾開始泡茶，瑪麗安也再度走進客廳。

瑪麗安一進客廳，布蘭登上校就變得更加沉思、安靜。珍寧絲太太想請他在這裡多待一會兒，但無濟於事。那天晚上並沒有其他客人，女孩們都因爲疲累而同意早早就寢。

第二天，瑪麗安起床時精神轉好，神情也顯得愉快。前一晚的失望似乎早已遺忘，她期待著迎接今天的每一件事。他們才吃完早餐不久，帕莫太太的四輪馬車便已停在門口。幾分鐘之後，她笑聲盈盈地進門，那樣欣喜若狂的樣子著實令人分不出她是因爲再見到母親，還是因爲與達希伍德小姐重逢而如此高興。儘管這兩姊妹來玩是她期待已久的事，她也因此感到驚喜。但這兩姊妹拒絕她的邀約，卻應她母親之邀而來，這點則令她感到生氣。不過她們要是敢不來，她就原諒不了她們。

「我先生一定很高興看到你們。」她說，「當他聽到你們和我母親一起回來時，你們知道他說了什麼話嗎？我現在記不起來了，不過很好笑就是了！」

衆人閒話家常一兩個小時，珍寧絲太太稱這是令人愉快的閒談，其實都是繞著她對所認識的人提出的種種問題，還有帕莫太太不時毫無緣由的大笑。閒談之後，帕莫太太建議大家當天早上和她一起去逛街，珍寧絲太太和艾琳諾同意跟著去買些東西。瑪麗安先是拒絕，後來在衆人力邀之下，答應跟著去。

無論她們走到哪裡，瑪麗安都不停地往四周圍觀望。尤其是到了衆人停留比較久的龐德街時，她的眼睛一直在尋覓。無論進哪一家商店，大夥忙著挑選貨物，只有瑪麗安對眼前的一切毫無感覺、心不在焉。無論走到哪裡，她都不滿意、心神不安。當姊姊要買她們兩個人的用品而徵詢她的意見時，她也不理會。逛街並未給她任何樂趣，她巴不得趕快回家。可是帕莫太太直盯著各種漂亮、昂貴、新穎的貨物，嘮嘮叨叨，看到什麼都想要買，把時間浪費在欣喜若狂的情緒，和無法決定要買哪一個貨品上面。瑪麗安看到帕莫太太這種冗長乏味的購物行徑，更令她感到受不了。

等她們回到家時，都已經快中午了。她們一進門，瑪麗安便急忙衝到樓上，艾琳諾緊跟在後，發現瑪麗安神色哀傷地離開桌邊，這說明了魏樂比並沒有來過。

「自從我們出門之後，都沒有我的信嗎？」她跑去問一位正拿著一堆郵包的僕人。僕人回答沒有。「你確定？」她再追問，「你確定僕人、門房都沒有看到任何寄給我的信件或短箋嗎？」

僕人還是回答沒有。

「那多奇怪！」她一面低聲失望地說，一面走向窗戶。

「實在太奇怪了！」艾琳諾私自低聲重複這句話，同時不安地注意著瑪麗安，「如果她不知道他在不在倫敦，她不會寫信給他而是會寫信到岸然谷；如果他此時在倫敦，他應該會回信或來找瑪麗安啊！哦，我親愛的母親，你怎麼會允許年紀還那麼輕的女兒與一個身份不明的男人私訂終身？看他們以如此令人懷疑、又神秘的方式持續著，會不會是個錯誤？我渴望問個清楚，但是她怎麼能忍受我的干預呢？」

她幾經考慮，做了一個決定：如果瑪麗安這種不愉快的情況再持續幾天，她將要以強烈的態度要求母親一定要認眞地詢問瑪麗安到底是怎麼回事。

帕莫太太和珍寧絲太太及兩位年紀稍長的女性朋友一起吃晚飯。帕莫太太喝完茶之後，就匆匆離開去趕赴其他幾個約會。艾琳諾好心地爲其他人擺好牌桌。瑪麗安在這種場合之中毫無用武之地，因爲她從來沒學過打牌。如此一來反而讓她在晚上擁有許多空閒的時間，可是她卻很難熬。這樣的夜晚，她五味雜陳地在焦慮的期待和失望的痛苦中渡過。她時而拿起書來看幾分鐘，時而把書丟在一旁，回到室內來回踱步，時而走到窗戶旁駐足，渴望聽到期待已久的敲門聲。

第27章

第二天早餐時，珍寧絲太太說：「如果天氣持續晴朗，約翰爵士下星期將會繼續留在巴頓。對愛打獵的人而言，一定不會錯過打獵的機會的。可憐的獵人！我很同情他們——他們太看重打獵了。」

「是啊，」瑪麗安愉悅地一面大聲回應，一面走到窗戶邊，看看天氣。「我怎麼沒想到這一點，這種好天氣會讓許多愛打獵的人走入鄉野。」

打獵的回憶裡有許多幸運的事，瑪麗安一想起，精神就爲之一振。「這眞是吸引獵人的天氣，」她繼續說，同時面帶笑容地坐下來吃早餐，「他們一定非常享受這種天氣。但是（說這話時，她略顯焦慮）這種天氣不會延續太久。通常這個時節，雨季剛過，可能還會繼續下雨的。而且很快就會開始降霜了，結霜情況可能非常嚴重，也許就在這一兩天，或許就在今晚也不一定！」

「無論如何，」艾琳諾爲了避免珍寧絲太太看出瑪麗安的心思，於是開口說，「我敢說，下週末我們將會見到約翰爵士和密竇頓太太一同前來倫敦。」

「是啊，親愛的，我保證一定會看到他們。我女兒瑪莉總是我行我素，不過她想來時就一定會來。」

「現在，」艾琳諾在心中猜測，「瑪麗安應該會再寄信給魏樂比。」

但是假如她眞的寫信給魏樂比，這封信可能早已經寫好，在艾琳諾未知的狀況下，非常隱密地寄出去了。無論事實究竟如何，已遠非艾琳諾所能猜測，但是看見瑪麗安喜形於色的樣子，她感到有些不安。瑪麗安一味地興奮、爲暖和的天氣高興，更愉快地盼望降霜的季節快來。

這天早上大家都跟著珍寧絲太太挨家挨戶發放問候卡，告訴鄰居，珍寧絲太太已經回家住。瑪麗安則忙著觀察風的方向，並想像天空的變化。

「艾琳諾，你難道不覺得現在比早上冷嗎？對我而言，這天氣有極大的不同。我幾乎無法從皮手套中取暖。昨天還不致於如此。今天的雲也似乎散開了，等一會兒太陽可能就會出來，下午應該是個晴天。」

艾琳諾交織著心不在焉和痛苦的情緒，但是瑪麗安卻始終如一，每天晚上都看著月亮的光輝，早上則細看天空的變化，觀察是否要降霜。

珍寧絲太太對這兩姊妹非常和善，也照顧得無微不至，使她們沒有什麼理由感到不滿意。同樣地，她們也沒有理由對她的生活方式和交友圈感到不滿。只是她有一些老朋友，連她女兒密竇頓太太都不喜歡去串門子，因爲擔心這些老朋友會讓她年輕的朋友感到不自在。艾琳諾發現來這裡比她想像中舒適自在，於是她不再計較那些無意義的晚會，只不過無論是在家裡或在別人家，都只是在打牌，這並不能讓她感興趣。

布蘭登上校幾乎每天都來探訪她們。他來這裡看看瑪麗安，也和艾琳諾聊天。艾琳諾和他聊天比和其他人聊天更感到滿足，但是她同時關切他對瑪麗安的一往情深，會越陷越深。尤其是他望著瑪麗安的眼神，以及他的心情看起來比在巴頓時更低落，這令艾琳諾感到難過。

在她們姊妹到達倫敦大約一星期之後，顯然魏樂比也到倫敦了。她們白天從外面回來時，看到他的名片放在桌上。

「天啊！」瑪麗安大叫，「我們出門時，他來過！」艾琳諾很高興確信他也來倫敦了，因此敢這麼說：「我猜，他明天還會再來。」但是瑪麗安似乎沒聽清楚姊姊在說什麼，她只想到珍寧絲太太就快進門了，趕緊把名片拿走。

這件事令艾琳諾的精神一振，瑪麗安更是滿心期待，而且她的情緒比之前更高昂。從這時起，瑪麗安的心情完全無法平靜，無時無刻都期待見到他，使她做任何事情都覺得索然無趣。第二天，當大夥兒要出門時，她堅持留在家裡。

當衆人出門時，艾琳諾一直擔心會發生什麼事。但是等大夥回家，她只要看瑪麗安一眼，就可以猜出魏樂比今天並沒有來。恰好在此時，僕人送來一張短箋，放在桌上。

「是給我的！」瑪麗安叫嚷著，並快步衝過去拿。

「不是的，小姐，是給我們夫人的。」

但是，瑪麗安並不相信，仍然搶過來看。

「確實是給珍寧絲太太的！眞令人氣惱！」

「你在等信？」艾琳諾再也忍不住地問。

「是的！有一點——不過也不完全是。」

靜默一會兒之後，艾琳諾說：「你是不是有事瞞著我，瑪麗安？」

「不，艾琳諾，你才有事瞞著我呢！」

「我！」艾琳諾一頭霧水地反問，「瑪麗安，我沒什麼事情好瞞的。」

「我也沒有，」瑪麗安強硬地說，「那樣我們的情況一樣，沒有什麼好隱瞞的。你是什麼也不肯說，我是什麼也沒隱瞞。」

艾琳諾沒想到會被妹妹指責爲不坦率，她不知道該如何使瑪麗安對她坦白些。

這時珍寧絲太太進門，僕人把便條交給她，她便大聲唸出來。那是密竇頓太太寫來告知大家，他們前天晚上已到康狄特街的家，並請她母親和兩位表姊妹第二天來作客。由於約翰爵士有公務在身，她又患了重感冒，所以無法到柏克萊街娘家拜訪。這項邀請被接受。按禮貌來說，艾琳諾兩姊妹都應該同去。但是當聚會的時間越來越逼近時，艾琳諾卻很難勸服瑪麗安跟著去，因爲她還沒有看見魏樂比，所以絕對不會想出門去，以免萬一出去時，正巧魏樂比來訪。

艾琳諾發現，約翰爵士的本性難移，即使換了地方，他依舊設法招聚了將近二十位年輕人，開舞會讓大夥盡興。無論如何，密竇頓太太並未同意這件事。在鄉間，即興開舞會是無妨的；但是在倫敦，維護優雅的名聲是至關重要的事情，何況要維護名聲也不是很容易。但爲了讓幾位小姐稱心如意，密竇頓太太還是貿然舉行了一場小小的舞會，有八、九對男女參加，還有兩個小提琴手和一些點心供應，以滿足一些年輕女孩。

帕莫夫婦也參加了這場舞會。帕莫先生一直小心翼翼地迴避著岳母，從不接近她。自從她們抵達倫敦以後，這還是第一次看到他。女士們進門時，他只瞥了大夥一眼，從房間的另一端向珍寧絲太太點個頭。瑪麗安進門時，環顧一下四周。只消看一眼就夠了，他不在場——她坐下來，看著其他人盡情享受歡樂，自己卻悶悶不樂。衆人大約聚了一個小時之後，帕莫先生向兩位達希伍德小姐走去，表示他很驚訝在倫敦看到她們。其實布蘭登上校最先是在他家聽說她們已來到倫敦，而帕莫先生知道她們姊妹要到倫敦時，還說了一些笑話。

「我以爲你們在德蒙夏郡。」他說。

「眞的嗎？」艾琳諾回答。

「你們什麼時候回去？」

「我不知道。」他們的對話就此結束。

瑪麗安這輩子從來沒有像今天晚上一樣，這麼不想跳舞，也從沒對跳舞感到這麼倦怠。等大夥回柏克萊街住處時，她連連抱怨舞會無聊。

「是，是，」珍寧絲太太說，「我們太清楚原因了。如果有某個男士在舞會中，你就不會感到那麼無聊了。老實說，他被邀請了，卻還不來見你一面，這就顯得很不得體了。」

「被邀請！」瑪麗安大叫。

「我女兒密竇頓太太這麼告訴我的，看來是約翰爵士今天早上在街上遇見他了。」

瑪麗安沒再多說，但是看起來非常傷心。艾琳諾見這個情況感到非常焦慮，很想幫妹妹紓解痛苦。她決心翌日寫信給母親，希望能提醒她注意瑪麗安的身心健康，並請母親好好詢問瑪麗安，到底是怎麼回事？第二天早上，吃完早餐後，艾琳諾又看見瑪麗安在寫信，她一定是寫給魏樂比。因此她更加急切地給母親寫信。

接近中午時分，珍寧絲太太獨自上街辦事，艾琳諾馬上開始寫信；瑪麗安則因焦慮不安而無法做任何事。她從這扇窗戶走向那扇窗戶，時而坐在火爐旁邊，陷入沉思。艾琳諾將這裡發生的事情全部告訴她母親，並說明她懷疑魏樂比用情不專。她請求母親盡責勸勸瑪麗安，並請她要求瑪麗安說明她和魏樂比的眞實關係。

她的信才剛寫完，就聽到有人叩門的聲音，是布蘭登上校。瑪麗安早就從窗戶看見他，這時的她不想見任何人，因此布蘭登上校一進門，她就走開了。雖然他表示很高興看見艾琳諾，但他的神情看起來比以往更加心事重重，彷彿好像有什麼特別的事情要告訴她，不過他卻只是默默地坐著。艾琳諾感覺他一定是有什麼關於瑪麗安的事情要說，因此很急切地希望他能開口說話。這已不是她第一次覺得上校欲言又止，上校不只一次表示，諸如：「你妹妹今天看起來不太舒服。」或者是「你妹妹看來心情不太好。」他總是欲言又止，尤其是談到有關瑪麗安的事時。沉默幾分鐘之後，他頗爲激動地問她：「瑪麗安何時有好消息？」意思是要恭喜她。艾琳諾沒有料到會被問這樣的問題，因此一下子不知道如何回答，不得不反問他這話是什麼意思？他試著微笑回答：「你妹妹和魏樂比訂婚的事，大家都知道。」

「那是不可能的，」艾琳諾回答，「因爲連我們家人都不知道。」

他顯得很驚訝，說：「請你見諒，我怕我問得太魯莽，但是我以爲這已經不是什麼秘密，因爲他們公開通信，而且大家都在談論他們的婚事。」

「怎麼可能？你從誰哪兒聽到這些傳聞？」

「許多人——有些是你不認識的人，有些是你很熟的朋友——像是珍寧絲太太、帕莫太太和密竇頓夫婦。但是，我依舊不相信，也許就是因爲不願意相信，所以就到處找訊息，想證明這傳聞不是眞的。今天僕人領我進門時，我無意間看見令妹寫給魏樂比的信。因爲心裡不願相信的事，總會找到一點懷疑的依據。但是，早在我詢問之前，我就已經相信這傳聞是眞的了。此事最後都塵埃落定了嗎？不可能再——？但是我沒有權利，也沒有成功的機會。原諒我，達希伍德小姐。我實在不該說這麼多，但是我幾乎不知道該怎麼辦，你的爲人謹愼成了我最大的依靠。告訴我，事情已經成定局，再怎麼努力——現在還是需要再隱瞞一段時間吧！」

這些話讓艾琳諾感受到上校對瑪麗安的深情，令她非常感動。她一時說不出什麼話來，即使回過神來，她也還得稍微考慮一下怎麼回答才恰當。她實在不太了解魏樂比和她妹妹之間到底是怎麼回事，無法多做解釋。但是她相信，瑪麗安對魏樂比的愛那麼深厚，無論這段感情發生什麼樣的事，布蘭登上校都毫無成功的希望。艾琳諾爲了保護瑪麗安，幾經考慮之後，覺得最審愼、友善的方法是只說她眞正了解或相信的部分。因此她說，雖然她從來沒有聽瑪麗安和魏樂比說過彼此的戀情，但她毫不懷疑他們彼此相愛。聽到他們彼此互通信函的事，她也不驚訝。

他沉默、專注地傾聽。艾琳諾說完時，他便從座位上站來，激動地說：「我祝福你妹妹幸福；願魏樂比努力贏得她的愛。」說完便告辭離去。

這段談話並沒有讓艾琳諾感到寬慰，也沒有減輕她心中的不安。相反地，布蘭登上校的憂鬱令她感到難過，且因爲她自己的焦慮，而更覺得無能爲力。

第28章

接下來三、四天，什麼事也沒有發生，這令艾琳諾後悔在信中向母親提及瑪麗安的一些事。因爲魏樂比沒來探訪，也沒來信。而這時密竇頓太太邀她們參加的聚會時間快到了，珍寧絲太太因爲要照顧身體不適的小女兒，所以不能前往。瑪麗安的心情低落，對這個聚會一點興趣也沒有，她不想刻意打扮，好像去或不去都無所謂，不過她還是要去參加的，只是心中毫無盼望或愉悅。在喝了茶之後，等待密竇頓太太抵達之前，她都坐在客廳的壁爐旁邊，一動也不動地在想心事，忘了在一旁的姊姊。直到最後有人告訴她們，密竇頓太太在門口等她們，她才站起身來，彷彿忘了有人在等她。

她們準時抵達聚會場所，下了馬車、步上台階，按接待僕人大聲唱名的順序走進會場。宴會廳堂金碧輝煌，賓客滿室，但悶熱得令人難以忍受。當她們禮貌性地向女主人請安之後，便融入人群中，一起忍受室內因人多而造成的悶熱和擁擠。不一會兒，密竇頓太太便坐在牌桌上玩牌，瑪麗安無心走動，看到空位就和艾琳諾在距離牌桌不遠的地方坐了下來。

她們沒有坐多久，艾琳諾就看見魏樂比站在不遠處，正與一位非常時髦的年輕女子交談。魏樂比也看到她，立刻彎腰鞠躬，但是並沒有意思要和她攀談。雖然他已經看到瑪麗安了，但是也沒有走向她，而是繼續與那女子談話。艾琳諾不自覺地轉向瑪麗安，試圖避免讓她看見魏樂比。但是她早已看見，臉上立刻展露歡顏，並想急忙跑過去，卻被姊姊拉住。

「天啊！」瑪麗安大叫，「他在那裡——他在那裡。哦！爲什麼他不看看我？爲什麼我不能和他說話？」

「拜託，鎭靜一點。」艾琳諾也大喊，「不要在衆人面前失態，也許他還沒看到你。」

無論如何，這個時候要保持鎭靜，對瑪麗安而言是不可能的事，她也不希望鎭靜。她乾坐著隱忍不耐煩的痛苦，臉色極其難看。

最後魏樂比終於轉過身，向她們致意。瑪麗安立刻站起來，滿懷情意地呼喊他的名字，同時展開雙手迎向他。他走過來之後只和艾琳諾說話，卻不和瑪麗安說話，並且刻意躲避她的眼神，假裝沒有注意到她。他只是匆匆地與艾琳諾寒暄，詢問她們來倫敦多久了。這樣的談話一下子讓艾琳諾腦筋一片空白，說不出話來。但是她妹妹的感受立刻就寫在臉上。她的臉脹得通紅，非常激動地說：「天啊！魏樂比，你這是什麼意思？你沒有接到我的信嗎？你不和我握手嗎？」

他只得勉強伸出手來和她相握，她似乎很痛苦，而他顯然一直試著保持鎭靜。艾琳諾看他的表情，發現他更加平靜。沉默一會兒之後，他冷靜地說：「上星期二我很榮幸去柏克萊街，可是很遺憾沒遇見你們和珍寧絲太太。我留了名片，我想你們應該收到了。」

「但是你沒有收到我的信嗎？」瑪麗安焦急地嚷著，「這其中肯定出了什麼問題——一個十分可怕的差錯。到底是怎麼回事？告訴我，魏樂比，看在上帝的份上，告訴我，這是怎麼回事？」

魏樂比無言以對，面有難色，顯得有些尷尬。他看了剛才與他交談的女士一眼，立刻克制自己，恢復鎮靜，並說：「是的，我很榮幸接到你的信，通知我你們已經抵達倫敦，謝謝你的好意。」說完他輕輕一鞠躬，便轉身回到他朋友身邊。

瑪麗安的臉色蒼白，一時站不住，跌坐在椅子上。艾琳諾怕她隨時會昏倒，試圖保護她，別讓別人看見，同時遞給她一點薰衣草香幫助她定定神。

「去找他，艾琳諾，」瑪麗安稍微鎮定點後說，「叫他來找我。告訴他，我必須再見他一面——和他說話。我的心定不下來——不解釋清楚，我一刻也無法心安——我想我們之間，一定有什麼可怕的誤會。哦，你現在就去叫他過來。」

「現在怎麼可能這麼做？不，我親愛的瑪麗安，你必須等候。這裡不是適合做解釋的地方，等到明天再說吧。」

艾琳諾苦口婆心地勸服瑪麗安不要再繼續盯著他，並控制一下激動的心情——至少再等一等，表面上總要顯得鎮靜，並勸她等到私下會面時再談。但是瑪麗安做不到，她一直低語不已，訴說自己的悲傷。過了不久，艾琳諾看見魏樂比離開客廳，邁向樓梯，於是告訴瑪麗安，魏樂比走了，今晚不可能再和他談話了，勸她必須冷靜。瑪麗安立刻要求姊姊請密竇頓太太送她們回家，因爲她太悲傷了，無法再多留一分鐘。

密竇頓太太雖然正忙著打牌，但是一聽說瑪麗安身體不適，立刻將手中的牌轉給牌友，等馬車一備好就離開。在返回柏克萊街住處的途中，她們都靜默不語，瑪麗安心情沉重得連眼淚都流不出來。回到家，幸好珍寧絲太太還沒有回來。她們直接奔回房裡，瑪麗安聞了聞嗅鹽後，稍微鎮定了一些，隨即換上衣服就寢。她看來渴望獨處。所以艾琳諾只好離開她，出去等珍寧絲太太回來，這段空檔足夠讓她好好想想。

無可懷疑地，瑪麗安和魏樂比曾經訂過婚。而且可以確定的是，魏樂比顯然對這份承諾感到厭倦。現在的情況看起來，瑪麗安無論懷抱什麼希望，魏樂比的行爲都不能解釋爲是某種誤會或誤解。唯一可以解釋的是，魏樂比變心了。若非她今晚親眼看見魏樂比顯露尷尬的表情，艾琳諾將會更憤慨，但她覺得他應該不是一開始就以逢場作戲的心態和妹妹交往。長久不見和兩人的距離，可能是感情變淡的原因，不過她毫不懷疑他先前對妹妹的情意是千眞萬確的。

對瑪麗安而言，這次的相逢爲她帶來了劇痛，後續效應可能會更令她痛苦不堪。艾琳諾爲此感到憂心忡忡。相較之下，她自己的處境好多了，無論她和愛德華距離多遠，她都敬重他，她心裡也有個精神依靠。但是瑪麗安卻要面對和魏樂比分手，無論是哪一種情境都會增加她的痛苦——他們的裂痕是立刻、而且是永遠無法挽回的。

第29章

第二天，正當一月的清晨還是寒氣逼人、一片昏暗、女僕尚未點燈、太陽也還未照拂之時，瑪麗安披著薄衣，跪在窗前，在迷濛的微光中一面淚如泉湧，一面振筆疾書。艾琳諾因爲聽到她激動、啜泣的聲音而驚醒，靜靜地觀察她一會兒之後，以極其體貼、溫柔的聲音對她說：「瑪麗安，我可以問……。」

「不，艾琳諾，」她回答，「沒什麼好問的，你將會知道一切的。」

瑪麗安說這些話時如槁木死灰般冷靜，但接著又陷入極度的憂傷中。在她繼續寫這封信之前的幾分鐘，不斷迸發的痛苦迫使她停下筆來，這些都足以說明她一定是在寫最後一封信給魏樂比。

艾琳諾安靜、不驚擾地注意著瑪麗安，她原本試圖要安慰瑪麗安，但是瑪麗安懇求姊姊不要和她說話。在這種情況之下，最好是讓瑪麗安一個人靜一靜，不要打擾她。瑪麗安無法平靜心中的傷痛，她換好衣服後在臥房裡一刻也待不住。於是她避開其他人的視線，在屋子裡踱來踱去，直到吃早餐的時間。

早餐時，瑪麗安什麼也不吃，甚至連吃的意願都沒有。此時艾琳諾的注意力不是在她身上，而是費心地讓珍寧絲太太將注意力放在自己身上，而略過瑪麗安。

由於這一餐是珍寧絲太太最看重的一餐，因此吃得比較久。飯後大夥圍著工作桌坐下來，這時信差送來一封給瑪麗安的信，瑪麗安急忙接過信，看信時她的臉色轉爲慘白，立刻奪門而出。艾琳諾很清楚到底是怎麼回事，彷彿她看過信封上的地址似的，她相信這一定是魏樂比寫來的信。她立刻感覺到自己心裡的怔怔忡忡，幾乎使她無法清楚思考，心裡直顫抖，擔心這下必定躲不過珍寧絲太太的注意。無論如何，這個好太太只看見瑪麗安接到魏樂比的信後，就衝出門去。她還取笑瑪麗安太心急，並笑著說，希望她看了信之後，能如願以償。珍寧絲太太忙著計算編織毛毯所需用的毛線長度，根本沒看見艾琳諾對瑪麗安的擔憂。瑪麗安衝出去之後，她平靜地繼續說：

「我這輩子實在沒見過有哪個女孩子像她這樣用情如此之深的。我的幾個女兒眞是不能和她相比，她們都傻呼呼的，但是瑪麗安是非常不一樣的女孩子。我衷心希望魏樂比不會讓她等太久，因爲看她那麼憔悴、悲傷的樣子，眞令人難過。他們什麼時候結婚呢？」

艾琳諾從未像此刻這樣不想回答問題，但爲了掩飾，她只好強顏歡笑說：「你眞的以爲他們兩人已經訂過婚了嗎？我想那只是一個謠言，請你千萬別當眞！如果聽到他們眞的準備結婚，我才眞的會感到驚訝呢！」

「達希伍德小姐！你怎麼會這麼說！大家都知道他們是一對——他們不是從第一次見面就一見鍾情、一往情深了嗎？我在德蒙夏郡時，不是每天都看到他們整天形影不離嗎？我難道還不知道你妹妹想跟我來倫敦，目的就是要來選購結婚禮服？你的說法是不通的，因爲你自己對此事很低調，就以爲別人看不出來。但是，我可以告訴你，他們的婚事絕不是玩笑，也早就傳遍全城了。我早就告訴了每一個人，我女兒夏綠蒂也逢人便說。」

「事實上，你錯了。你散傳這樣的消息是非常不友善的，儘管你現在並不相信我所說的，但是以後你會發現你錯了。」艾琳諾嚴肅地說。

珍寧絲太太再度笑一笑，但是艾琳諾懶得再說什麼，只希望知道魏樂比的信中寫了些什麼，因此她匆忙離開客廳，回到她們的臥房，一開門她就看見瑪麗安正哭倒在床上，哭到幾乎哽咽，手裡抓著一封信，身邊還散落兩、三封信。艾琳諾走上前，不發一語地坐到床邊，抓起瑪麗安的手，心疼地吻了又吻，接著也忍不住哭了起來，甚至哭得比瑪麗安更慘烈。雖然瑪麗安哭得說不出話來，但是可以感覺出姊姊的溫暖親情。兩姊妹哭了一陣子之後，她把手邊所有的信拿給姊姊看，然後用手帕遮著臉再次放聲痛哭，艾琳諾了解她的苦痛，顫抖著雙手將信打開，逐字細讀：

龐德街，一月

我親愛的小姐：

很榮幸剛接到你的來信，我必須誠摯地回信給你。我非常關切昨晚的行徑是否有無冒犯到你的地方。不過，我絲毫不知道有何得罪之處。如果有，那是無心的，我懇求你原諒。每當想起在德蒙夏郡期間，受到貴府的照顧，我無不感到愉悅。但是，我盼望我們的友誼長存，不要因為任何錯誤，或因為對我行為的誤解而影響這段友誼。我非常珍視你們全家，然而，倘若不幸讓你們認為我還有別的意思或意圖，我將為此感到自責。如果你知道我已經心有所屬，你就會知道我不可能對你有其他的意思。我相信，再過幾個星期，我就要結婚了。我非常遺憾地遵守你的要求，寄還你惠寄的三封信箴，以及承蒙厚愛所贈送的玉髮一綹。

你最忠實也最謙卑的僕人

魏樂比　敬上

艾琳諾讀完此信，非常憤怒。雖然她還沒讀信之前，就已經從他用情不專的行徑，確信他們分手分定了，但是她沒料到他在信中敢如此大言不慚！她想不到他在信中居然矢口否認他和瑪麗安曾有過戀情——這麼冷酷無情的信，絕非一個紳士的莊重舉止。信中毫無道歉，也未承認變心，更否認這段戀情，字字句句都是羞辱，在在顯示寫信者道德敗壞。

她把信再看一遍，心中又氣又震驚。每細讀一次就越加深她對魏樂比的憎恨。然而，她也很慶幸妹妹終於能看清楚他是什麼樣的男人，但是她不敢表達自己的看法，怕這麼說會惹瑪麗安更傷心。她覺得這個結果是得不是失，是福不是禍。

艾琳諾認眞地深思信的內容，想著魏樂比惡劣的行徑，想著這個已變心的人再也不眷戀這份情，而瑪麗安卻一往情深地付出一切。想著想著，艾琳諾忘了妹妹此刻的痛苦，忘了她手邊還有三封信還沒看，也忘了她在房裡待多久。這時聽到門口有馬車經過，她跑到窗戶邊，看看是誰這麼早就來訪。她很驚訝地看見珍寧絲太太的馬車，原來是珍寧絲太太吩咐下午一點鐘要備好的馬車。雖然此刻無法平撫瑪麗安的傷痛，艾琳諾還是決心要陪妹妹，因此她以妹妹身體不適爲由，婉拒下午出遊之事，珍寧絲太太也能體諒。艾琳諾爲珍寧絲太太送行之後，立刻趕回房間陪瑪麗安。瑪麗安試圖從床上爬起來，艾琳諾來得正是時候，她一把抱住起身時搖搖晃晃的瑪麗安，由於長久缺乏適當的休息和食物，她的步履蹣跚，頭腦暈眩。她已好幾天吃不好也睡不好，現在她的心已不再懷有希望，結果導致她頭痛欲裂、胃腸虛弱，精神不濟。艾琳諾立刻餵她喝了一點酒，讓她提提神，她終於能開口說話：

「艾琳諾，很抱歉，我把你累苦了！」

「我只希望我所做的事可以安慰你。」她姊姊回答。

這句話又讓瑪麗安無法承受。瑪麗安忍住傷痛地說：「哦，艾琳諾，我眞的好苦啊！」說完又泣不成聲。

見妹妹傷痛不已，艾琳諾不再沉默。

「振作起來，親愛的瑪麗安。」她說，「如果你不想傷害自己和所有愛你的人的話。想想母親，想想她在你受苦時，有多難過。爲了母親的緣故，你必須振作一點。」

「我做不到，我做不到，」瑪麗安哭著說，「走開，走開，如果我讓你難過的話。你儘管離開我、恨我、忘了我，但是不要這麼折磨我。哦！沒有傷痛的人說起話來多麼輕而易舉！快樂的艾琳諾，你一點也不了解我有多痛苦。」

「你說我快樂，瑪麗安！唉！我看你那麼難過，我怎麼可能快樂得起來！」

「請原諒我，原諒我，」瑪麗安伸手抱住姊姊，「我知道你替我感到難過，我知道你的心，但是你一定會很幸福。愛德華愛你——還有什麼能影響你們的幸福？」

「太多太多事情能影響了。」艾琳諾鄭重地說。

「不！不！不！」瑪麗安歇斯底里地喊道，「愛德華愛你，他只愛你。你不會有什麼痛苦的。」

「我看你陷入這種情緒，我是不會快樂的。」

「你永遠不會看到我快樂。我的遭遇很悲慘，一輩子揮之不去。」

「你千萬不要這麼說，瑪麗安。你難道沒有可以得到慰藉的東西嗎？沒有朋友嗎？你的痛苦有嚴重到無法解決的地步嗎？就算你現在極端痛苦，但是你想想看，如果你到後來才看清他的爲人，假使你們訂婚好久之後才提出退婚，你必然會更痛苦，每天都沒有愉快的自信，那個打擊勢必更可怕。」

「訂婚？」瑪麗安大叫，「我們沒有訂婚。」

「沒有訂婚？」

「沒有，他不像你所想的那麼卑鄙。他並沒有做出失信於我的事。」

「但是他對你說過，他愛你嗎？」

「是的——不——從來沒有——完全沒有。他每天都有暗示，但是從來沒有明講。有時我以爲他已說了，其實他從來沒有說過。」

「那你怎麼會寫信給他？」

「可是——我們都已經那麼要好了，寫信有什麼錯？」

艾琳諾不再說什麼，繼續看那三封信，她現在比以前更好奇，直接看完所有信的內容。第一封信是瑪麗安在抵達倫敦時寫給魏樂比的——

柏克萊街，一月

魏樂比，相信你收到這封信，一定會很驚訝！而且我想，如果你知道我現在就在倫敦，你可能會更驚訝。能和珍寧絲太太一起來倫敦，是我們無法拒絕的機會。我希望你能及時收到這封信，以便今晚能來看我，但是我不敢寄望太高。無論如何，我期待明天能見到你。再見！

瑪麗安．達希伍德

她的第二封信是在參加密賓頓家的舞會那天早上寫的——

我說不出前天見不到你有多失望。一星期前寄給你的信，到現在卻一直沒收到你的回信，這也令我有說不出的驚訝。我無時無刻不在期待聽到你的消息，更期待能見到你。拜託你儘可能找時間來訪，解釋為何我這些期待都落空。你最好找別的時間早一點來，因為我們通常在下午一點左右會出門。昨晚我們在密賓頓家開舞會。我聽説，他們有邀請你去參加。是真的嗎？自從我們分離以來，你一定改變很多，因此才沒有去參加舞會。但是我認為那是不可能的，我希望能聽你親口對我解釋。

瑪麗安．達希伍德

她寫的最後一封信是——

魏樂比，你昨晚的態度實在令我難以想像，我再度要求你做解釋。以我們在巴頓時的深情，我有理由相信，我們久別後將會快樂地相會。沒想到你卻如此冷落我，這結果令我極其厭惡！我痛苦一整夜，一直在替你找理由，但是我想不出任何合理的解釋。我很樂意聽你親自説明，也許你聽到有關我的一些謠言，而對我產生了誤會，以致於對我的態度有異。請告訴我，到底是什麼原因使你變成這樣？那麼我才能説明，進而消除對你的疑慮。我若想像你是惡意的，那會令我痛苦萬分，但是假如我不得不這麼想，假如我聽説你並非我們所信任的那個樣子，你對我們全是虛情假意，願你澄清。我此刻的心情動盪不安，六神無主，希望這只是一場誤會，有個確定的答案才能解除我現在的痛苦。如果你對我的感情已不像從前那樣，請你把我寫給你的信和我那一綹頭髮還給我。

瑪麗安·達希伍德

艾琳諾簡直不敢相信這樣充滿情意和誠懇的書信，換來的居然是魏樂比無情的回應。儘管她嚴譴魏樂比的惡行，但是她也深覺妹妹不應該和魏樂比通信。她爲妹妹在沒有得到他人任何承諾之下，如此失去矜持及冒失地留下了證據而感到難過。最糟糕的是，瑪麗安覺得反正信都已經寫了，何況信中也沒寫什麼，任何人遇到同樣的情況一定也會寫這樣的信。

「我覺得我們兩情相悅，彷彿是在莊嚴神聖的結合下訂了婚約似的。」瑪麗安說。

「我相信，」艾琳諾說，「但是很不幸，他並不這麼想。」

「艾琳諾，他以前也是這麼想的——有好幾個星期，連續幾星期，他都是這麼認爲。現在無論是什麼原因使他改變，我都曾經是他深愛的人。他現在不想要的我這一綹頭髮，但這是他當初百般懇求我給他的。如果你看見他那時的表情、態度、聲音，你必定確信他深愛著我！你難道忘了，他在巴頓的最後一天晚上與我深情相守的情景？還有第二天早上離情依依的樣子？當他告訴我，這次一分別可能要好久好久才會再見面時，他顯得非常憂傷，我永遠也忘不了他憂傷的樣子！」

瑪麗安接著有幾分鐘說不出話來。等情緒稍過，她以更堅定的聲音說：「艾琳諾，有人在殘酷地破壞我們的感情，但不是魏樂比。」

「親愛的瑪麗安，不是他，那又是誰呢？有誰會教唆他這麼做呢？」

「每個人都有可能，但一定不是他自己。我寧可相信是他周遭的人聯手起來破壞我們的感情，也不願相信他本性是這麼殘酷無情。也許是他信中提到的那個女人——無論是誰——簡單來說，除了你、母親和愛德華不會這麼殘忍地傷害我之外，其他任何人都比魏樂比更可能惡意中傷我。我非常了解魏樂比的個性，他不會這麼做。」

艾琳諾並不認同這個看法，但只回答：「無論是誰如此可惡地傷害你，願他們誤以為得逞獲勝了。親愛的妹妹，看看你自己的無辜和善良有多高貴，就值得你振作起來。你應該以這種理性、令人佩服的驕傲，抵禦這種惡毒的傷害。」

「不，不，」瑪麗安哭喊，「遭遇這樣悲慘的苦難，我怎麼驕傲得起來。我不在乎別人知道我很悽慘。全世界都可以用幸災樂禍的眼光看著我。艾琳諾，遭受小挫折的人也許可以驕傲、獨立起來——這樣可能抵禦得了羞辱，或反擊回去——但是我辦不到。我無法逃脫痛苦的悲情，他們要嘲笑我，就去嘲笑吧！」

「但是請你為母親和我的緣故……。」

「我寧願多爲你們著想。但是明明背負著傷痛，卻要表現出快樂的樣子——哦，誰做得到啊？」

兩姊妹再度沉默。艾琳諾靜靜地從火爐邊走向窗戶，又從窗戶走回火爐邊，無論是在火堆取暖，還是看著窗外的景致，她都毫無感覺，不知道自己在做什麼；瑪麗安則坐在床沿，頭靠在床架上，再次詳讀魏樂比的回信，顫抖地看著每一行，並且叫喊著：

「太過份了！魏樂比！哦，魏樂比，魏樂比，這怎麼會是你寫的呢！殘忍，眞殘忍！艾琳諾，他眞是罪無可赦。無論他聽到別人說了什麼關於我的傳言——他難道不應該告訴我、問問我，讓我好好澄清嗎？『承蒙厚愛所贈送的玉髮一綹』，這樣的說詞眞是無可原諒。魏樂比，當你寫這些字句的時候你的心在哪裡呀？哦！眞是殘酷無禮呀！——艾琳諾，你說說看，他有理由這樣做嗎？」

「不，瑪麗安，絕對沒有。」

「他提到的那個女人——誰知道她懷藏什麼心機——她預謀多久、多深？她是何方神聖？我怎麼從來沒聽他提起過，有這麼一個年輕、魅力十足的女子？哦！沒有，沒有——他只對我談論我自己。」

又是一陣沉默，接著瑪麗安非常激動地說：

「艾琳諾，我要回家。我一定要走，回去看看母親。我們能不能明天回去？」

「明天？瑪麗安！」

「是的。我爲什麼還要留下來？我是爲了魏樂比才來到倫敦。現在，有誰還在乎我？誰還關心我？」

「明天是不可能的，我們欠珍寧絲太太太多的人情，禮貌上應該避免這樣倉促離開。」

「那麼，過一兩天再走吧。但是，我無法久留，我實在無法忍受這些人的詢問和耳語。密竇頓和帕莫兩家人——我怎麼受得了他們的同情？像密竇頓太太那種女人的同情，我眞的受不了！哦！她會怎麼說我！」

艾琳諾建議她躺下來好好休息。瑪麗安聽話躺了下來，但是她內心還是煩躁不安、身心俱痛、輾轉反側，越來越歇斯底里。她姊姊看她無法安靜躺下來休息，幾度差點要去找人來幫忙。直到後來，艾琳諾幫她擦了幾滴薰衣草油，她才稍微平靜一些。直到珍寧絲太太回來，瑪麗安都一直躺在床上，一動也不動。

第30章

珍寧絲太太一回到家，立刻趕去她們兩姊妹的房間，敲門之後就直接進入，滿懷著關切之情。

「親愛的，你好一點了沒有？」她以非常憐憫的聲音問瑪麗安。不料，瑪麗安轉過臉去，並不理會她。

「她還好嗎，達希伍德大小姐？可憐的孩子！她看起來很糟。也難怪！唉，事情眞令人難以相信，魏樂比居然快要結婚了——沒用的窩囊廢！對他，我可眞是不能容忍。泰勒太太半小時之前告訴我這件事，她是聽葛蕾小姐的好朋友說的，聽到這些傳言時，我簡直快昏倒。我只能說，如果這些傳聞都是眞的，那他就太對不起瑪麗安了，我衷心希望他太太讓他遭殃。我從來沒見過男人做事像他這樣惡劣的。如果我再遇見他，我一定會好好修理他。但是瑪麗安，有一點值得安慰的，就是他並不是世界上唯一值得你愛的男人。你長得那麼漂亮，你永遠不會缺乏追求者。哦，可憐的孩子！我不想再多打擾你，你最好痛哭一場，然後把他忘得一乾二淨。帕瑞夫婦和桑德森夫婦今晚會來，我想，也許可以讓你心情好一些。」

珍寧絲太太躡手躡腳地離開她們的房間，彷彿擔心瑪麗安會因爲受不了腳步聲的吵鬧，而心情更不好。

令人意外的是，瑪麗安決定和帕瑞夫婦等訪客共進晚餐，這讓艾琳諾感到驚訝，艾琳諾甚至勸她拒絕。但是瑪麗安說：「不，我應該下樓去，我承受得住的，不需要你們幫我什麼忙。」艾琳諾很高興看到妹妹能夠自制，所以也不再多說，但是她相信妹妹很難撐完一頓晚餐。趁瑪麗安還躺在床上時，艾琳諾爲她整理衣服，準備隨時一有人請她們下樓吃飯，就扶她進餐廳。

用餐時，儘管瑪麗安依舊眉頭深鎖，但是胃口極好，也比姊姊想像中鎭靜。她幾乎一句話也不說。之所以如此，是因爲她完全陷入冥想中，對周遭所有的事物漠然以對。

艾琳諾知道珍寧絲太太是一片好心好意，但她說出的話有時卻讓人受不了，有些甚至是很可笑的。因此艾琳諾在吃飯時，便替妹妹有禮貌地擋一下或回答。珍寧絲太太見瑪麗安這麼悶悶不樂，覺得有責任讓她開心一些。因此，她極力款待瑪麗安，就像母親關照最疼愛的孩子一樣。這是她們姊妹倆在倫敦度假的最後一天了，珍寧絲太太盡全力安排各種美食、橄欖和溫暖的火爐，想幫她除去情場失意的痛苦。可是當瑪麗安察覺到大家的注意力都在她身上時，她便一刻也待不下去了。於是她急忙地哀歎一聲，示意姊姊不要跟來，然後匆匆起身，離開餐廳，直接上樓。

「可憐的孩子！」等瑪麗安一走，珍寧絲太太便說，「看到她那樣，多令人心疼！眞沒想到，她酒都沒有喝完就走了，連櫻桃乾也沒吃。天啊！似乎沒有任何東西合她的胃口了。如果我知道有什麼東西可以讓她開心，我一定搜遍全倫敦送過來給她。唉，眞是不可思議，竟然有這樣的男人會傷害這麼一位年輕貌美的女孩！但是，沒辦法，一個有錢，一個沒錢。天啊！除了錢以外，他們還在乎什麼！」

「這麼說來，那位葛蕾小姐──我想你是這麼稱呼她的──她很富有囉！」

「五萬英鎊呢！親愛的。你見過她嗎？聽說，她是個既聰明又時髦的女士，不過並不漂亮。我記得她姑姑碧荻．韓夏威嫁給一個非常有錢的人。不過，她娘家本來就很有錢。五萬英鎊呢！這筆錢正好可以替魏樂比應急，據說他已經到了窮途末路。難怪！現在常看他駕著馬車，帶著獵犬到處閒逛！唉，眞是可惡！當一個男人追求一個漂亮的女孩，又允諾要娶她的話，就不應該爲了其他富有的女孩而見異思遷。遇到這樣的情況，他大可賣掉馬匹和房子、解雇佣人，一切從新開始，不是嗎？我保證，瑪麗安一定會等他的。但是，現在時代不一樣了，現在的年輕男人再怎麼樣也不可能放棄追求享樂。」

「你知道葛蕾小姐是個怎麼樣的女孩嗎？她是不是很和善呢？」

「我從未聽過別人批評她的話，事實上，我很少聽到別人提起她。除了今天早上聽泰勒太太說過之外。還有，渥克小姐向她提過，如果葛蕾小姐結婚的話，艾利森夫婦一定不會感到捨不得，因爲她和艾利森夫婦處不來。」

「艾利森夫婦是誰？」

「就是葛蕾小姐的監護人，親愛的。但是她現在已經成年，可以自己選擇對象。看來，她已經做了一個很好的選擇。」她停了一會兒繼續說，「你可憐的妹妹已經獨自在房裡哀傷哭泣了。難道沒有人可以安慰她嗎？我可憐的孩子，讓她一個人在房間裡眞是有點兒殘酷。我們應該有一大群朋友來訪，那會讓她快活一點。我們該怎麼做呢？她討厭打牌，我知道。但是，她難道沒有喜歡什麼好玩的遊戲嗎？」

「親愛的夫人，你大可不必費心，瑪麗安今晚應該會待在房間裡。如果可能的話，我會勸她早點睡，我想她需要多休息一會兒。」

「嗯，我相信那樣對她是最好不過了。問她宵夜想吃些什麼，吃完再去睡覺吧。天啊！難怪她這一兩個星期看起來那麼糟糕、沮喪，我想這件事情早就在她腦海裡縈繞一陣子了。只是直到今天才眞相大白！可憐的孩子！我保證，如果我早知道事情是這樣，我絕對不會拿那封信跟她開玩笑。但是你知道，那時我以爲這只不過是一般的情書，你知道年輕人喜歡這樣被嘲弄。天啊！當約翰爵士和我的女兒們聽到這消息時，將會多麼擔心呀！如果我早知道，我一定會在回家的路上去康狄特街，告訴他們這件事。不過我明天會見到他們的。」

「我想，帕莫太太和約翰爵士應該不需提醒也會知道，不過請不要在我妹妹面前提起魏樂比的名字，或者提到這件事情。他們的個性都很善良，一定知道在我妹妹面前表現出知情的樣子會讓她有多難堪。相信你也可以理解我的心情，別人越少提到這些事情，就越能減輕我的負擔。」

「哦，天啊！我當然相信，你們聽到別人談論這件事時，一定會非常難過。至於在你妹妹面前，我保證絕對不會提起隻字片語。你也看見了，剛剛用餐時，我都沒有再提起過。我相信約翰爵士和我那兩個女兒也不會再討論這件事，因爲他們都很體貼——尤其是我給他們暗示的話，當然我一定會暗示他們。我想，這件事說得越少越好，也越容易把它忘記。多談無益！」

「這件事多說只會帶來傷害——尤其是這類感情的事，每個人都注意它，以致於成爲衆人的閒話，這是非常不恰當的。但是我必須替魏樂比澄清一件事情——他並沒有和我妹妹訂婚，所以也就沒有解除婚約這件事。」

「啊，我的天！你就別再替他說好話了。眞的沒有訂婚？他都帶著你妹妹逛艾倫漢宅邸了，還把他們以後要住哪些房間都說定了，都這樣親密了，還說沒有訂婚？」

艾琳諾爲了妹妹的緣故，不想再多談下去，她也不想再爲魏樂比辯白，因爲說出眞相，肯定使瑪麗安受傷更深，對魏樂比也沒有什麼好處。雙方沉默了一會兒之後，珍寧絲太太又再度熱烈地說：

「哦，親愛的，俗話說得好：『塞翁失馬，焉知非福。』這事情的發展對布蘭登上校一定很有利。他最後一定會娶瑪麗安的。是的，他一定會。現在，我打賭，他們會在仲夏以前結婚。天啊！他如果聽到這個消息，一定會眉開眼笑！我希望他今晚會來。他才是最適合你妹妹的好對象。每年兩千英鎊的收入，而且沒有負債或欠缺——除了有一個小私生女之外。唉，我幾乎忘了他有這麼一個私生女。但是她可能只需要花一點學費，就可以完成學徒訓練，這有什麼要緊？德拉福特是個古意昂然的美麗地方，在那裡生活舒適便利，四周有圍牆，花園裡種植著許多優良的果樹，其中一個角落還長著很好的桑樹呢。哦！我和夏綠蒂去那裡玩過一次！那兒還有一座鴿棚和魚塘，以及一條非常漂亮的河流。簡單來說，你想要的東西，那裡都有，而且那裡距離教堂很近，大約四分之一英里外就有大馬路，所以在那裡生活一點也不會枯燥乏味。假如你去那裡，只要坐在房子後院的紫杉樹蔭下，就可以看見所有的馬車經過。哦！那地方眞棒！村邊有一家肉販，旁邊是牧師的住宅。依我之見，那裡比巴頓園便利一千倍。在巴頓園必須到離家三英里外的地方，才能買到肉，附近除了你母親之外，沒有其他更靠近的鄰居。我應該儘快鼓舞上校行動。你知道，舊的不去，新的不來，如果我們能讓你妹妹儘快忘了魏樂比就好了！」

「是啊，如果我們辦得到的話，」艾琳諾說，「無論有沒有布蘭登上校，我們應該都能做得很好。」說完，她起身去找瑪麗安。如她所料，瑪麗安在臥房裡，靜靜地面帶愁容，斜倚著身靠近火堆餘燼。直到艾琳諾走過來，屋內只有那一點火光。

「你最好離開我。」這是她姊姊一走近她時，唯一能聽到的話。

「我會離開你。」艾琳諾說，「只要你上床睡覺去。」但是剛開始，瑪麗安難忍悲痛、執拗不聽。經過姊姊誠摯、溫柔的規勸，逐漸軟化了她的心，艾琳諾看妹妹一如她所願，把頭擱在枕頭上，準備休息，她便離開了。

艾琳諾來到客廳，珍寧絲太太也進來了，手裡端著一杯酒。

「我親愛的，」她說，「我剛剛想到屋裡還有最棒的康斯坦丁陳年老酒——所以我倒了一杯給你妹妹。我可憐的丈夫！他非常喜歡這種酒！每當他痛風宿疾發作，他說，世界上只有這種美酒能讓他開懷。快端給你妹妹喝吧！」

「親愛的夫人，」艾琳諾笑著婉拒說，「你眞好！但我剛來的時候瑪麗安已經上床休息了，我相信對她最好的還是睡眠。如果你不介意的話，這杯酒就讓我喝了吧。」

珍寧絲太太後悔沒有早五分鐘拿出酒來，但是她很滿意艾琳諾的折衷作法。艾琳諾一口飲盡了大半杯酒。她心想：這酒對痛風有沒有很好的療效，對她而言並不重要，但如果美酒有醫治心靈創傷的功效，那麼讓她自己喝或是妹妹喝，效果應該都是一樣的。

正當大家正在喝茶時，布蘭登上校進門了。看他四處張望尋找瑪麗安的樣子，艾琳諾立刻想到他一定不期待、也不奢望在客廳看見她。簡言之，他已經知道她爲什麼不在客廳的原因了。珍寧絲太太卻不這麼想，因爲上校一進門，她就走到艾琳諾旁邊，喃喃低語：「上校的神色看起來和以往一樣嚴肅。你看，他什麼也不知道，快去告訴他事實，親愛的。」

稍後，上校拉了一張椅子在艾琳諾身邊坐了下來，看來好像知道發生什麼事情似的，接著他詢問了艾琳諾。

「瑪麗安身體不大舒服。她一整天都身體欠安，所以我們勸她早點上床休息。」

「那麼，也許，」他吞吞吐吐地說，「看來，今天早上我聽到的消息是眞的了！」

「你聽到什麼傳聞？」

「就是有一位男士，那個男人，我知道他已經訂過婚——但是，我該怎麼說呢？我想你必定都知道了吧？那我就不用多費口舌了。」

「你的意思是，」艾琳諾故作鎮定地回答，「魏樂比和葛蕾小姐的婚事。是的，我們都知道了。此事似乎已是衆所周知的事了，但我們是今天早上才知道的。魏樂比實在是個難以理解的人！你從哪裡聽到這消息的呢？」

「從帕爾購物廣場的一家文具店那裡聽來的。當時我正好去那裡辦事。有兩位女士正在等馬車，其中一位小聲告訴另一位有關他的婚事，我在旁邊聽到了。約翰．魏樂比的名字不斷被提起，引起我的好奇，接著她說的都是魏樂比和葛蕾小姐訂婚、結婚的事——似乎這已經不是秘密——他們很可能在最近幾星期之內結婚，她還說了些他們正在準備婚事等話題。我尤其記得一件事情，因此這件事情更能讓我確定他們說的就是魏樂比——婚禮結束後，他們將去桑莫塞夏郡的岸然谷。當時我眞是感到驚訝！那種感受實在無法形容。我一直待在那家店直到她們離開，也打聽了一下，才知道其中一位說話的女士是葛蕾小姐的監護人艾莉森太太。」

「事實就是如此。但是，你聽說葛蕾小姐擁有五萬英鎊的身價嗎？如果眞是那樣，我們就知道爲什麼魏樂比會變心的眞正原因了。」

「也許是這樣。但是魏樂比是有才能的人——至少我這樣認爲，」他停了一會兒，接著以一種缺乏自信的口吻說，「你妹妹——她如何——」

「她非常痛苦，我只希望這些傷痛能儘早過去。她悲傷極了，直到昨天她都不曾懷疑過魏樂比的愛，即使現在，也許還——但是我幾乎相信，他從來沒對我妹妹用過真情。他一向不太老實！就某些方面而言，他還眞是鐵石心腸。」

「唉！」布蘭登上校說，「確實如此，但是你妹妹可能並不是像你這樣想。」

「你知道她的脾氣，也許你會相信，要是可能的話，她還渴望替他辯護呢。」

上校沒有回應。過了一會兒，桌上的茶具被端走了，換上了牌具，這個話題也就此打住。珍寧絲太太一直盯著他們談天，期待從與艾琳諾的談話中，看見上校露出愉悅、希望的表情。可是她卻驚訝的發現，上校的神情比以往更嚴肅、更心事重重。

第31章

瑪麗安睡得比預期中更好一點，只是第二天早上醒來，依舊憂傷。

在早餐還沒準備好之前，艾琳諾鼓勵她把心中的感受說出來，她們一遍又一遍地談著魏樂比的話題。艾琳諾一直用同樣堅定的信念和溫情開導瑪麗安，但是瑪麗安卻一如先前般激動，且看法不斷改變。她時而相信魏樂比和她一樣不幸、無辜，時而萬念俱灰，覺得魏樂比的行徑不可原諒，一會兒又有其他想法。她一下子完全不在乎別人的看法，一下子又非常憤怒地抵禦別人的眼光。但是有一件事情她始終如一，就是儘量避免和珍寧絲太太碰面，即使不巧遇見了，她也默不作聲，因為她不相信珍寧絲太太能理解她的痛苦。

「不，不，不可能。」瑪麗安大叫，「她不會了解我的感受的，她的親切不是同情，她的和善不是慈愛。她只想把我的痛苦當做茶餘飯後閒談的話題。她喜歡我，只是因爲我可以提供她這些做爲閒話的材料。」

艾琳諾非常理解妹妹往往憑直覺論斷一切事物而有失公允，而且以她目前受傷痛苦的心境，難免意氣用事，懷疑別人的好意都是別有居心。就像全世界半數的人一樣，如果有超過半數的人既聰明又善良，像瑪麗安那樣才華出衆，又有氣質，也不見得能講理或公正。她老是期待別人和她有一樣的意見和感覺，她老是憑別人對待她的立即反應，研判對方的動機。有一天，吃過早餐後，兩姊妹回到房間休息，發生了一件讓瑪麗安更不喜歡珍寧絲太太的事。珍寧絲太太純粹是出於一片好意，卻沒想到反遭瑪麗安誤解。

珍寧絲太太拿著一封信，自以爲可以抒解瑪麗安的情緒，她笑著進門說：「瑪麗安，我給你帶來一樣東西，一定能令你開心。」

這類話瑪麗安聽多了。她想像她收到的這封信是魏樂比寫來的，並且充滿滿紙的柔情和懊悔，極盡合情合理地解釋所有事情發生的緣由，讓人完全相信、接受。接著她想像著魏樂比親自登門拜訪，無所顧忌地衝進她的房間，跪在她面前懇求她原諒。可是這些幻想立刻化爲了泡影。因爲珍寧絲太太送來的是來自她母親的信，這令她非常失望，心情瞬間跌入了谷底。

瑪麗安即使在心情好的時候，都無法改變對珍寧絲太太的不滿，更何況此時，她只能任由眼淚奪眶而出——但是，珍寧絲太太完全不曉得收到這封信怎麼會讓她傷心成那樣，所以極力安慰她，並交代她把信看一看，才離開房間。但是，等瑪麗安平靜下來看這封信時，卻一點也得不到慰藉。因爲整封信都在談魏樂比。她母親依舊相信她和魏樂比有過婚約，堅信魏樂比對瑪麗安的情意，並聽信艾琳諾所說的，希望瑪麗安能公開他們的婚事。母親信中對她的關懷、對魏樂比的接納、相信他們未來一定會很幸福等字句，在在都令瑪麗安心痛不已、潸然淚下。

現在的她更迫不及待想回到母親的懷抱，此時的母親幾乎成了她最親密的人，親過她錯愛誤信的魏樂比。她巴不得馬上回家，艾琳諾無法判定瑪麗安是留在倫敦，還是回巴頓比較好，因此沒有再提任何建議，只說等母親答覆再做決定。瑪麗安也同意留下來等候母親的意見。

珍寧絲太太比平常更早出門，因爲她想讓密竇頓夫婦和帕莫夫婦也和她一樣操心才會感到安心。她婉拒艾琳諾的陪同，一早就獨自出門去。艾琳諾心情非常沉重，因爲她要和母親談瑪麗安令人心痛的事。從瑪麗安收到的信中看來，母親對瑪麗安的事可能還沒有心理準備。艾琳諾開始坐下來寫信，說明事情發生的經過，並且請母親指示未來的方向。瑪麗安一看到珍寧絲太太出門，便進入客廳，坐在艾琳諾的對面，看著她寫信。瑪麗安感傷自己遭遇的苦痛，也爲母親收到這封信後所可能引起的反應感到難過。

兩姊妹忙著寫這封家書。大約十五分鐘後，神經緊繃的瑪麗安忽然被門外傳來的敲門聲嚇一跳。

「是誰？那麼大清早來訪！」艾琳諾大喊！

瑪麗安跑去窗戶邊探頭一看。

「是布蘭登上校！」她苦惱地說，「我們怎麼就擺脫不了他呢！」

「珍寧絲太太不在家，他不會進來的。」

「我才不信，」她邊說邊進臥房。「有些人根本不會考慮到自己是否打擾到別人。」

瑪麗安果然說得沒錯。布蘭登上校冒然進門，但是她對他的斷言並不公允、正確。艾琳諾知道他是因為牽掛妹妹而來。他滿臉愁容，焦慮地簡短問及瑪麗安的狀況，艾琳諾有些責怪妹妹的冷漠。

「我在龐德街遇到珍寧絲太太，」他打個招呼之後結結巴巴地說，「她鼓勵我來看你們，我立刻接受。我的目的——我希望——我唯一的渴求——我但願，我相信——可以來安慰——不，我不能說是安慰——不是一時的安慰——而是信念，持久的信念。我對她、對你、對你們母親的敬意——你能否允許我以某些事實證明我非常誠摯的敬意——只是眞誠的渴望能為她做些事情——我想，我是合理的——雖然我一直在說服自己相信我的所做所為是對的，但是有沒有理由擔心我可能是錯了？」

「我了解你，」艾琳諾說，「你是不是要告訴我有關魏樂比的事，好讓我們更了解他的爲人，是嗎？你帶來新消息，是向瑪麗安顯露友誼的最佳行動。我非常感激你如此費心，有朝一日瑪麗安也會明白你的苦心。就請你直言告訴我吧！」

「好的，長話短說。去年十月我離開巴頓——我這樣說，你可能有些聽不懂，請容我細說從頭。唉，我實在是拙於表達，但我必須先解釋一下我自己的故事，」他沉重地歎口氣，「其實我是不太想講的。」

他停下來想了一下，又歎口氣，才繼續說：

「你可能已經忘記，有一個晚上我們在巴頓園談天——那天晚上有個舞會——我曾提過我認識一位小姐，和令妹長得很像。」

「是，」艾琳諾回答，「我沒有忘記。」

看她還記得，上校顯得高興，繼續說下去：

「如果我記得沒錯的話，我說她們兩個外表和想法都很像，一樣熱情、愛幻想、神采奕奕。這位女孩是我的近親表妹伊麗莎白，她從小就是個孤兒，由我父親監護著。我們年齡相近，是青梅竹馬。我從來沒有一刻不愛伊麗莎白，我對她的感情隨年齡而增長。也許從我現在孤獨淒涼、嚴肅無趣的情形看來，你可能以爲我不曾戀愛過。但我相信她對我的感情，就像令妹深戀魏樂比一樣。但是她的遭遇卻十分悲慘。十七歲那年，我永遠失去了她。她被迫嫁給家兄。她有一大筆財產，但我們家卻負債累累，這一切都是家父的安排。但家兄並不珍惜她，甚至不愛她。我原以為，她對我的愛可以使她撐過任何難關，有一陣子的確是如此。但是我的家人對她不好，她再也撐不下去。不過她向我保證，她絕不會變心——呃，看我說得沒頭沒腦！我還沒告訴你事情的經過。

「在她婚前，我們曾經相約私奔到蘇格蘭。但在臨走前，我們卻被我表妹的女僕出賣。於是我被趕去很遠的地方和親戚一起住，她則喪失一切自由、娛樂，不准和外界來往，直到我父親達到他的目的。我一直希望她能度過難關——假如她的婚姻幸福，我會寬心一些。那時我還年輕，以為不出幾個月我就能平撫這傷痛，至少我現在也不會如此鬱鬱寡歡。可是，事情的發展卻不是那樣。

「家兄對她毫無感情，又放蕩不羈，且從一開始就對她不好。她剛開始一直逆來順受，如果她不需要艱苦地克服這些哀傷，我也不必回憶這些傷痛，日子也就會快樂多了。但是我實在想不到，嫁給這樣的丈夫是多麼痛苦，甚至使她紅杏出牆。而她又沒有朋友可以給予忠告或勸阻（她婚後幾個月，我父親便過世，而我又被派到東印度去），也難怪她會心情低落了。要是我當時仍留在英國就好了——但是我刻意離開她幾年，以為這樣才能換來彼此的幸福。」他激動地說，「她結婚帶給我的震驚，與兩年前我聽說她離婚的感受比起來，簡直微不足道。就是這些事情令我意志消沉——甚至直到現在，這些回憶都令我痛苦萬分。」

上校情緒激動得沒有再說下去，他匆忙起身，在客廳裡來回踱步。艾琳諾感受到他爲這段感情所受的痛苦，一時也說不上話。他看到她關切的眼神，便走向她，握住她的手，感激、敬重地緊握並親吻了一下。幾分鐘之後，上校才打起精神，繼續說下去。

「在我回英國之前，幾乎有三年的時間，我一直非常憂鬱。當我一回到國內，第一件事情就是趕快找她，但是卻遍尋不著，這令我非常難過。除了她的第一任情夫之外，我沒有她的任何線索。我猜想她離開第一任情夫之後，一定墜落到更罪惡的深淵中。她的固定津貼收入完全不夠她過好日子。我從家兄那裡得知，幾個月以前，她把領年金的權利讓渡給別人。家兄認爲，一定是她揮霍無度，所以不得不將年金領用權讓渡給別人，以便換取一筆錢應急。等到我回英國半年之後，終於找到她，但在那樣的情況下看見她，令我痛徹心扉。我以前的一位僕人因爲欠債被關進牢裡，我出於關心去探監，不料卻在牢裡看到她。她與從前判若兩人——面容枯槁，衰老憔悴，渾身是病，我想她是受盡折磨了！

「我簡直無法相信在我眼前的這個憂鬱、病懨懨的人，就是我曾經深愛過的那個可愛健康、如花似玉的女孩！看到她那樣實在叫我心疼——但是我沒有權利講這些來爲難你——我已經很令你困擾了。她看來已經油盡燈枯，生命對她而言已算不得什麼，只是讓她多一點苟延殘喘的時間罷了。我把她安置在舒適的住所，受到適當的照顧。在她最後那些日子裡，我每天都去看她。她過世時，我就在她身邊。」

他停下來平復自己的情緒，艾琳諾流露出對他這位不幸友人的關切。

「我希望我不會冒犯到你妹妹。」他說，「由於她們長得太像，我一直把她和我那段痛心的初戀聯想在一起，但她們的命運和運氣不一樣。我表妹天性溫柔甜美，假如她能有更堅強的意志，或是有幸福的婚姻，她就不會有如此悽慘的下場。只是，我說這些又有什麼用呢？似乎只是在說些無意義的話來煩擾你了。啊！達希伍德小姐，我已經有十四年沒觸及這個往事了，要面對它，可真不容易！

「伊麗莎白留下一個女兒託我照料，這是她和第一任情夫所生，那時她女兒只有三歲。她非常疼愛這個女兒，一直把她帶在身邊。這對我是很重要、很珍貴的囑託，我也非常慎重地接受這個囑託。本來情況若允許，我是想親自教養她。但是我沒有成家，也沒有固定住所，因此就把我的小伊麗莎白送到學校去。我一有空就去學校看她，直到家兄過世（他五年前去世後，財產由我接掌）。她也常到德拉福特看我。我對外宣稱她是我的遠親，但是我知道有人懷疑我和她有更近的親屬關係。三年前（她才十四歲），我讓她搬出學校，交給住在多塞夏郡一位可敬的婦人照顧，這位婦人同時照顧四、五個約與小伊麗莎白同年紀的女孩。

此後兩年，我一直很滿意她的生活與環境。

「但是，大約一年前，就是去年二月，她突然失蹤了。我曾應她熱切的要求，讓她和一位朋友去巴斯（事後證明我答應得太不愼重了），照顧那位朋友生病的父親。我知道這位父親是個非常好的人，我對他女兒的印象也不錯。但是這女兒卻非常倔強，明明知道小伊麗莎白失蹤的原委，卻不肯說。她父親雖然善良，但卻沒有洞察力，也不知道到底發生什麼事情。因爲他幾乎整天都待在家裡，根本不知道兩個女孩到城裡結交了什麼朋友，他試圖說服我相信，他女兒完全不知道小伊麗莎白怎麼了。簡單地說，她已經失蹤八個月，毫無音訊。我在想什麼，在擔心什麼，你可想而知。」

「天啊！」艾琳諾大叫，「難道是魏樂比——」

「我終於有了她的消息，」他繼續說，「那是去年十月，那時她寫了封信給我。就在大夥準備去惠特爾那天早上，我收到這封寄自德拉福特的信，這便是我突然急著離開巴頓的原因。那時我的突然告別，想必令大家感到奇怪，也一定冒犯到了大家。我想，當魏樂比以嚴厲的眼光譴責我冒失地破壞團體旅遊計畫時，他一定料想不到，我正打算去解救那個被他害得又慘又悽苦的孤兒。就算他知道，又有什麼用呢？看到你妹妹的微笑時，他會比較不快樂嗎？不，他所作所爲非他人能及。他離棄他所誘拐的年輕無辜女孩，使她陷入極度悽苦中，無家可歸、沒有任何援助、沒有朋友，也不知道他的音訊。他答應她會回來，但是卻沒有回去，也沒有寫信，任憑她陷入痛苦泥淖中。」

「簡直不可思議！」艾琳諾大喊。

「現在你都清楚他的爲人了——奢華、浪蕩，甚至更糟。我知道這些事情已經好幾個星期了，你可以猜想得到我知道這些事以後，如何看待你妹妹愛上他，以及認定要嫁給他。我的感受如何可想而知。當我上星期來找你們，發現只有你一個人在時，我就決定要告訴你事實，但是我還在猶豫不決。那時你一定覺得我的舉止很怪異。現在你都明白了，你們都被矇騙了。眼看你妹妹爲情所苦，我又能做什麼？有時我想，或許你妹妹可以改變他。但是現在，被他這麼卑鄙地拋棄，誰知道他對你妹妹是什麼居心？無論他們過去如何，現在或從此以後，瑪麗安也許會慶幸自己的遭遇沒有我那可憐的小伊麗莎白悽慘。她們雖都愛他如此之深，卻飽受失戀的折磨，這樣的痛苦可能伴隨她們一生。但若與小伊麗莎白的悲慘無助相比，瑪麗安將會感到自己的痛苦是微不足道。她並沒有行爲不檢，也不會遭到羞辱。相反地，她的朋友會因此更關切她的不幸，敬重她遭此傷害卻不屈不撓的精神。無論如何，請你愼重考慮是否要轉告你妹妹我所說的這些事情，你一定知道說了這些之後，會有什麼效果。我要不是認眞地、衷心地相信說這些會有用處，會減輕她的悔恨，我也不會勉強自己說出我的辛酸來煩擾你，因爲詳述這些往事可能讓人以爲，我是在貶損他人，抬高自己。」

艾琳諾表示，非常感激他透露這些眞相，並確信這些眞相一定會對瑪麗安有所幫助。

「我看她極力在爲他撇開罪名，」艾琳諾說，「她這樣做很令我心痛。或許她聽了你的故事後會很痛苦，但這會讓她相信他生性卑鄙，我相信日後她會好轉的。」她停了一會兒之後，繼續說，「自從你離開巴頓之後，有再見過魏樂比嗎？」

「有的，」他心緒沉重地回答，「見過一次。在一個無可避免的聚會場合。」

艾琳諾看他說話的樣子，焦慮地瞧著他。

「什麼？你曾經見過他——」

「我是在不得已的情況下才這麼做。小伊麗莎白在我逼問之下，極不情願地向我坦承她愛人的姓名。那時他已經回到倫敦，就在我抵達倫敦之後的兩個星期，我們約時間見面。他爲自己辯護，我則想處罰他的行徑。我們彼此交戰，但未讓彼此難堪受傷，因此會談內容也沒有傳揚出去。」

艾琳諾歎氣惋惜，但是面對這樣一個男子及軍人，她不願冒然表達意見。

「這樣的事情，」布蘭登上校停了一會兒，感慨地說，「居然會發生在她們母女身上！我好像辜負了託孤之責！」

「她還在倫敦嗎？」

「不，我找到她時，她已經快要臨盆。等她分娩，恢復體力之後，我就把她和她的小孩遷到鄉下去，所以她現在住在鄉下。」

不久之後，上校想起他耽擱這麼久，可能影響艾琳諾照顧妹妹的時間，因此起身告辭，艾琳諾也再度表示感激，並且滿懷憐憫和敬意地送他出門。

第32章

上校離開後不久，艾琳諾便將上校告訴她的眞相轉告妹妹，但獲得的反應卻與她所預期的不同。瑪麗安並沒有懷疑這些話的眞實性，她只是靜靜、專心地聆聽，沒有任何反駁或評論，也沒有替魏樂比辯解。但她眼淚直流，彷彿覺得再爲他說話簡直是不可能。她的反應讓艾琳諾肯定她對魏樂比的罪惡已經徹底地了解。此後，每當布蘭登上校來訪，瑪麗安就不再躲避他，甚至會帶著同情和敬意，主動找他說話。儘管她的精神比以前振作很多，但是艾琳諾知道，她內心依舊隱隱作痛；雖然她鎭定多了，但是情緒依舊低落。魏樂比的沒有人品比起他的負心行爲，更令她感到難過。瑪麗安一直想著他誘拐、拋棄小伊麗莎白，還有這個可憐女孩的悽慘遭遇，並且懷疑他可能還想重施故技在自己身上。這些想法令她極爲苦惱，甚至無法向艾琳諾訴說她的感受，只能靜靜地承受著痛苦。這樣的狀況看在艾琳諾眼中，比她公開談論、坦承內心的苦楚，更令艾琳諾耽心。

達希伍德太太接到女兒來信及回信的感受和口氣，與兩個女兒如出一轍。她和瑪麗安一樣失望、痛苦，甚至比艾琳諾憤怒。她回覆的長信一封接一封，訴說著她的痛苦感受和想法以及對瑪麗安的牽掛，並且勸慰她在不幸中務必堅強忍耐。

達希伍德太太不顧自己思念女兒的心，決定讓瑪麗安繼續留在倫敦，因爲無論她待在什麼地方，都比待在巴頓好。在巴頓很容易讓瑪麗安觸景傷情，滿眼看到的都是和魏樂比曾經度過的美好時光和景物。因此她建議女兒，不要縮短拜訪珍寧絲太太的行程。這趟旅程並沒有確實說定要待多久，但是大家心照不宣地認爲至少大約是五、六個星期。倫敦的各種娛樂、事物和朋友是巴頓所沒有的，達希伍德太太希望這些能轉移瑪麗安的注意力，但瑪麗安對這些不屑一顧。

爲了避免和魏樂比有重逢的危險，她母親認爲她繼續待在倫敦比待在鄉下安全，而且只要是瑪麗安的朋友，一定都會和魏樂比斷絕往來。這些朋友一定會避免讓他們兩人再見面。他們在熙熙攘攘的倫敦，比在僻靜的巴頓，更不可能巧遇。但是達希伍德太太擔心，魏樂比新婚後前往艾倫漢的行程，可能會讓他們兩人不期而遇。

達希伍德太太還有一個理由希望她女兒繼續留在倫敦：她接到兒子約翰的來信說，他二月中旬會和妻子去倫敦。因此達希伍德太太認爲，女兒們留在倫敦可以見到哥哥。

儘管瑪麗安覺得母親這種安排與她的心意相違，但她還是答應遵照母親的意見，雖然她覺得繼續留在倫敦，等於剝奪唯一可能減輕她傷痛的慰藉（母親的懷抱）。這也使得她不得不繼續周旋在倫敦的社交圈。

雖然留在倫敦對自己來說是壞處，但對姊姊卻有好處。一想到這裡，對瑪麗安而言是一個很大的安慰。然而艾琳諾卻擔心自己可能不可避免地會見到愛德華了，但只能自我安慰說，儘管她不想繼續留在倫敦，但是爲了瑪麗安著想，立刻回德蒙夏郡並不好。

艾琳諾小心翼翼地保護妹妹，不讓她聽到任何有關魏樂比的事情。瑪麗安一點也不知道姊姊是如此費心。無論是珍寧絲太太、約翰爵士、帕莫太太都已不在瑪麗安面前提起魏樂比。但是艾琳諾眞希望她們在她的面前，也可以不再提起魏樂比，但這是不可能的事情，因爲衆人幾乎每天都向她埋怨魏樂比。

約翰爵士對魏樂比的行徑感到難以置信：「我一直以爲他是一個好人！是全英國無人能比的勇敢騎士。他眞是令人費解，我眞希望他下地獄。我再也不會和他說話、見面！不，即使再度在巴頓濃密的樹叢中巧遇，我也懶得再理他。像這樣一個無賴！騙子！我們最後一次見面時，我還曾想送他一隻獵犬！如今一切將一筆勾銷，我們的友誼到此爲止！」

帕莫太太也一樣生氣，她決定立刻與他絕交，並且謝天謝地從未眞正和他深交。她衷心盼望岸然谷能距離克里夫蘭更遠一點。其實這兩地本來就距離很遠，交通往來並不方便。她討厭他到極點，壓根兒不想再提起他的名字。她告訴每一個人，魏樂比是個一無是處的窩囊廢！

帕莫太太的同情心還表現在蒐集魏樂比即將結婚的消息上面，並且把得到的消息轉告艾琳諾。她可以立刻打聽到哪一個馬車製造商正在造新馬車、魏樂比的畫像是找誰畫的，以及葛蕾小姐的新娘禮服是在哪裡訂做的等等消息。

密竇頓太太的冷靜和禮貌上對此事的不聞不問，讓艾琳諾鬆一口氣。她不像其他人經常熱烈談論此事，令艾琳諾備感壓力。對艾琳諾而言，發現朋友群中至少有一個人不會對此事感到好奇，也不會憂慮她妹妹的健康，令她感到有些安慰。

不過還是會有一些好管閒事的人會虛情假意地來安慰瑪麗安的遭遇，目的只是在客套一番，以展現他們的教養。

如果這個話題不斷地被提起的話，密竇頓太太也會表達一兩次她的看法，說上一聲：「眞是太令人震驚了！」每當她在達希伍德兩姊妹面前表達時，既不激動又可以收放自如、見好就收，不但保持了女性的尊嚴，也批判了男性的罪惡。密竇頓太太認爲，她可以自由地舉辦一些聚會，因此判定（她這想法與約翰爵士不同）魏樂比太太婚後一定會成爲優雅、多金的婦人。她要等他們成婚之後，立刻送上自己的名片。

布蘭登上校體貼、謙遜地詢問，不會讓艾琳諾感到厭煩。他因此享有特權，可以和艾琳諾暢談瑪麗安失望的情緒。他常以友善的熱情努力想減緩瑪麗安的痛苦。他沉痛陳述自己痛苦的往事和目前的屈辱，所獲得的最大報償就是瑪麗安有時會用同情的眼光看著他，有時甚至會以輕柔的聲音和他說話（雖然這情況不多見）。這些情況令他感到他的努力已增加瑪麗安對他的好感，也讓艾琳諾渴望他和瑪麗安有進一步的發展。但是，珍寧絲太太什麼也沒看出來——她只知道上校的神情跟以前一樣嚴肅，她無法從他那裡得知任何訊息，也無法爲他蒐集到什麼情報——兩天之後，她猜想這一對可能不會趕在仲夏之前結婚，應該會在秋季的聖米迦勒節（編按：每年九月二十九日，爲基督教節日，用來紀念天使長米迦勒。）前後結婚。一個星期之後，她卻認爲他們不可能結爲連理。她反而覺得，上校和艾琳諾之間的相知情誼似乎說明了上校家裡的桑樹、小運河和紫杉樹蔭全是艾琳諾可以獨享的。珍寧絲太太有一陣子根本忘了愛德華這個人。

二月初，也就是收到魏樂比來信兩個星期之後，艾琳諾很沉痛地告知妹妹，魏樂比已經結婚了。在此之前，艾琳諾非常小心翼翼地不讓瑪麗安從報上查閱到這個消息。她是等到魏樂比舉行完婚禮，才告訴瑪麗安這個消息。

瑪麗安非常鎮靜地接受這個消息。起初她毫無評論，也沒有掉淚。但是過了一會兒，她便淚如雨下，接下來的心情，一如她先前知道魏樂比即將迎娶別人的消息時一樣地難過。

魏樂比結婚後立刻離開倫敦。既然已經沒有巧遇魏樂比的危險，艾琳諾希望妹妹能出去走一走，瑪麗安自從遭受這重大打擊之後，一直沒出過門。

這時，兩位史荻小姐登門造訪，她們顯得很愉快的樣子，大家也熱情地歡迎她們。但是艾琳諾可不想見她們，她們的出現只會令她感到痛苦，因爲她實在不知道如何優雅地回應露西，對於知道她還待在倫敦時所感到的驚訝。

「如果你們已經離開倫敦，我將會非常失望。」露西一再強調，「我總相信，我一定可以在倫敦遇見你們。我幾乎確定，你們還沒有離開倫敦。雖然你們在巴頓時曾告訴我，你們不會在倫敦待超過一個月。但是那時我想，到時候你們很可能改變心意。如果你們在哥哥、嫂嫂來之前就離開倫敦，那是多麼可惜的事情啊！現在你們不必急著趕回去了吧！你們沒有按先前所說的那樣早走，眞是讓我太高興了。」

艾琳諾明白她話中有話，便極力克制自己，還裝出不明白她的話語的樣子。

「嗯，親愛的，」珍寧絲太太說，「你們旅途一路平安嗎？」

「我們不是搭驛站馬車，」史荻大小姐趾高氣揚地回答，「而是租用私人馬車過來的，其中還有一位男士作陪。達維斯博士正好也要來倫敦，所以我們就同車過來。他非常有禮，比我們多付了十或十二先令的錢。」

「哦，哦！」珍寧絲太太說，「那眞是太棒了！我敢保證，那位博士還是單身呢。」

「現在，」史荻大小姐故作姿態傻笑著說，「爲什麼你們每個人都拿博士跟我開玩笑。我的表姊妹們都說，我一定會征服博士。但是我可要說，我從沒思念過他。第二天，我表姊妹在街頭遇見那位博士，就對我說：『天啊！你的白馬王子來了，安娜。』我回答她，我不知道你在指誰，那個博士一點也不是我的白馬王子。」

「是啊，是啊，這是很好的話題——不過我看，那位博士正是白馬王子。」

「不，才不呢！」史荻大小姐懇切地說，「如果你聽到這樣的話題，求求你別當眞。」

珍寧絲太太直接給她滿意的保證，說她一定不會當眞，史荻大小姐聽得很開心。

「等你們的哥哥、嫂嫂來到倫敦之後，我猜想，你們將會去和他們住一陣子。」露西停止敵意地暗示一會兒之後，單刀直入地說。

「不，我想我們不會去找哥哥、嫂嫂的。」

「哦，是嗎？我敢說，你們一定會去的。」

艾琳諾不想與露西爭辯。

「達希伍達太太肯讓你們姊妹離開她身邊那麼久的時間，眞是太好了！」

「哪裡算久！」珍寧絲太太插嘴說，「她們的倫敦之行才剛開始呢！」

露西沉默不語。

「很遺憾沒看到你妹妹，」史荻大小姐說，「聽說她人不舒服。」史荻兩姊妹一到，瑪麗安便進房間去休息了。

「你們人非常好，我妹妹也會很遺憾沒有見到你們。但是她最近身體非常不好，嚴重頭痛，所以不適合和大家相聚或談天。」

「哦，天啊，那多可惜！但是我和露西都是你們的老朋友了——我想她也許會想見我們。我保證，我們見了她，不會多說一句話。」

艾琳諾非常禮貌且客氣地婉拒這項要求。

露西說：「她妹妹現在可能已經就寢了，或者換了睡衣了，因此不能來會見客人了。」

「哦，如果是這樣，」安娜．史荻小姐大叫，「那我們就去房間裡看她啊！」

艾琳諾對她們姊妹的唐突無禮，實在有一點感到受不了。幸好露西嚴厲責備了她姊姊，讓艾琳諾不必多此一舉。露西的這種指責與她在許多場合一樣，並不是很討喜或是令人感覺愉快，但是此時卻能適時地壓制了說話不得體的姊姊。

第33章

瑪麗安拒絕不了艾琳諾的幾番請求，只好順從姊姊的勸導，同意上午和姊姊及珍寧絲太太一起出門。但她唯一的條件是：不去拜訪任何人，只陪她們去薩克維街的葛瑞珠寶店，看艾琳諾和商家談談交換她母親的幾件舊式珠寶首飾。

當他們停在葛瑞珠寶店門口時，珍寧絲太太突然想起她應該去拜訪街尾的一位女士。由於她並沒有要去葛瑞珠寶店添購首飾，因此決定讓這兩姊妹自行前去，等她拜訪那朋友之後，再回來和她們會合。

當兩姊妹走進店裡時，發現店裡擠滿了人潮，根本沒有店員有空招呼她們。她們只好先坐在櫃台一端等候。此時，有一位紳士站在那裡，艾琳諾以為他購物之後應該就快輪到她們了。沒想到這位紳士非常挑剔，他兩眼直盯著商品，品味既細膩又講究，卻超過他應有的禮貌。他為了訂購一個牙籤盒，仔細地看過店裡各種不同大小、形狀和圖案的牙籤盒，經過一刻鐘的檢驗、考慮之後，才下了決定。這樣專心的他，絲毫沒有心思注意到身邊的兩位女士，只冷眼瞧了她們幾眼而已。艾琳諾記住了他的驕傲和輕蔑的模樣，儘管他穿著時髦，卻讓人感覺冷酷。

由於瑪麗安沉浸在自己的憂傷裡，因此對這位紳士魯莽無禮的眼神，以及選購牙籤盒時狂妄自大的態度，一點也不以爲意。對她悲悽的心情而言，在葛瑞珠寶店和在她自己的房間沒什麼兩樣，她對周遭的事情毫無觀察的心思。

最後，這位紳士終於敲定他所要的貨品，連象牙、黃金、珍珠要擺放的位置都規定得一清二楚。這位紳士接著指定商家運送這些貨品的最後期限之後，才慢慢戴上手套。在高傲地走出大門之前，又睥睨兩姊妹一眼，顯露出一副要別人景仰的樣子。

當艾琳諾刻不容緩地趕緊洽談珠寶兌換的事情時，身邊又出現一位紳士，她轉頭一看，有點驚訝地發現竟然是她的哥哥約翰。

兄妹三人在葛瑞珠寶店不期而遇，有著重逢的喜悅。約翰．達希伍德與妹妹們相見時感到特別高興，並且也關切地問候她們的母親。

艾琳諾發現，他和嫂嫂芬妮到倫敦已經兩天了。

「我昨天一直希望去看你們。」他說，「但是走不開，因爲我們必須帶兒子哈利去動物園，接著又得去找費拉斯太太。哈利非常開心。今天早上如果我能找出半個小時的話，我也滿心渴望去看你們，但是剛到倫敦，總是有許許多多的事情要忙！我來這店裡是要幫你嫂嫂刻一個圖章。我想明天我可以去柏克萊街看你們，順便認識你們的朋友珍寧絲太太。我知道她是一個非常富有的婦人，密賓頓太太也是，你一定要把我介紹給她們認識。因爲母親的關係，我很樂意表達我對你們這些朋友的敬意。我知道，她們是你們在鄉下的好鄰居。」

「的確是。她們非常關心、也非常盡心招待我們，超乎我所能表達的。」

「聽你這麼說，我眞是感到很高興，但是事實上也應該如此。她們都是非常有錢的人，且與你們有親戚關係，自然有責任讓你們住得安適。怪不得你們在巴頓別墅住得非常舒適，什麼也不缺。愛德華對那別墅讚譽有加，他稱讚那是世上最完美的地方，也說你們都非常喜歡那棟別墅。聽到這些話，我們都非常滿意。」

艾琳諾替哥哥感到有點不好意思，這時珍寧絲太太的僕人前來稟報說，珍寧絲太太已在店門口等她們，因此艾琳諾也省得不必回答哥哥。

約翰跟著她們走到馬車前，由艾琳諾介紹他和珍寧絲太太認識，他表示希望改天去拜訪她們，說完便告辭。

隔天，他果眞如期來訪，並替太太芬妮道歉，解釋她不克前來的原因。他說：「她和她母親有些事情要忙，沒有空去任何地方。」無論如何，珍寧絲太太直接告訴他，不必拘禮，因爲大家都是親戚，她很樂意儘快招待約翰．達希伍德的太太，並帶她的小姑們去見她。他對待妹妹們的態度雖然平淡但友善，對待珍寧絲太太則是非常有禮。不久之後，布蘭登上校也進門來，這人引起他的好奇，他打量著他，想知道上校是不是很有錢，值得他以同等的禮貌相待。

約翰．達希伍德與眾人相處半小時之後，便要求艾琳諾陪他去康狄特街，介紹他和密竇頓夫婦認識。那天天氣清朗，她欣然同意。他們一走出大門，哥哥就開始詢問。

「布蘭登上校是誰？他很有錢嗎？」

「是的，他在多塞夏郡有很大的產業。」

「我很高興聽到這事，他看來是位紳士。艾琳諾，我要恭喜你找到理想的歸宿。」

「我？哥哥，你是什麼意思？」

「他喜歡你。我仔細觀察他，覺得他必定很喜歡你。他有多少財產？」

「我想大約一年有兩千英鎊吧。」

「一年兩千英鎊。」說著說著，他提起精神，用熱切、慷慨的音調說，「艾琳諾，爲了你的幸福著想，我希望他的財產是這個數目的兩倍。」

「我相信你，」艾琳諾說，「但是，我非常確定布蘭登上校絕不會想娶我。」

「你錯了，艾琳諾。你大錯特錯。你要贏取他的心是輕而易舉的事情。他現在還猶豫不決，也許是因爲你的財產太少，或是他的朋友可能勸他不要娶你。但是只要你多給他一些關心與照顧，就可以贏得他的心的。你沒有理由不去爭取他。你不要再想過去的戀情，簡單來說，你也知道那段戀情已經不可能了，阻力非常大；憑你的聰明理性，一定看得很清楚。而布蘭登上校就是你可以嫁的那種男人。只要能幫上忙，我一定會努力讓他喜歡你和你家人。這會是衆人滿意的天作之合。簡單來說，這是——」他壓低聲音向艾琳諾說，「皆大歡喜的婚事。」

他鎮定一下繼續說：「我的意思是說，大家都很希望你能找到一個好的歸宿，尤其是芬妮，她非常關心你的婚事。她母親費拉斯太太也是。費拉斯太太人很好，她若知道你有好伴侶，一定會很高興。那天她曾提起這件事情。」

艾琳諾不願回答。

他繼續說：「如果芬妮的弟弟和我的妹妹能同時嫁娶的話，那可是好事一樁。不過，情況看來不樂觀。」

「你是說愛德華．費拉斯先生，他即將結婚了嗎？」艾琳諾鎮靜地問。

「還沒有敲定，但是已經在商量中。他有一位好母親。費拉斯太太很慷慨，愛德華一旦結婚，她就準備要每年給他一千英鎊。對方是貴族莫頓小姐，已故莫頓侯爵的獨生女，她擁有三萬英鎊的財產——可說是門當戶對，我相信他們很快就會結婚。一個做母親的一年給兒子一千英鎊，可是一大筆錢啊，但是費拉斯太太就有這麼高貴的精神。再告訴你她的另一個慷慨之舉：我一到達倫敦，她知道我們帶的錢可能不太夠用，就立刻拿了兩百鎊鈔票交給芬妮，那眞是求之不得呀！因爲我們在倫敦的開銷很大。」

他停了一下，想等待她的認同。她勉強回答：

「你在城裡和鄉下的開銷一定都很大，但是你的收入也很多啊！」

「其實，我的收入不像一般人所想像的那麼多，但我不是在埋怨。我的收入毫無疑問是很寬裕了，但是我希望能更多一些。諾蘭園的公地正在進行圈地（編按：指公地私有化），耗費鉅資。我在這半年裡，買下了東金漢莊園，你一定記得那個地方，那是老吉普森居住的地方。那塊地在各方面都令我非常滿意，而且與我的地產相連一氣，我絕不允許它落入其他人的手中，所以我立刻就買了下來。人爲了自己的利益，總是要付出一些代價，這塊地可花了我不少錢。」

「你覺得，你所付出的金錢超過那塊地應有的價値嗎？」

「當然，我希望不是如此。我想將來我可以用更高的價錢把它賣掉。但是就買進的價格而言，我可能非常不幸。因爲那時剛好股票大跌，如果我不是正好有一筆銀行存款，就得賣掉全部股票，如此將會損失慘重了。」

艾琳諾只能微笑以對。

「我們剛到諾蘭園時，花了一大筆開銷。誠如你所知，我們敬愛的父親，把保留在諾蘭園中所有史坦希爾的財產（那些財產非常値錢），全都給了你們的母親。我當然是沒有資格埋怨他做此安排，他有權利將他自己的財產分配給任何人。但是這結果卻是我們必須增購許多亞麻織品、陶瓷等物件做爲補充。你可以想像得到，有那麼多大筆的開銷，我們一定是入不敷出的。幸虧有費拉斯太太的慷慨，才幫了我們的大忙。」

「當然，」艾琳諾說，「有她慷慨相助，我希望你能過很舒適的日子。」

「再過一兩年，情況可能就會好轉。」他心情沉重地回答，「但是無論如何我們還有一些事情要做。芬妮的溫室花房還沒有墊基石，修建花園的事也才剛擬出計畫而已。」

「溫室花房要蓋在哪裡？」

「在屋後的小山丘上。我們爲了騰出空間蓋溫室，就把那些老核桃樹全都砍了下來。這座溫室從莊園的每個角度上看都很美。溫室前面的斜坡上便是花園，我相信一定也非常漂亮。我們已經將斜坡上的荊棘全清理掉了。」

艾琳諾把憂慮悶在心裡，她慶幸瑪麗安不在現場，免得和她一起受氣。

約翰算是對妹妹哭窮，也吐了苦水，他想到下次再到葛瑞珠寶店時，不必再爲每一個妹妹購買耳環的事而感到愉快。接著他轉移話題，恭喜艾琳諾結交到像珍寧絲太太這樣好的朋友。

「她看起來非常富有。她的房子、生活方式，在在顯示她的產業豐厚，這樣的朋友不只對你們有幫助，最後也可能給你們帶來物質上的好處。她邀請你們到倫敦，可見得對你們非常關心也讚譽有佳。在她過世的時候，你們很可能不會被忘記，她一定會留下許多遺產。」

「我根本連想都沒想過。而且，她擁有的只是寡婦繼承權，將來的財產都會留給她的女兒們。」

「但是她遺產那麼多，開銷又不大。我相信她不是個揮霍無度的婦人，一定會留下一大筆錢的，而且她也要想辦法處置自己的財產。」

「你不認爲，她把遺產留給她女兒的可能性大過於留給我們嗎？」

「她兩個女兒都嫁得很好，因此我覺得她沒有必要再給她們遺產。依我看，她這麼照顧你們，這麼殷勤招待你們，將來分財產時，她一定會將你們列入考慮。像她這麼有良心的婦人，應該不會忽視這些事情。」

「但是她從來沒有提起這類事情呢！事實上，哥哥，你對我們的福祉和幸福的憂慮太過頭了。」

「怎麼會呢？」他鎮靜一下繼續說，「人能掌控命運的力量很有限。不過，我親愛的艾琳諾，瑪麗安現在情況怎麼樣？她看起來精神非常差，臉色蒼白，人也消瘦了許多。她生病了嗎？」

「她的身體不太好，神經性頭痛困擾她已經有好幾個星期了。」

「聽到她這樣眞是令人難過。她年紀輕輕，怎麼會生這樣的病呢？但願她早日康復！去年九月，她還是我見過的女孩子當中，最漂亮、最能吸引男人的一個。我記得芬妮以前常說，她一定會比你嫁得早、嫁得好。並不是芬妮不喜歡你，而是她有這樣的想法。但是目前看來，她可能猜錯了。我反而懷疑瑪麗安現在連能否嫁一個年收入只有五、六百英鎊的男人都成問題。我敢說你會嫁得比她好。多塞夏郡！我對多塞夏郡所知不多，但是我很樂意多知道一些有關它的消息。我想，如果我和芬妮能成爲你最早邀請的佳賓的話，我一定會感到非常榮幸。」

艾琳諾極力試圖讓哥哥相信，她絕對不可能嫁給布蘭登上校。但是這種期待太令他興奮了，以致於不願放棄任何一絲希望。他決心要找機會和上校建立密切的關係，並儘可能幫忙促成這段佳緣。他正爲自己從未幫過妹妹們什麼忙而深感愧疚，因此渴望能爲她們多做些事情。讓上校對艾琳諾提親，或讓珍寧絲太太留財產給妹妹，將會是他最容易彌補這虧欠心態的途徑。

他們很幸運，密竇頓太太正好在家，他們臨走之前，約翰爵士也趕回來了。雙方客套禮貌地交談。約翰爵士一向視人如親，興高采烈地接待兩位來客，與他們相談甚歡，也覺得約翰和善溫厚。密竇頓太太一看約翰的衣著打扮與行爲表現，便知道這是値得她交往的朋友。約翰．達希伍德也十分欣賞這對夫妻。

「我要告訴芬妮一個好消息。」在陪妹妹走回家的路上，他說，「密竇頓太太是個非常優雅的婦人！芬妮肯定會喜歡認識這樣的女人。珍寧絲太太也是非常端莊的婦人，雖然沒有她女兒高雅高貴。你嫂嫂並不需要在是否該拜訪她們的事上猶豫。雖然先前她曾經猶豫——那是很自然的事——因爲我們只知道珍寧絲太太是個寡婦，而她先生生前是靠不當的方法發了財。芬妮和費拉斯太太母女倆都強烈認爲，珍寧絲太太母女不配與她們交往。但是現在我可以告訴她們，珍寧絲太太母女倆都非常好。」

第34章

約翰·達希伍德太太很相信她丈夫的判斷，因此第二天便和丈夫一起去探訪珍寧絲太太和她女兒。她發現這對母女果然是非常值得她注意的人；她尤其發現密賽頓太太是世界上最有魅力的婦人！

密賽頓太太也一樣喜歡約翰·達希伍德太太。她們兩個人的個性都是冷酷、自私，行為得體卻生性無趣，又知識貧乏，可說是物以類聚、氣味相投。

不過，約翰·達希伍德太太引起密賽頓太太好感的那一套作風，卻一點兒也得不到珍寧絲太太的欣賞。她認為她只不過是一個態度傲慢、言不及義的女人。她對小姑毫無溫情關切，更不聞不問，因為她到柏克萊街造訪的這十五分鐘當中，至少有七分鐘是呆坐在那裡，一句話也不說。

雖然艾琳諾沒有開口詢問，但是她很想知道愛德華現在是否在倫敦？然而沒有任何理由可以促使芬妮在她面前主動提起有關弟弟愛德華的事，除非愛德華和莫頓小姐的婚事已經底定，或是約翰促成上校與艾琳諾的交往，否則芬妮絕口不提愛德華的事。芬妮相信，愛德華和艾琳諾依舊情深意重，所以必須隔開兩人。沒想到，芬妮不願意提供的情報，不一會兒便被別人洩露出來了。露西不久之後也來到這兒，她想爭取艾琳諾的同情，宣稱愛德華雖然已經和達希伍德夫婦到了倫敦，但是她卻見不到他。因爲愛德華怕被人發現，所以不敢來找她，雖然露西非常渴望見面，但是除了互通信函，什麼事也不能做。

不久之後，愛德華親自來到柏克萊街兩次，證明他確實已經來到城裡。她們有兩次從外面回來時，看見桌上放著愛德華的名片。艾琳諾很高興愛德華來過，但更高興自己並沒有和他碰到面。

約翰．達希伍德夫婦和密竇頓夫婦相處甚歡。向來不習慣舉辦聚會的達希伍德夫婦，決定在他們位於哈雷街的豪宅舉辦一次晚宴，除了邀請密竇頓夫婦之外，還同時一併邀請他們的妹妹和珍寧絲太太。約翰．達希伍德也費心地邀請布蘭登上校。上校雖然喜歡與達希伍德姊妹相見，但接到約翰的熱情邀約時，卻感到非常意外，不過他還是欣然接受。這次晚宴將會見到費拉斯太太，但是艾琳諾不知道她的兩個兒子是否也會前來。無論如何，能見到費拉斯太太就足以讓艾琳諾對這頓晚宴感興趣。因爲現在的她，見到愛德華的母親不必再感到焦慮不安，也可以完全不必在乎她對自己的觀感。她只是希望藉由這次的見面相處的機會，了解費拉斯太太到底是一位怎麼樣的人。

艾琳諾相當期待參加這場晚宴，而另一件事讓她的興致更高，因爲聽說兩位史荻小姐也會到場。史荻姊妹極力博取密賽頓太太的好感，讓她覺得她們很好相處。雖然露西舉止並不優雅，她姊姊也有點俗氣，但密賽頓太太仍邀請她們姊妹在康狄特街小住一、兩星期。這樣的安排對史荻姊妹正好非常方便，因此她們一知道達希伍德夫婦邀約她們吃飯，馬上在這晚宴之前幾天搬過去住。

史荻姊妹向約翰·達希伍德太太刻意表明她們是長年照顧她弟弟的一位紳士朋友的外甥女，但這樣的關係對邀請她們參加晚宴並沒有特別的幫助。不過，她們既然是密賽頓太太的客人，自然會受到歡迎。露西早就渴望認識這一家人，以便更近一步了解他們的個性和她自己的困境，並且找機會努力討好他們。因此當她收到約翰·達希伍德太太的邀請卡時，備感興奮。

艾琳諾接到邀請卡的反應卻不相同，她立刻認定和媽媽同住的愛德華，一定也會一同被邀請來參加姊姊舉辦的晚宴。在發生那麼多事情之後再度見面，而且露西也在場！她簡直不知道自己能否承受得住！

艾琳諾的判斷也許錯了，在她聽到露西的一番話後，頓時解除了憂慮。露西告訴艾琳諾，愛德華星期二不會到哈雷街，這令她感到非常失望，她甚至想進一步顯出痛苦的樣子，以便讓艾琳諾相信愛德華因為深愛她，而不願意冒然前來赴宴，因為一旦他們見面時，愛德華是無法隱藏對她的濃情蜜意。

重要的星期二終於來臨了，兩位年輕小姐就要正式跟未來可能難以侍候的準婆婆費拉斯太太見面了。

由於密竇頓夫婦緊接著珍寧絲太太之後來到，因此眾人都隨著僕人一起上樓。這時露西對艾琳諾說：「親愛的達希伍德小姐，可憐我吧！這裡只有你最了解我的處境了。我簡直快受不了啦！再過一會兒，我就要看見決定我一生幸福的人了——就是我未來的婆婆。」

艾琳諾本來想立刻據實以告地說，費拉斯太太可能會是莫頓小姐的婆婆而不是她的，以紓解露西的緊張情緒。但她沒有這麼做，反而以極其誠摯的態度向她表達她的同情之心。這令露西感到驚訝，反而顯得扭扭捏捏。她原來希望艾琳諾將她視為嫉妒的對象，沒想到卻沒有達成。

費拉斯太太是一位個子瘦小、五官小巧、臉色臘黃、外表嚴肅的老婦人，而且展露出極其高傲和乖戾的神色。再加上她面無表情，又幾乎不太多話，即使要說也只說她心中一部分的想法，而且就算有話溜出她嘴巴，也沒有一句是針對艾琳諾的。但從她看艾琳諾的眼神，就可以看出她一點都不喜歡艾琳諾。

現在的艾琳諾並不會因爲費拉斯太太這樣的舉止而感到不悅。若是幾個月以前受到這樣的對待，她一定會覺得非常受傷。她看費拉斯太太對史荻姊妹的態度截然不同，令她感到好笑——費拉斯太太這麼做似乎是故意在羞辱艾琳諾。她看著費拉斯母女搞錯了對象，對史荻姊妹特別有禮，尤其是露西。如果這對母女知道事情的原委，她們一定會馬上改變她們的態度。她笑看她們：一方是表錯了情，一方又是虛情假意，她心中不由得昇起對她們四人的鄙視之意。

露西受到這般的禮遇，眞是興奮極了。史荻大小姐則只巴望大夥捉弄她和達維斯博士的交往。

這場晚宴辦得很盛大，擔任招待的僕人衆多，在在展現女主人想炫耀的心態，以及男主人出手闊綽的能力。儘管主人花了大筆錢在諾蘭園大興土木、進行修繕，且曾經只差幾千英鎊就得賠本賣出股票，但卻絲毫看不出陷入貧困的跡象，至少不像主人一直強調的那般，唯一貧乏的是賓主之間的談話內容。約翰．達希伍德談的話題多半不值得聽，他太太說得更少。不過這並沒有讓他們沒面子，因爲主要的來賓也差不多都不太說話，他們幾乎都只是虛應附和一聲罷了——大家都沒有什麼意見，也沒什麼高昂的興致和優雅的情緒。

當女士們飯後移到客廳時，大家無話可聊的情況更加明顯。先前男士們的話題是政治、圈地、馴馬等——等這些話題談完了，大家就又恢復到之前的沉默，直到僕人送來咖啡。之後產生了一個令衆人稍感興趣的話題，那就是比較哈利．達希伍德和密竇頓太太次子威廉的兩人的身高，因爲他們的年紀剛好相仿。

要是這兩個孩子都在場的話，事情就簡單多了，只要叫他們站在一起比一比就知道了。但是此刻只有哈利在場，因此大夥只能你一句、我一句，不停地憑空猜測、各自發表，而且還不斷的重複。

大家各自的看法如下：

兩位母親都相信自己的兒子比較高，但禮貌性地誇對方的兒子比較高。

兩位外婆也各自偏愛自己的外孫，而且更直接說出是自己外孫比較高。

露西熱切想討好兩位母親，就說以這兩個男孩的年齡來說，他們都算是高的，她不覺得他們之間有什麼差距；史茯大小姐更是竭盡全力誇獎兩個男孩，討雙方的歡心。

艾琳諾一度發表意見認爲威廉比較高，這樣一來便得罪費拉斯太太，尤其是芬妮。艾琳諾隨即覺得沒有必要再多說什麼。當瑪麗安被要求發表一點意見時，她說，她沒什麼意見，而且她從來沒想過這個問題。這樣的說法，幾乎把兩方都得罪了。

在她們搬離諾蘭園時，艾琳諾曾經畫了兩幅漂亮的扇畫給她嫂嫂，這兩幅扇畫經過裱裙之後，現在被拿來擺在客廳中當裝飾。約翰．達希伍德跟著另一位紳士一進門，就注意到這兩幅畫，他殷勤地拿著這兩幅畫給布蘭登上校欣賞。

「這是我大妹畫的，」他說，「你是個很有品味的男人，我敢說，你一定很欣賞這兩幅畫。你以前有沒有看過她的畫？大家都誇她畫得好。」

上校雖然自謙自己不是鑑賞行家，但直誇獎艾琳諾畫得很好，這激起了其他人的好奇心，也開始欣賞這些畫，並加以讚賞。費拉斯太太當時並不知道這兩幅畫是艾琳諾畫的，特別要求仔細看看。等密竇頓太太大大讚美之後，芬妮便把畫傳給母親看，並且告訴她說，這是艾琳諾畫的。

「嗯，」費拉斯太太冷冷地說，「很漂亮。」然後看也沒看一眼，就把畫還給女兒。

也許芬妮覺得母親有些無禮了，於是立刻說了一些話替母親圓場。

「這兩幅扇畫非常漂亮，不是嗎？」接著又補充說，「你不覺得這兩幅畫有點像莫頓小姐的畫風嗎？莫頓小姐也畫得非常好。她最近畫的風景畫多美啊！」

「的確很美。莫頓小姐做什麼事情都非常完美。」

瑪麗安忍無可忍，她原本就不喜歡費拉斯太太，雖然她不知道費拉斯太太說這些話是什麼意思。但是，這樣不適時地誇獎另一個不相干的人，糟蹋艾琳諾，令她立刻發火反彈。

「這種讚賞還眞奇怪呢！莫頓小姐與我們何干？誰認識她，又有誰在乎她？我們現在想的、談的是艾琳諾。」

她一邊說一邊將扇畫從嫂嫂手中拿回來，自顧自地觀賞誇讚。

費拉斯太太極端憤怒。她立刻挺直了背脊，反擊瑪麗安說：「莫頓小姐是莫頓爵士的女兒。」

芬妮也非常生氣，她丈夫更爲自己妹妹的放肆，而感到驚訝。瑪麗安的熱心反而令艾琳諾感到更難堪，但是布蘭登的眼光直盯著瑪麗安，眼神中明顯流露出他了解瑪麗安的熱心，因爲她無法忍受姊姊受到一點兒羞辱。

瑪麗安的激動卻不止於此。費拉斯太太對她姊姊冷酷無禮的態度，讓她感到心痛和憤怒，她想著姊姊未來的情路會與她一樣艱苦。稍後，她在強烈深情感性的驅使之下，走到姊姊的椅子旁，一隻手繞著姊姊，臉頰貼著姊姊，熱切但低聲地說：

「親愛的艾琳諾，不要理她們，不要讓她們造成你的不快樂。」

瑪麗安沒有再說什麼，但她的心情跌落到了谷底，當她把臉埋在艾琳諾的肩膀上時，眼淚簌簌地奪眶而出。這舉動引起了衆人的關切。布蘭登上校站起來，走向她們。珍寧絲太太非常慧黠地叫道：「哦！可憐的孩子。」並立刻遞過嗅鹽給瑪麗安。約翰爵士對引起這緊張狀況的罪魁禍首感到生氣，他立刻換位子坐到露西．史荻的旁邊，並向她喃喃吐露這整件事的原委。

幾分鐘之後，瑪麗安的情緒恢復過來，才結束這場紛爭，之後，她便坐回衆人之中。但是一整晚，她的情緒依舊籠罩在剛才那件事的陰影之中。

「可憐的瑪麗安！」她的哥哥低聲對布蘭登上校說，「她沒有姊姊健康，她非常神經質，她沒有艾琳諾的涵養。但是一位曾經年輕貌美的女孩子，如今喪失了吸引人的魅力，這也眞夠痛苦的。你也許不相信，瑪麗安幾個月以前眞的非常漂亮——像艾琳諾那麼漂亮。現在，你看，她的美貌全不見了。」

第35章

艾琳諾想見費拉斯太太的好奇心已經得到滿足。她從費拉斯太太的身上感受到，她一點兒都不想跟她的家庭有更進一步的關係。她看清了費拉斯太太的傲慢、自私，和對自己很深、很強的偏見。這也讓她領悟到，就算愛德華執意要和她訂婚，也一定會困難重重，更何況是結婚。如今她爲自己感到慶幸，因爲她可以自由自在地，不必忍受費拉斯太太的無禮，也不必承受她的反覆無常，或是得千方百計討她歡心。雖然她無法因爲愛德華有露西的牽絆而感到高興，但假如露西能更討人喜歡一點，她至少也應該爲此感到欣喜了。

費拉斯太太的態度居然會讓露西那麼得意忘形，這令艾琳諾感到訝異。露西的虛榮心遮蔽了她的心，她並不知道費拉斯母女禮遇她，只因爲她不是艾琳諾；她也未察覺這樣的禮遇，是因爲她們母女並不知道露西的底細。露西的興奮不只從眼神可以看出，第二天更是明顯。在密竇頓太太邀請她到柏克萊街家中一遊時，她看到艾琳諾獨處一隅，便興奮地找艾琳諾誇耀她的興奮。

幸好，她才到沒多久，珍寧絲太太就因爲接到帕莫太太捎來的一封短信出門了。

「我親愛的朋友，」一等其他人都走開，只剩下露西和艾琳諾兩人時，露西便說，「我來找你談談我快樂的心情。昨天費拉斯太太對待我的態度，真是太令我受寵若驚！她真是太親切和藹了！你知道，我剛看見她的時候，有多害怕。但是當我被引見給她時，她那種和善的態度真叫人不得不相信，她很喜歡我，不是嗎？你都看到了，你是不是大受感動呢？」

「她的確對你非常客氣。」

「客氣！你沒看到嗎？不只是客氣而已！我看到更多的含意——她只單單對我一個人那麼友善呢！沒有一點架子，你嫂嫂也是這樣對待我。」

艾琳諾想談點別的，但是露西依舊繞著這個話題轉，艾琳諾只得順勢聊下去。

「毫無疑問，如果她們知道你和她兒子已經訂婚的話，」她說，「她們就不會這樣禮遇你了。這是由於她們並不知道——」

「我就猜你會這麼說，」露西立刻接腔，「但是費拉斯太太實在沒有什麼理由不喜歡我，卻表現出喜歡我的樣子，而她喜歡我就是最重要的。你的說詞無法令我滿意。我確信一切都會有好結果，不像我以前所擔心的，現在一點困難也沒有了。費拉斯太太是一個很有魅力的婦人，你的嫂嫂也是。她們實在是非常令人愉快的人！我很好奇，以前怎麼從來沒聽你說過，你嫂嫂是多麼地討人喜歡！」

面對這樣的盤詰，艾琳諾無言以對，也懶得回答。

「你不舒服嗎，達希伍德小姐？你看起來情緒很低落。你一直不說話，一定是覺得很不舒服吧！」

「我很好。」

「那就好，只是你看起來不像很好的樣子。要是你生病了，我會很難過，你是天底下最會安慰我的人！天知道，如果沒有你的友誼，我該怎麼辦！」

艾琳諾儘管懷疑自己做不到，仍試圖做個禮貌性的回覆。露西似乎感到滿意，就直接回答說：

「事實上，我絕對相信你非常關心我。除了愛德華的愛以外，你的關愛就是我最大的安慰。可憐的愛德華！幸好，現在有一件好事——我們終於可以經常見面了，因爲密竇頓太太很喜歡達希伍德太太，所以我們一定有機會可以經常去哈雷街的達希伍德公館。我確信，愛德華大半時間都會待在他姊姊那裡。此外，密竇頓太太和費拉斯太太也會相互拜訪。費拉斯太太和你嫂嫂眞是好人！她們也說隨時歡迎我去拜訪。你可以告訴你的嫂嫂，說出我對她的看法，你再怎麼誇張的描述也不爲過。」

艾琳諾無法向她保證說，她一定會轉告嫂嫂這些話。露西繼續說：

「我確信，如果費拉斯太太不喜歡我，我一定會看得出來。假若她只是客套，不說半句話，也從不看我一眼的話——你知道我的意思——如果我只受到嚴峻的對待，我將會失望地放棄一切。我無法忍受這樣的事。我知道，只要她不喜歡一個人，她一定會嚴苛以待。」

艾琳諾還沒來得及對露西的誇耀做任何的回應，這時門被打開，僕人進來報告費拉斯先生到訪，愛德華立刻走進來。

這眞是非常尷尬的時刻，三個人同時顯露出窘態。愛德華似乎進退兩難。三人都想極力避免的場合，竟然出現在眼前——三人共處一室，中間連一個可以緩頰的人都沒有。兩位女士先回過神來。露西假裝還在保守訂婚秘密中的樣子，因此她只是溫柔地看了愛德華一眼，打個招呼之後就沒再多說一句話。

艾琳諾儘管緊張，仍強迫自己在恢復鎭靜之後，用自在、大方的態度向他表示歡迎，同時盡力改善此刻的氣氛。為了自己和愛德華，她絕不允許自己因為露西在場或覺得委屈，而說不出客套話。她表明很高興見到愛德華，以及很遺憾他上次造訪柏克萊街時，她剛好不在。她也不怕在露西面前，像個親近的朋友般多關注他。她很快便注意到露西的雙眼正盯著她看。

艾琳諾的舉止讓愛德華的心安定下來並有勇氣坐下。但他還是非常尷尬，他的尷尬遠超過他面前的兩位女士，這種情形對一般男士來說並不多見，因爲他無法像露西那樣無所謂，也不像艾琳諾那般鎮定。

露西表現出一本正經的樣子，似乎不想讓另外兩個人覺得自在，她還是一句話也不說。艾琳諾只得主動提及母親的健康、姊妹們來倫敦等話題。這本來理應由愛德華主動詢問，但卻是讓艾琳諾先開了口。

艾琳諾的努力不僅只於此。她立刻發覺自己應該有成人之美，於是藉口說要去叫喚瑪麗安，留下他們兩人獨處。她走開後刻意在迴廊耽擱了幾分鐘之後，才上樓去叫瑪麗安。瑪麗安一聽到他來訪，立刻衝進客廳，她見到他時的興奮之情就像她其他情緒一樣強烈。她和他握手，好像遇見親人一樣，開心極了！

「親愛的愛德華！」她大叫，「眞是太令人高興了！看到你足以彌補一切了！」

愛德華試著回應她的熱情，但是在衆目睽睽之下，他不敢說出半句他眞正的感覺。大夥坐下來，頭一兩分鐘鴉雀無聲。瑪麗安以盡在不言中的溫柔，時而看看愛德華，時而看看艾琳諾，只可惜他們重逢的喜悅，卻因露西的在場而有點掃興。愛德華先打開話匣子，說他注意到瑪麗安變瘦了，他擔心她住不慣倫敦。

「哦！別只想到我！」她興奮又眞誠地回答，眼裡還含著淚水，「不必擔心我的健康，你看！艾琳諾很好呢！這對我們而言已經足夠了！」

這番話並沒有讓愛德華和艾琳諾感到自在，反而讓露西冷冷地看了瑪麗安一眼。

「你喜歡倫敦嗎？」愛德華故意轉開話題，於是他問道。

「一點也不。我原本期待倫敦會有許多樂趣，但是卻發現沒有。只有看見你，才是來到倫敦唯一的安慰。謝天謝地！你的風采依舊！」

她停了一下，但沒有人接腔。

「我想，艾琳諾，」她繼續說，「當我們回巴頓時，我們可以請愛德華一路上陪著照顧我們。我猜，大約再過一兩個星期，我們就要啓程回家去了。我相信愛德華一定會很樂意陪我們回去。」

可憐的愛德華喃喃地說了一些話，但是沒有人聽得出他在說什麼，連他自己也不知道他在說什麼。瑪麗安雖看到他不安的情緒，但卻爲他找了一個令她滿意而接受的理由，所以很快就改聊其他的話題。

「愛德華，我們昨天花了一天的時間在哈雷街！眞是無聊透頂！關於這些，我有很多話要跟你說，只是現在不方便說。」

她表示打算等到沒有外人在時，才告訴愛德華，他們雙方的那些親人很難相處，尤其是他母親。

「愛德華，你昨天爲什麼不在那裡？爲什麼沒有來呢？」

「我在別的地方還有事。」

「有事！是什麼事啊？這裡有我們這些摯友要碰面，你還有什麼更重要的約會呢？」

「瑪麗安小姐，」露西大叫，急著反擊瑪麗安，「也許，你以爲年輕的男人不管是什麼約會，只要他們無心，就會隨便爽約嗎？」

艾琳諾聽了非常生氣，但是瑪麗安似乎完全沒有感覺出話中有話，她只鎭靜地回答。

「事實上絕不是如此。嚴格地說，我非常確信是良心使愛德華沒去哈雷街。我眞的相信他是世界上最有良心的人。他非常審愼地遵守每一個約定，無論是多不重要的約定，或者無論這個約定多麼違反他的利益或喜好。他最怕因爽約而帶給別人痛苦，他也是我所遇見的人當中最不自私的人。愛德華就是那樣的人。你從來沒有被別人讚美過嗎？那樣你一定不可能成爲我的朋友，因爲能受到我的愛與尊敬的人，一定都能接受我公開的推崇。」

無論如何，瑪麗安此時此刻的推崇，對於她三分之二以上的聽衆是非常不恰當的。尤其令愛德華感到五味雜陳，於是他立刻起身離開。

「爲何走得那麼匆忙？」瑪麗安說，「我親愛的愛德華，你不應該這麼快離開。」

瑪麗安將愛德華拉到旁邊，並且低聲勸他說，露西不會待很久的。但即使是這樣的鼓勵也毫無功效，愛德華還是離開了。愛德華走了之後，露西也跟著走了。

「她爲什麼老愛來這裡！」瑪麗安在她離開後說，「她難道看不出來我們希望她趕快走嗎？對愛德華來說，這多惱人啊！」

「爲什麼這麼說？我們都是他的朋友。露西是他最早認識的朋友。他想見到我們，自然也想看到她。」

瑪麗安定眼看她，說：「你知道，艾琳諾，我實在受不了你說這種話。如果你預期你所斷言的會被否定，那我就會是最後一個否定你的人。我無法說一些言不及義的話。」

瑪麗安一說完話就離開了客廳。艾琳諾不敢跟她說出實情，因爲她已經允諾露西，要保守秘密。即使這樣做是錯的，且將帶來痛苦，她還是不得不信守諾言。她唯一能期待的是，愛德華不會常常陷她及他自己於讓瑪麗安表錯情的苦境，或重蹈這次會面的尷尬——這是她希望避免的。

第36章

那次會面之後不久，報紙刊登了帕莫太太生下兒子的消息，他將成為家族產業的繼承人。這是一段讓人感興趣、令人滿意的報導，至少所有親友都為此喜訊高興。

孩子的外婆，珍寧絲太太尤其高興。為此，她暫時改變了日程表，這同時也影響了艾琳諾兩姊妹的行程。因為珍寧絲太太希望儘量多陪女兒，所以她每天一大早裝扮整齊之後便去女兒家，直到晚上才回來。艾琳諾兩姊妹也應密竇頓太太的邀請，到她家中作客。不過為了自由，她們寧願待在珍寧絲太太家，但是拗不過人家的好意，只好每天都在密竇頓家中，和密竇頓太太與史荻姊妹度過漫長的一日。雖然密竇頓太太口中表現出盛情的樣子，事實上她和史荻姊妹並不真的重視她們的造訪。

達希伍德兩姊妹都是聰慧的人，不容易成為竇頓太太的好朋友。史荻姊妹更是帶著嫉妒的眼光看待艾琳諾和瑪麗安，總覺得這兩姊妹來這裡有點像是侵佔她們地盤、爭寵的味道。雖然密竇頓夫人對艾琳諾和瑪麗安非常有禮，但她並不是真的喜歡她們，因為她們從不阿諛她，也不討好她的小孩，所以她不覺得她們是友善隨和的。又由於兩姊妹喜愛讀書，使她以爲她們「道貌岸然」。也許她並不知道「道貌岸然」是什麼意思，但這並不重要，反正這句話很常用，用起來也很簡單。總而言之，她覺得她們不是一對好相處的姊妹。

密竇頓太太和露西對於兩姊妹的在場，感到極度不自在。密竇頓太太不好意思偷懶，露西也怕在她們面前過於逢迎諂媚，會受輕視。她們三人中只有史荻大小姐最不受影響，和她們姊妹還算相處得不錯。要是她們其中有一人向她詳細解釋瑪麗安和魏樂比的戀情，史荻大小姐也許會覺得，那是她犧牲晚飯後待在令她滿意的最佳休憩地點（火爐旁邊）的最好報酬。可是她卻得不到這個好處，因爲雖然她常向艾琳諾遞眼神表示同情瑪麗安，且不只一次批評瑪麗安的情人用情不專，但是卻一點效果也沒有，只換得艾琳諾冷眼一瞥，及瑪麗安的厭惡。如果她不那麼多管閒事，如果她們姊妹懂得捉弄、取笑她和那位博士的交往，也許她會和這兩姊妹成爲好朋友，然而她們卻絲毫沒有這樣的興趣。如果約翰爵士外出、不在家用餐時，她可能一整天都聽不到有人在這話題上揶揄她，於是她只好自我解嘲了。

無論如何，珍寧絲太太完全沒有察覺這四個年輕女孩彼此之間的嫉妒和輕蔑。她還以爲年輕女孩子能聚在一塊兒是很愉快的事情。她每天晚上都會恭喜這群年輕女孩逃過她這個笨老太婆的陪伴。她有時會和她們待在約翰爵士家，有時會留在自己家裡。但是無論待在哪裡，她都精神奕奕，心情愉快。她常將女兒夏綠蒂復原得那麼好歸功於自己，而且不厭其煩地告訴大家有關夏綠蒂的詳細情形，但是通常只有史荻大小姐一個人有興趣聽。不過有一件事讓珍寧絲太太覺得困擾，她常爲此抱怨，那就是帕莫先生就像其他剛剛當父親的男人，認爲所有嬰兒都長得一樣。雖然珍寧絲太太一直都覺得這個新生兒和父母雙方的親戚都長得有點像，但她卻無法讓這個做爸爸的相信這一點。他不相信自己的孩子與其他同年齡的小嬰兒不同，甚至也無法承認這個孩子是世界上最棒的嬰孩。

過了不久，約翰．達希伍德太太遇到一件不幸的事。有一天，她的兩個小姑和珍寧絲太太到哈雷街寓所拜訪她時，另一個朋友正好這時也來串門子，這種情況本身並不可能給她帶來不幸，但是當別人誤解你的行爲，且光憑外表判斷你時，你的快樂與否就被決定了。以這個例子來說，最後抵達的這位女士想法太偏離事實。她一聽到達希伍德姊妹的名字，就以爲她們是達希伍德先生的親妹妹，且以爲她們也住在哈雷街。這個錯誤的想法使她發函邀請兩姊妹和兄嫂一起去她家參加一場小型的音樂會。結果，約翰．達希伍德太太不得不忍受極大的不滿，派出馬車去接兩位小姑，而且還得裝出關心她們兩姊妹的模樣，讓她非常難受。誰知道她們會不會再度希望和她這個做嫂嫂的一起出遊？雖然她可以拒絕她們，但是這些顯然還不夠。因爲別人一旦認定一種錯誤的方向，你若要想改正過來，可能會惹惱他們。

瑪麗安現在已逐漸習慣天天外出，所以她一點也不在乎去或不去。她每天都機械式地整裝赴約，卻並不期待在聚會中有快樂與驚喜，而且往往要等到最後一刻她才知道今晚要去的聚會地點。

瑪麗安對穿著和打扮一點也不在乎，她的化妝時間還不及史荻姊妹打扮時間的一半。沒有任何事情逃得過史荻大小姐明察秋毫的眼光和對凡事好奇的心，她對每一件事又觀察又細問，直到問清楚瑪麗安的每一件行頭多少價錢，她才安心。她甚至比瑪麗安更了解她的禮服數量。她還幫瑪麗安精細計算出每週要花多少錢洗禮服，每年要花多少治裝費。這類仔細盤問的無禮之舉，最後都會以恭維結束，但這樣的恭維對瑪麗安而言，反而是最沒有禮貌的舉措。在一一檢視她的禮服款式和價格、鞋子的顏色和髮型之後，史荻大小姐總會說，瑪麗安穿戴的這些行頭眞是時髦、漂亮極了，經過這樣的打扮，一定能迷倒許多男人。

瑪麗安在這樣的鼓勵之下，坐上了哥哥的馬車，馬車只等了五分鐘，就準時出發了。嫂嫂比她們先到朋友家，可是她並不希望兩位小姑準時到達。原以爲兩姊妹會拖延一些時間，因爲不準時對車夫也許會造成不便，但準時卻對她自己造成不便。

當天晚上的聚會乏善可陳，就像其他音樂性的聚會一樣；有許多人懂音樂的人參加，但有些人一點也不懂，演奏者也一如尋常，都是英國時下一流的業餘樂手。

艾琳諾不是很喜歡音樂，也不想假裝喜歡。她將注意力從鋼琴、豎琴和大提琴上轉移到別的地方，她隨興觀看客廳中的一切。當她左顧右盼時，無意間看到先前在葛瑞珠寶店選購牙籤盒的那位男士。艾琳諾很快就發現他也在看她，且不拘禮節地和她哥哥攀談。她正決定向哥哥詢問這人是誰，沒想到兩位男士剛好向她走來，哥哥說他是「羅伯特．費拉斯」。

他態度輕佻地向她問好，談吐平庸、面帶驕傲，正如露西所說的是個紈褲子弟。費拉斯太太和芬妮的壞個性已經讓艾琳諾感到冰冷，羅伯特的玩世不恭更讓她覺得厭煩。她雖然訝異兩兄弟的性格迥異，但卻不影響她對愛德華的好感。羅伯特和她攀談了一刻鐘，一直解釋他們兩兄弟大相逕庭的原因。他把哥哥無法參加適當社交活動的原因，歸咎於私人家教的不當教學，而他自己的資質雖然沒有比較優異，但因爲上的是公立學校，所以很容易建立社交圈，並可以從容自在地從事社交活動。

「說眞的，」他說，「我相信再也沒比這理由更充分了。每當我母親哀歎時，我常勸她放輕鬆一點。『不幸已經造成，那是你自作自受。當初你爲什麼要聽羅伯特舅舅的話，放棄你自己的判斷，在愛德華人生最艱困的時刻找私人家教呢？如果你讓他和我一樣去西敏斯特公立學校，而不是去跟帕拉特先生學課，一切的不幸就都可以避免了。』我對這件事情的看法一直是這樣，我母親也承認都是她的錯。」

艾琳諾沒有反駁他的看法，因爲無論她喜不喜歡公立學校，她都不贊同愛德華在帕拉特先生的私塾寄讀。

「我猜，你是住在德蒙夏郡。」他接著觀察說，「靠近多利盧的木屋別墅。」

艾琳諾說明她住的地方，這倒令他驚訝，他總覺得住在德蒙夏郡的人怎麼可能不住在靠近多利盧的地方！接著他還是誇讚了她們所住的房子。

「就我個人而言，」他說，「我非常喜歡木屋別墅型的房子。木屋別墅非常舒適、優雅。如果我有錢，我一定會在倫敦附近買一塊地，自己蓋房子，這樣我可以隨時去那裡，找些朋友一起來同樂。如果有人要蓋房子，我一定會建議他蓋一幢木屋別墅。我朋友柯特蘭爵士前幾天來找我，給我三個不同名建築師設計的建屋計畫，並要我替他挑一個最好的。我一面把這些計畫書全丟進火堆，一面對他說：『親愛的柯特蘭，不要照這些計畫，只要蓋一幢木屋別墅。』我想那就是最後的決定了。有些人以為木屋別墅空間太小，錯了。我上個月在我朋友艾略特靠近達福特的家。他太太希望開個舞會。她問我，這可怎麼辦？整幢木屋沒有任何一個房間足以容納十對客人，而且客人要在哪裡吃晚飯？我立刻看出這毫無困難，所以便告訴她：『親愛的艾略特夫人，請放心。餐廳就可以輕易地容納十八對客人，牌桌可以放在客廳，圖書室可以當做茶點招待室，晚餐在餐廳吃。』艾略特夫人聽了很高興。我們測量了一下餐廳，發現的確可以容納十八對客人。這件事按照我的建議做，結果完美極了。所以事實上，你看，如果人們確實知道如何安排，木屋別墅也可以變得很寬敞。」

艾琳諾全部表示贊同，因爲她覺得，不值得用理性反駁他，那樣等於是在恭維他。

約翰．達希伍德也和艾琳諾一樣對音樂沒有興趣，所以也心不在焉地四處瀏覽。他突然有一個想法，所以跑去告訴太太，希望回家後獲得她同意。他說丹尼森太太錯以爲他妹妹在他們家作客，如果之後珍寧絲太太因爲有其他的事，不如眞的邀請她的妹妹們來家裡作客，反正開銷不大，也沒什麼不便，更可以履行他在父親臨終時，說要照顧妹妹們的承諾，讓他的良心得到安頓。芬妮聽了他的提議，非常震驚。

「我不知道要怎麼履行這承諾，」她說，「我們應該先和密竇頓太太談過，因爲她們每天都和她生活在一起。我很樂意接待她們。你知道我隨時都準備關照她們，就像今晚帶她們來參加這個聚會一樣。但她們畢竟是密竇頓太太的客人。我怎能把她們從她身邊帶走呢？」

她的丈夫不怎麼同意他的看法，不過還是謙敬地表示：「她們在那兒已經住了一個星期了，如果她們也在我們家住一個星期，我想密竇頓太太不會不高興的。」

芬妮停了一會兒，接著又說：

「親愛的，如果我有辦法的話，我會誠心懇請她們搬過來住。但是我才剛決定邀請史荻姊妹來家裡住幾天。她們中規中矩，是非常好的女孩子。我們應該邀請她們來做客，一如她們的舅舅很照顧愛德華一樣。我們可以過些時候再邀請你的妹妹，因爲史荻姊妹以後可能不會再來倫敦了。我確信你已經喜歡上她們了，一如我的母親。她們和哈利也處得很好。」

達希伍德先生被說服了。他也覺得現階段邀請史荻姊妹來小住是必要的，反正過一年再邀請妹妹來住也無妨。經這一想，他的良心才因此安定了下來。他繼而又想到，也許到時候，就不必請妹妹們來住了，因爲那時艾琳諾很可能已變成布蘭登上校夫人，而瑪麗安當然就會是上校公館的客人了。

芬妮爲自己能逃過照顧小姑的責任感到雀悅，也爲自己的臨機應變感到驕傲。第二天早晨，她便寫信給露西，邀請她們姊妹可以在離開密竇頓太太家時，就來哈雷街作客。對露西而言這眞是再好不過的情況了！能和愛德華及其家人住在一起，對她最有利，也是她最樂意做的事！何況拜訪密竇頓太太的時日也沒有什麼限制，因此她們立刻決定結束在密竇頓太太家的拜訪。

芬妮寫給露西的邀請信才送抵十分鐘，露西便拿給艾琳諾看。艾琳諾認爲，芬妮才認識露西沒多久，就表現出不尋常的友誼，這似乎意味著她並非完全是爲了討厭自己，才對露西那麼好。也許時間久了，露西的一切希望有可能達成。她的巴結逢迎已經征服密竇頓太太，且進入約翰·達希伍德太太的內心深處。或許露西的美夢眞的可以成眞。

兩位史荻小姐搬去哈雷街之後，露西的影響力使艾琳諾認爲她的希望將會達成。約翰爵士不只一次去探望她們，他回來後形容她們兩姊妹受到的禮遇與寵愛超乎大家的想像。芬妮一生中從不曾像現在一樣，這麼喜歡過任何年輕的女孩。她送給她們外國進口的書形針盒，且直稱露西的名字，而不叫姓氏。芬妮還表示不知道將來能否承受和她們分離的痛苦。

第37章

生產過後的帕莫太太，經過兩個星期的調養，身體已經大爲好轉。她的母親覺得不再需要花費她所有的時間來照顧她，於是改成每隔一、兩天才來看她，其餘時間則待在家中，回復以前的生活習慣。她發現兩位達希伍德小姐也很希望儘快恢復她們先前的生活方式。

她們在柏克萊街重新安頓的三、四天後，有一天，珍寧絲太太從女兒家回來，一進客廳，看到艾琳諾獨自一人坐在那裡，便急匆匆地想要告訴她一些剛剛發生的事情。艾琳諾還來不及開口問，珍寧絲太太立刻開口說話。

「天啊！我親愛的達希伍德小姐！你聽到消息了嗎？」

「沒有，夫人。什麼消息？」

「這事情眞是太不可思議了！我會全部告訴你的。當我去我女兒家的時候，我發現夏綠蒂爲她寶貝兒子的病情感到非常驚慌失措。因爲他兒子一直哭鬧、煩躁不安、全身長滿了丘疹，她認爲這孩子一定病得不輕。經過我仔細看了之後，就說：『天啊，我親愛的，那沒什麼需要大驚小怪的，孩子只是在長牙罷了。』護士也這麼說。但是夏綠蒂不相信，就去邀請唐納凡醫生。幸好他剛從哈雷街過來，所以可以直接查看小孩的情況。他也和我的看法一樣，說孩子是在長牙，夏綠蒂這時才放下心來。醫生要走時，我突然想起一件事，就問他有沒有什麼消息。他起先一直傻笑，然後臉色一沉，似乎知道某些事情，最後他低聲說：『恐怕對你照顧的那兩位年輕女士而言，是不好的消息——達希伍德太太病倒了，但這沒什麼大不了的。我相信她很快就會好轉。』」

「什麼？芬妮生病了？」

「是啊！親愛的。那時我應了一句：『天啊！達希伍德太太生病了？』於是他就把所有的情況都告訴我。我所知道的是，愛德華．費拉斯先生，就是那個常被我拿來捉弄你的那位先生（但是無論如何，我非常高興你們之間什麼事情也沒有），他居然已經和我的表親露西訂婚四年多了！我的天啊！除了安娜之外，沒有任何人知道這件事！你相信嗎？他們彼此相愛沒什麼稀奇，但是居然沒有人知道，那眞是太不可思議了！我從沒有見過他們兩人在一起，否則我一定會察覺出來的。他們如此保密是因爲怕費拉斯太太反對，就連你兄嫂也完全不知道。直到今天早上，你知道可憐的安娜很善良，只是不夠機伶，她今早一不小心就全盤托出了。」

珍寧絲太太繼續說：「安娜心想，既然他們都很喜歡露西，應該不會反對她和愛德華訂婚才是。因此她才會去找你嫂嫂，那時你嫂嫂正在獨自編織她的毛毯，還不知道這回事。因爲她五分鐘前才剛對你哥哥說，她想替愛德華做媒，撮合他和某位爵士的女兒，我忘了是誰！因此你可以想像，這對芬妮的虛榮心和自尊而言是多大的打擊。她立刻歇斯底里地狂怒，對著你哥哥怒吼，那時你哥哥正坐在樓下，想寫信給住在鄉下的管家。他一聽你嫂嫂大吼，立刻衝上樓，卻看到恐怖的情景。這時露西也已經上樓，她做夢也沒想到會發生這種事情。可憐的孩子！我很同情她。我敢說，他們對她的態度惡劣透了。因爲你嫂嫂怒罵露西，使她立刻昏厥。安娜跪下來痛哭，你哥哥則在房裡踱步，直說不知道怎麼辦才好。你嫂嫂說，不准她們再待在這屋裡一分鐘，你哥哥也被迫跪下來求她，好歹讓她們打包好行李再走。接著，你嫂嫂再度歇斯底里，你哥哥嚇得立刻邀請唐納凡醫生來。醫生發現整個屋子亂哄哄的，馬車也已在門口等著把這兩個姊妹帶走。醫生一下馬車，她們姊妹倆便上車離去。可憐的露西遭遇如此重創，幾乎無法行走，安娜也一樣糟糕。

「我承認我受不了你嫂嫂，要不是她，我希望他們可以結成連理。天啊！愛德華聽到這件事時，會多傷心啊！他心愛的人居然被糟蹋成這樣！因爲聽說愛德華非常深愛露西，已到不可自拔的地步，所以我不懷疑他會爲此大發雷霆。唐納凡醫生也是這麼想。他和我談了很多，最好的情況是，他再度回去哈雷街，以防費拉斯太太知道這件事時，隨時會再度歇斯底里，而他正好可以隨時待命。因爲等我表親一走，就有人去通知費拉斯太太了。你嫂嫂確信，她母親聽到這消息一定也會氣瘋。我一點也不同情這對母女。我從來沒見過有人那麼看重金錢和權力，這讓我很瞧不起。愛德華和露西沒有理由不結婚。我確信費拉斯太太一定可以讓兒子過得很富裕。雖然露西什麼也沒有，但是她比誰都懂得理財且精明能幹。我敢說，如果費拉斯太太每年只給他們五百英鎊，露西會把它當做八百英鎊來用。

「天啊！他們如果住在像你們家那樣的木屋別墅裡，會有多安適！或者再稍大一點的別墅——再請兩個女佣和兩個男僕。我相信我可以幫他們找到一個女佣，因爲我家女佣貝蒂就有一個姊妹沒事做，正好適合給他們做幫佣。」

珍寧絲太太說完停了一下，艾琳諾這才有足夠的時間整理思緒，從而得到答案。她很慶幸珍寧絲太太沒有懷疑她對此事的過度好奇心，珍寧絲太太也不再把她和愛德華湊成一對，加上沒有瑪麗安在場，所以她可以很自在地暢談這件事，她有自信可以毫不偏袒任何一方地說出她對此事每個相關者的看法和評斷。

但她幾乎不知道自己對這件事還有什麼樣的期待，儘管她知道愛德華和露西的婚事可能無疾而終，她還是想知道費拉斯太太對這件事有何反應。而且艾琳諾更焦慮地想知道愛德華會如何自處。她對他充滿同情，而對露西目前的處境，也有一絲的憐憫。至於其他的人，她覺得絲毫不值得同情。

由於珍寧絲太太每天都在談論這個話題，艾琳諾立刻覺得有必要讓瑪麗安爲此事做好心理準備——沒有必要再讓瑪麗安蒙在鼓裡。應該讓她知道所有的事實，以免當她聽到別人談起此事時，會感到不安或是增加對愛德華的怨恨。

對艾琳諾而言，要這麼做眞是個痛苦的決定。一旦說出眞相，她擔心會破壞愛德華在瑪麗安心目中的好印象。更重要的是，會讓瑪麗安以爲姊妹倆遭遇相同的傷心事，而再嚐一次痛苦。儘管這個任務非常艱困，但卻是必要的，因此艾琳諾趕忙向瑪麗安全盤托出。

艾琳諾不願多表明自己的感受和痛苦，一如她最初知道愛德華已經訂婚的消息時那樣自制。艾琳諾簡單扼要地陳述，雖然有點感傷，但是她的情緒一直很平靜。反倒是瑪麗安聽得傷痛、震驚、痛哭失聲。艾琳諾放下自己的痛苦，反過來安慰妹妹。她表示心中很坦然，還不斷爲愛德華辯護，除了認爲他有一點輕率之外，並無其他過錯。

但是瑪麗安有一陣子沒有辦法聽進任何理由。愛德華彷彿是魏樂比第二，艾琳諾既然坦承曾經愛過愛德華，那她的痛苦豈會比自己的還要小！瑪麗安一直覺得露西·史荻並不溫柔，怎麼可能吸引有理性的男人愛她，因此一開始她無法相信這是眞的，後來則是不能原諒愛德華竟然會喜歡上露西。直到聽到姊姊說愛德華年少時輕狂糊塗，才稍稍願意原諒他，但她仍舊無法承認那是很自然的事。但艾琳諾讓她相信，年少輕狂是很自然的事，她希望瑪麗安能更了解人性。

艾琳諾的初次溝通僅止於解釋清楚有關愛德華訂婚已有一段時間的事實。瑪麗安則是不斷激動地插嘴，打斷姊姊繼續詳述整件事情的來龍去脈。有一會兒，艾琳諾唯一能做的只是安撫她的情緒、減低她的不安，以及克服她的憎恨感。瑪麗安第一個問題是：

「你知道這件事情有多久了，艾琳諾？他曾寫信給你嗎？」

「我知道這件事情已經四個月了。當露西去年十一月第一次去巴頓園玩時，就私下告訴我他們訂婚的秘密了。」

瑪麗安聽姊姊這樣說，震驚得目瞪口呆。停了一會兒之後，她大叫：

「四個月！你知道這件事情已經四個月了？」

艾琳諾點點頭。

「什麼！當你在我失意痛苦中照顧我時，你就已經知道這件令你心碎的事了？而我卻以爲你身在幸福之中！」

「那時並不適合讓你了解我的痛苦。」

「四個月！」瑪麗安再度大叫，「你卻那麼鎮靜、那麼愉快！你怎麼壓抑得住？」

「因爲那是我的責任，我答應露西保守這個秘密，因此我必須避免走漏任何消息。而且我也不願讓親人和朋友爲我掛心。」

瑪麗安再次驚訝得說不出話來。

「我不只一次想向你和母親說明事情的眞相，」艾琳諾繼續說，「曾經有幾次我幾乎要說出口了。然而除非我背叛我的信用，否則是很難向你們說明白的。」

「四個月！而你卻依然愛著他！」

「是的，但是我不只愛他，我也很愛我的家人，所以不想讓大家知道我的痛楚。現在，我已經可以平靜而不帶情緒地訴說這件事，我絕不願讓你爲我擔憂。我已經不再難過了，因爲我得到了許多支持。我不認爲是我自己魯莽，以致於帶來失望。我也不認爲愛德華犯了什麼大錯，我反而希望他過得很幸福。我確信他一直在履行他的責任，雖然他現在可能感到很後悔，但是最後他還是會幸福的。露西並不是不講理的女孩子，這是婚姻幸福美滿的基礎。瑪麗安，雖然因相戀相愛而託付終身，或是一生只愛一個人、一個人的幸福全都繫於另一個人的身上的結果很迷人，但這些都是不切實際的、虛幻的。愛德華還是會娶露西的。而且時間一久，他會忘記他曾經想過要娶一個比露西更好的女人。」

「如果那是你的想法，」瑪麗安說，「如果你所失去的珍貴東西那麼容易就能被其他東西取代，那麼你的堅決和自制也許就沒什麼好大驚小怪了。我現在比較能夠理解了。」

「我了解你的想法。你並不認爲我曾經非常傷心。瑪麗安，四個月以來，這件事一直放在我的心上，而我又不能吐露一個字。因爲一旦說出來，不但不能讓你們有最起碼的心理準備，而且只會讓你和母親難過。我是在不得已的情況下知道這件秘密的——當事人告訴我之後，毀滅了我所有的希望，何況我認爲她是以勝利者的姿態向我誇耀。而且爲了避免她起疑心，我還得努力表現得事不關己、毫不在乎的樣子，這情況不只一次。我必須一次又一次地傾聽她表達她的希望和興奮。

「我明知道我和愛德華再也沒有緣份了，但這一切卻沒有停止我想嫁給他的念頭。沒有什麼事情能夠指責他是卑鄙的人，也沒有任何事情可以奪走他在我心目中的地位。長期以來，我必須面對他不友善的姊姊和蠻橫無禮的母親，徒受愛情的刑罰之苦，卻沒辦法享受到愛情的甜蜜果實。這一切一下子如排山倒海而來，而且你知道，這不是我唯一的不幸。如果你相信我的心是肉做的，你就會知道我受了多少苦。現在我能夠這樣鎮靜地看待這件事情，也能舒坦度日，全都是用持續且痛苦的努力換來的——這些力量不是自己冒出來的。起初，這些並不能釋放我的痛苦，瑪麗安。如果我沒有承諾得保守秘密，也許就沒有任何事情會阻止我說出眞相，甚至連爲最親密的朋友們著想，也阻止不了我想說出口的慾望，公開吐露我的痛苦。」

瑪麗安心疼地看著姊姊。

「哦！艾琳諾，」她大叫，「你讓我永遠痛恨自己。我對你多麼殘酷啊！你一直是我唯一的安慰，承受我的所有痛苦！這就是我的感激嗎？這是我唯一能給你的回報嗎？你對我這樣和善，我卻不當一回事。」

經過這一番告白，瑪麗安緊緊地擁抱著姊姊。在這種情況下，艾琳諾不難要求瑪麗安做到一些事情，就是絕不以憤怒的心態向任何人提起這件事情，更不要以厭惡的心情面對露西，甚至如果有機會面對愛德華，也要裝做依然親切。這是極大的讓步，但是瑪麗安覺得她曾經傷害過姊姊，因此現在要她做任何補償她都會盡力而爲。

瑪麗安完全遵守允諾，她神色自若地傾聽珍寧絲太太絮叨這話題，從頭到尾都沒有反駁，且三次回答「是的」。她聽到珍寧絲太太誇獎露西時，只從這張椅子換到另一張椅子；當珍寧絲太太談到愛德華的感情時，她強忍著不說話。艾琳諾看到妹妹變得那麼勇敢堅定，覺得受到鼓勵，並認爲自己再也沒有什麼事情是辦不到的了。

第二天早上，還有更大的考驗在等著她們。她們的哥哥面色凝重地跑來談這件嚴肅的事情，並告訴她們有關嫂嫂的近況。

他一坐下來就一本正經地說：「我想，你們已經聽說昨天在我們家發生了一件非常驚人的事情。」

三個人心照不宣，這個時刻爲避免尷尬，似乎也不是開口說話的時候。

接著他繼續說：「你嫂嫂昨天像火山爆發一樣，發了一陣脾氣。費拉斯太太也是。簡單地說，那是令人苦惱的一件大事，但是我希望這場風暴已經過去，而且沒有人被擊倒。可憐的芬妮！她昨天一整天都氣得歇斯底里。但是我不願意太過度驚嚇你們。唐納凡醫生說，沒有什麼好擔憂的，她的身體狀況很好，各項檢查結果也都沒問題，她可是不屈不撓地承受了一些苦楚。她說，她再也不相信任何人是好人。這一點也不奇怪，畢竟她被蒙騙了！——遇到這麼忘恩負義的人。她原本對史荻姊妹那麼和藹、那麼信賴她們。她邀請這兩姊妹來家裡住，已經是非常仁慈的了。只因爲她覺得她們値得受照顧，不但是中規中矩的好女孩，而且會是很好相處的同伴，否則我們兩夫妻原本非常渴望趁珍寧絲太太要照顧她女兒的這段時間，邀請你們姊妹去我家住的。現在可好，得到這樣的回報！可憐的芬妮充滿感情地說：『我衷心期望當初是邀請你妹妹來住，而不是邀請她們。』」

他停下來等著兩姊妹道謝，才繼續說下去。

「可憐的費拉斯太太聽到芬妮透露這件事時，也是情緒翻騰。她一直在爲兒子計畫最門當戶對的婚事，誰知道他卻已經偷偷與別人訂婚了！她萬萬沒有想到會這樣！就算她懷疑，頂多也只猜疑兒子是在別的地方有對象，不致於到私訂終身的地步。她說：『這方面我以爲自己是萬無一失的。』如今她痛苦萬分。之後，我們一起商量對策，最後她決定把愛德華找來。他來了，但結果卻是令人遺憾的。

「費拉斯太太極力勸他退婚，我也幫忙苦勸，芬妮更是苦苦懇求，但是卻完全勸不動。責任、親情……他一句也聽不進去。我從來不知道愛德華那麼固執無情。他母親向他解釋，如果他娶莫頓小姐，諾福克那塊田地就給他，這塊地扣稅之後每年還能收入一千英鎊。她母親甚至還說要把給他的收入提高到一千兩百英鎊；反之，如果他執意私訂終身，那就等著婚後一貧如洗，他自己原來的兩千英鎊將是他所有的財產，她將不想再見到他，從今以後也不會再提供任何援助，就算兒子想找一份工作改善經濟，她也會竭盡所能從中作梗，不讓他稱心如意。」

瑪麗安聽到這裡氣得拍手大叫：「老天爺！這怎麼可能！」

「瑪麗安，你儘管懷疑。」她哥哥回答，「好話都說盡了，他還是那麼頑固。難怪你感嘆，那是很自然的。」

瑪麗安準備回嘴，但是她想起對姊姊的承諾，於是閉嘴。

「無論如何，」他繼續說，「怎麼勸他都勸不聽。愛德華沒說什麼，但是他說出口的每一句話都非常堅決。他說他堅持保守這婚約，不論得付出什麼代價。」

珍寧絲太太再也沉默不住了，於是大刺刺地叫道：「那他實在是個正人君子。達希伍德先生，請原諒我這麼說，如果他退婚，我會覺得他是個混蛋。我和你一樣非常關心這件事情，因爲露西是我的表親，我相信世界上再沒有比她更好、更該嫁一個好丈夫的女孩。」

約翰．達希伍德非常驚訝聽到這些話，但是他的表情冷靜，沒有公開挑釁。他從不想冒犯任何人，尤其是有錢的人。因此他不帶憎惡之氣地回答：

「我絕對無意冒犯你任何親戚，夫人。我敢說，露西小姐是非常值得誇獎的女孩子。但是你知道，這樁婚姻是絕對不會成的，因爲他們不該私底下偷偷訂婚。再者對方是非常富有的費拉斯太太的兒子，這樣加起來，事情就有些不尋常了。簡單地說，我絕無意舉證你所關切的人有什麼錯誤的行爲。珍寧絲太太，我們都希望她能幸福。費拉斯太太的反應無可厚非，她是一個好母親，遇到這樣的情況一定會有這樣的反應，那是高尙、開通的做法。愛德華已選擇了自己的命運之牌，但我擔心那是一張壞牌。」

瑪麗安頗有同感地歎息，艾琳諾則爲愛德華感到難過，覺得他居然不顧母親的反對，要爲一個不能給他回報的女人，付出那麼大的代價。

「嗯，先生，」珍寧絲太太說，「事情後來的結果如何？」

「我很遺憾地說，最後是非常不愉快的決裂——愛德華的母親要和他一刀兩斷。他昨天離開她的寓所，我不知道他去了哪裡，或者還在倫敦？因爲我們不敢問。」

「可憐的年輕人！他將來要怎麼辦呢？」

「是啊！說來感傷。出生在那麼富裕的家庭，前途似錦！我想不到還有什麼比這更令人扼腕痛惜的事。兩千英鎊的利息——一個男人靠這一點利息要怎麼過活？——何況他本來只要再等三個月，就可以拿到每年兩千五百英鎊的收入，因爲莫頓小姐有三萬英鎊的財產。但是因爲他自己愚蠢，我無法想像比這更悲慘的事，我們都很同情他，但是我們完全沒有能力援助他。」

「可憐的年輕人！」珍寧絲太太大叫，「我家非常歡迎他來吃住。如果我見得到他，我會叫他來住。他現在不適合靠自己的微薄收入在外租房子或住旅館。」

艾琳諾非常感謝珍寧絲太太這麼關心愛德華，但爲她表現的方式忍不住笑了一笑。

約翰．達希伍德說：「如果他能早早替自己著想，就像他所有的朋友會周詳地考慮的話，他今天可能就不會那麼悽慘了。還有一件更糟糕的事是，他母親已經決定把愛德華應得的財產轉給羅伯特繼承了。今天早上她和律師正在談這件事情。」

「哇！」珍寧絲太太說，「她是在報復。每個人都有自己的想法與做法。但是我絕不會因爲有一個兒子違抗我，我就把財產全都給另一個。」

瑪麗安站起來，在客廳裡走來走去。

約翰繼續說：「眼睜睜看著原本是自己的財產，被弟弟拿走，還有什麼事情比這更讓一個男人傷心的？可憐的愛德華！我實在很同情他。」

眾人繼續聊這話題一會兒，約翰便告辭。臨走前他一再向妹妹保證，芬妮身體沒什麼大礙，她們不需要擔心。他一走，三個女士一致激動地評論這件事，也對愛德華的母親及姊姊的行爲大大地批評了一番。

第38章

珍寧絲太太非常熱切地誇獎愛德華，但是只有艾琳諾和瑪麗安知道事情的眞相。她們知道愛德華不順從母親的安排，讓他失去朋友和財產的背後意義是多大的良心堅持。艾琳諾崇敬愛德華的正直操守，瑪麗安因爲看到他受到這麼重的懲罰，所以原諒他的一切作爲。儘管兩姊妹互信互諒的感情已恢復，但是她們兩人在一起時，都儘量避免談及這個話題。艾琳諾是基於自己的行事原則不談，她只在心中反覆思索瑪麗安熱切、積極相信的事：瑪麗安認爲愛德華依舊愛著艾琳諾，但艾琳諾卻想把他拋在腦後。瑪麗安在談這樣的話題時，總不時將她自己的行爲和艾琳諾相比，這點令她更加對自己不滿，心情也因此更加低沉了。

瑪麗安感覺到這種比較後所帶來的衝擊，但是她沒有像姊姊所期待的那樣振作而勇敢。她一直覺得自責、後悔過去不該如此脆弱消沉，但是這樣想只會帶來更大的折磨，於事無補。她的心非常脆弱，所以目前要採取任何積極的作爲是不可能的事，這樣一來令她更加頹喪。

此後一兩天，她們再也沒聽說哈雷街哥哥家或柏克萊街珍寧絲太太家有什麼新的消息。但是愛德華私訂終身這件事，已經足夠讓珍寧絲太太到處宣揚了。當然她很想抽空去安慰史荻兩姊妹，但是這陣子正好訪客頻繁，使她無法去探訪她們。

她們知道詳情之後的第三天，雖然只是三月的第二個星期，但是天氣很好，而且是星期天，吸引許多人到肯辛頓花園遊玩。珍寧絲太太和艾琳諾也在郊遊的人群中，瑪麗安因爲知道魏樂比又到倫敦，爲了避開他們夫婦，寧可待在家裡，也不願進出公共場合。

珍寧絲太太等人進入肯辛頓花園之後，有一位熟朋友也加入他們的行列。艾琳諾很高興有她的陪伴，因爲趁她跟珍寧絲太太不斷聊天時，她才可以偷閒靜靜思考一些問題。她根本沒看見魏樂比，也沒看見愛德華，有一陣子連一個有趣的朋友也沒遇見。但是最後她很驚訝看到史荻大小姐來到跟前向她打招呼。她看起來有點害羞，但表示很高興在此相遇。在珍寧絲太太的邀約之下，她離開原來的朋友群，加入她們這一邊。珍寧絲太太立刻挨近艾琳諾低聲私語：

「去問她所有的實情，親愛的。她將知無不言，言無不盡。你看，我這會兒還無法離開克拉克太太。」

幸運的是，好奇的珍寧絲太太和艾琳諾還沒問，史荻大小姐就自己全說了。

「我眞高興遇見你。」史荻大小姐邊說，邊親密地挽住艾琳諾的手臂，「我最渴望就是見到你。」她接著壓低聲音說，「我猜珍寧絲太太一定都聽說了，她生氣嗎？」

「我相信她一點也沒生你的氣。」

「那就好。密竇頓太太呢？她生氣嗎？」

「我認爲，她也不可能生你的氣。」

「我太高興了。老天爺！這段日子夠我受的了！我這輩子從沒見過露西那麼憤怒。起初她發誓這輩子再也不爲我修補帽子，也不再幫我做任何事情，但是現在她氣已消了，我們又像以前一樣和好。你看，這是她昨晚爲我的帽子所做的蝴蝶結，還縫上羽毛。現在，連你也要笑我了。但是我爲什麼不能戴粉紅色的緞帶？我才不在乎那是不是博士喜歡的顏色。我保證，如果不是他碰巧說出來，我絕不會知道博士最喜歡這個顏色。我表姊妹一直這樣捉弄我！我有時候眞的不知道在她們面前該做什麼樣的打扮。」

她越說越離題，以致於艾琳諾不知如何回答，於是她很快地又把話題拉回來。

「達希伍德小姐，」她得意地說，「人們可能傳說，說費拉斯太太不會讓愛德華娶露西，但我可以告訴你，根本沒這回事。散播這樣的謠言實在可惡。無論露西對這件事情會怎麼想，你知道別人沒有權利干涉。」

「我從未聽人說過這件事情。」艾琳諾說。

「哦！你沒聽說嗎？但是大家都在傳，我太清楚了，還不只一個人傳呢！因爲葛碧小姐告訴史帕克絲小姐，沒有人會相信愛德華會放棄像莫頓那樣一位擁有三萬英鎊財產的千金小姐，而選擇一無所有的露西．史荻。我親耳聽到史帕克絲小姐這麼說的。此外，我表哥理查也說，他擔心愛德華會堅持不住，改變原意。而當愛德華有三天沒來找我們時，我也不知該如何想。我相信露西一定已經放棄了。因爲自從星期三我們從令兄家離開，星期四一整天都沒看見愛德華；星期五和星期六，更不知道他到底怎麼了。露西一度想寫信給他，但是後來又放棄了。直到今天早上，他終於出現了。那時我們正從教會回家。他向我們解釋說，他星期三被叫去哈雷街，和母親及所有家人談話。他在衆人面前宣布，他只愛露西一個人，只娶露西一個人。他還說他對所發生的事情感到憂慮，因此一離開母親家便騎馬到鄉間，星期四和星期五都待在客棧調整情緒。他一想再想之後，覺得他已經一無所有，只有兩千英鎊的收入，如果再和露西保持婚約，會讓露西蒙受損失，那是不近人情的；如果他去當牧師，收入非常微薄，兩人生活會非常拮据，可能會無法維生。他一想到這樣會害她受苦，他就無法忍受。所以只要露西願意，她隨時可以解除婚約。

「我聽到他非常平靜地說這些話。這要求完全是爲了她的終身著想，所以讓她做決定。他是提到解除婚約，但卻不是由他做決定。我發誓，他絕沒有說過厭棄露西或希望娶莫頓小姐之類的話。但是露西聽不進這些話，她直接告訴他（她用甜甜蜜蜜的愛意回話，你知道，哦！我無法重複她所說的話），她不想解除婚約，因爲她要和他一起同甘共苦，無論他多窮，她都很樂意跟他一起共度。因此，他非常高興，接著談了一些他們將來應該怎麼做的話題，他們都認爲他應該直接去當牧師，他們必須等到他有工作之後再完婚。

「接著，我就聽不清楚他們在說什麼了，因爲我表妹在樓下喊我，說理查森太太的馬車已經來了，還有一個空位可以搭載我們其中一人一起去肯辛頓花園玩。於是我不得不走進門，干擾他們談話，並問露西想不想去，但她不想離開愛德華。因此我就跑下樓，穿上絲襪，跟著理查森夫婦走了。」

「我不了解你說干擾他們是什麼意思？」艾琳諾問，「你們不是都在客廳嗎？」

「不！沒有啊！達希伍德小姐，你想，有誰會當著別人的面談情說愛？哦！那太丟臉了！你應該清楚這一點。（她矯揉造作地笑了笑）不，不，他們在客廳裡談，而我是挨近門邊才聽到的。」

「哇！」艾琳諾大叫，「你對我所說的這些話都是你從門邊偷聽來的？很抱歉我不知道是這個樣子，否則我絕對不會讓你把不應該偷聽來的話全都告訴我。你怎麼可以這樣對不起你妹妹？」

「哦！這根本沒有什麼。我只是站在門口，聽到一些罷了。我保證，換成是露西，她也一定會這樣偷聽的。一兩年前，我和馬沙．夏普有許多秘密，露西還不是躲在壁櫥裡或壁爐的屏風後偷聽我們談話。」

艾琳諾試著談點別的，但是史荻大小姐還是三句不離上述話題。

「愛德華說，他即將去牛津。」她說，「但是現在他住在帕爾美爾街一號。他母親眞是一個壞心眼的女人，不是嗎？你哥哥和嫂嫂也不是很友善！無論如何，我不該對你說批評他們的話。但他們打發我們回家時，如果能用自己的馬車送我們回家，就已經超出我所求所想。我當時還怕你嫂嫂會將送我們的書形針盒收回去，幸好沒有，我把它好好地藏起來了呢。愛德華說他在牛津有點事要辦，因此他必須去牛津待一陣子，如果他能在那裡遇見主教，他就能取得神職資格。眞不知道他會去哪個教區？（她邊說邊痴痴地笑）我知道當我表親聽到這些事情時，他們會怎麼說。他們將會告訴我，應該寫信給那個博士，請他幫忙愛德華尋找教區，以展開新生活。我猜想她們一定會這樣說的，但是我絕不做這種事。啊！我會說：『要我寫信給博士，眞是的！』」

「嗯，」艾琳諾說，「做最壞的打算總是安心一點。你自己心裡已經有譜了。」

史荻大小姐還是繼續要談這個話題，卻看到理查森夫婦走了過來。

「哦！理查森夫婦來了。我還有一大堆話想要跟你講，但是我不能離開他們太久。我向你保證，他們是非常優雅的人。理查森先生很有錢，他們擁有自己的馬車。我沒時間和珍寧絲太太聊了，但是請轉告她，我很高興她並沒有生我們姊妹的氣，密賓頓太太也是。如果你們姊妹離開倫敦，而珍寧絲太太很需要人作伴的話，我們姊妹很樂意去她家住一段時間。我猜密賓頓太太這一次不會想再邀請我們了。再見。很遺憾瑪麗安沒來。請代我向她問候。啊！我不明白，你穿這件花色細紗洋裝，難道就不怕會被勾破嗎？」

這就是她臨別前所關切的。之後，她只跑去和珍寧絲太太說聲再見，便轉去和理查森夫婦會合。艾琳諾聽了她一番描述之後，還需要一些時間反芻思考，雖然艾琳諾所聽到的都是她早就知道或是預料到的。她沒猜錯，愛德華會娶露西，只是結婚的日期未定，一切都得等到他獲得牧師職位才能進一步打算，但眼前看起來她是一點希望也沒有。

等她們回到馬車上，珍寧絲太太便巴不得探知一些消息。但是艾琳諾儘可能少講，畢竟這是安娜不當偷聽來的隱密事。艾琳諾只簡單說了一點細節，雖然就她對露西的認識，露西一定也會說出和她一樣的內容。艾琳諾提到他們依舊會維持婚約，也會盡力促成結婚一事。珍寧絲太太聽了之後，有了以下的評論：

「等他能賺錢養家！是啊，我們都知道那會有什麼結局——他們將再等十二個月，然後發現沒有什麼好結果，一年只有五十英鎊的神職薪俸，加上兩千英鎊財產的利息，以及史荻先生和帕拉特先生給她的一點點東西。接著他們每年會生一個小孩！上帝幫助他們吧！他們將會多窮啊！我必須看看我在他們佈置新家的時候，能送他們什麼：兩個女佣和兩個男僕！就是我前幾天談到的。不，不，他們一定需要一個身強力壯的女佣幫忙一切的家務事。貝蒂的姊妹現在絕不會替他們幫佣了。」

第二天，艾琳諾收到一封信，是露西寫給她的，信中說：

巴托特大樓，三月

我希望親愛的達希伍德小姐能體諒我冒昧地寫這封信，但是我知道以你對我的情誼，你一定很樂意聽到我和愛德華的消息。最近我們經歷許多困難，除了要說抱歉之外，也感謝神！雖然我們非常痛苦，但是現在已經事過境遷，我們都很好，且一直彼此相愛。我們經過嚴厲的考驗、迫害，但是無論如何，要感謝許多朋友及你的關心，愛德華也深深感謝你，我已經告訴他，你很關心我們。你和珍寧絲太太一定很高興聽到，昨天下午我花了兩個小時和愛德華長談。我沒有答應他提出的退婚，我的責任在於敦促他要審慎做決定，如果他同意，我們就分手；但是他說，他絕不分手，只要擁有我的愛，他不在乎母親的憤怒。

我們的前途並不光明，但是我們必須等候最好的時機。如果你願意幫忙推薦他的話，他將很快擔任神職。你一定不會忘了我們。珍寧絲太太也是，我相信她一定會在約翰爵士、帕莫先生或任何能幫助我們的朋友面前，替我們說些好話。可憐的安娜，一切災禍都該怪她多嘴，但她是出於一番好意，所以我也沒責備她。希望珍寧絲太太不嫌麻煩，找個上午到寒舍坐坐，我的表親們一定會覺得很榮幸認識她。紙短情長，我不得不打住了，麻煩你代我向珍寧絲太太、約翰爵士和密賓頓太太，還有他們的小孩問候，也願瑪麗安平安。

露西

艾琳諾看完信，就知道露西信中的涵意。她把信交給珍寧絲太太看，她一邊大聲地唸信，一邊讚美露西的文筆。

「這文筆太棒了！她寫得多麼美啊！是啊，如果他想退婚，就讓他退嘛，那樣才像露西。可憐的孩子！眞希望我能幫他謀得牧師的職俸。她叫我親愛的珍寧絲太太，你看，多麼有禮貌的女孩子！眞是非常好。信中每一個句子都寫得那麼漂亮。是啊，是啊，我一定會去看她。她多麼細心想到每一個人！謝謝你，親愛的，拿這封信給我看。這是我看過的信當中，寫得最好的。露西就是有這樣好的頭腦和心腸。」

第39章

達希伍德姊妹在倫敦已經待了兩個多月。瑪麗安越來越歸心似箭，她想念鄉村的空氣、自由和安靜。如果這個世界還有地方能給她安適，那地方非巴頓莫屬。艾琳諾也一樣渴望趕快回家，但是她無法馬上離開，她知道路途那麼遙遠、艱辛，要立刻回家並不是一件容易的事情，但瑪麗安卻不了解這些困難。無論如何，艾琳諾一直極力在計畫啓程回家的事，也告訴了照顧她們的珍寧絲太太。但她們卻一直無法成行，因爲一再被熱情地挽留，加上女主人有一項計畫，使她們回家的事又耽擱了幾個星期。原來是三月底，帕莫夫婦要去克里夫蘭過復活節，夏綠蒂邀請母親珍寧絲太太和艾琳諾姊妹一起去。這項邀請本來並不符合艾琳諾的心意，但是自從瑪麗安遇到傷心的事情以來，帕莫先生一改以往對她們兩姊妹的態度，如今又親自盛情邀約，使艾琳諾不好意思拒絕。

不過當她告訴瑪麗安，答應要和帕莫夫婦一起去克里夫蘭時，瑪麗安的第一個反應並非高興。

「克里夫蘭！」她激動地大叫，「不，我才不去。」

「你忘了，」艾琳諾溫和地說，「克里夫蘭離我們家很近……。」

「但那是在桑莫塞夏郡。我不去桑莫塞夏郡！我是曾經渴望去那裡。不，艾琳諾，現在你不能再讓我去那裡。」

艾琳諾不想以辯白來直接回應她的情緒，她只是努力旁敲側擊地開導，敘述所有的理由，說明這樣一來，可以敲定回家看母親的時間，甚至還可以毫不耽擱、合情合理地藉由更方便、更舒適的方法達到回家的目標。從克里夫蘭到巴頓，還不到一天的行程，她們母親的僕人很容易就可以去接她們，何況她們在克里夫蘭不會停留超過一個星期。從現在算起，大約再三個多星期，她們就可以回到家了。瑪麗安因為非常思念母親，因此被說服了。

珍寧絲太太依舊熱誠地邀請她們離開克里夫蘭後，再跟她一起回倫敦。艾琳諾表示感謝，但仍委婉地堅持回家的計畫。這個計畫也得到她們的母親贊同，所有回家的事情也都安排妥當了。返家事宜已經確定，瑪麗安的心情就安定多了。

兩姊妹決定離開之後，布蘭登上校第一次來拜訪。珍寧絲太太對他說：「哦！上校，沒有達希伍德小姐們的陪伴，我不知道你和我要怎麼過日子，因為她們堅決要從帕莫夫婦那裡取道回家。等我回倫敦之後，我們將會多孤單！天啊！我們將像兩隻貓咪一樣枯坐著，彼此對看。」

也許珍寧絲太太還是抱著希望，藉由描述未來生活的無聊景況，促使上校提一些建議，以免他未來眞的成了孤家寡人。這樣一來，珍寧絲太太就有理由認爲自己達成目標了。艾琳諾爲了幫珍寧絲太太臨摹一幅畫像，走到窗戶邊以便採取更好的角度。此時，上校也隨即跟過去，一副欲言又止的表情，跟她談了好幾分鐘。這情景絲毫逃不過珍寧絲太太的眼光，她覺察這樣偷聽似乎太不體面，因此換了一下位子，坐到瑪麗安的鋼琴旁邊，露出她沒聽到什麼似的表情。瑪麗安正在彈鋼琴，珍寧絲太太看到艾琳諾臉色一變，情緒有點激動的樣子，她因爲聽上校說話聽得入神，以致於放下手邊正在做的工作。等瑪麗安中間停下來，換彈另一首曲子時，珍寧絲太太便清楚聽到幾句上校的話，就是他爲他自己家的簡陋道歉。這簡直說明了某種事實。珍寧絲太太不了解他爲何道歉，但是，她卻聽不清楚艾琳諾回答什麼。從她的唇形看來，她似乎在說並不在意。珍寧絲太太心中實在讚賞艾琳諾這麼耿直。他們繼續聊了一會兒，但是珍寧絲太太聽不清楚半句，直到瑪麗安的琴聲又稍停時，她才聽到上校冷靜地說：

「我怕這事沒那麼快。」

珍寧絲太太聽到他們之間不像戀人的談話，非常驚訝，差點要大喊出聲說：「天啊！難道會有什麼阻礙嗎？」但是她忍了下來，只是咕噥著：「他年紀已經夠老了，難道還要繼續等下去嗎？」

上校這一方的延宕似乎一點兒也沒有冒犯到艾琳諾。當他們結束談話後，珍寧絲太太聽到艾琳諾說：

「我會永遠感激你的。」

珍寧絲太太聽到她對上校的感謝，不禁感到欣喜，但也為此感到奇怪，因為上校在聽到這樣的話之後，竟然冷靜迅速地離開了！她想不到他對一位美麗女孩的求愛竟然可以表現得這樣冷淡。

其實他們之間的話是這樣的：

原來上校對艾琳諾說：「我聽說你的朋友費拉斯先生受到家人的無理對待。如果我了解得沒錯，他是因為與一位年輕可愛的女子訂婚，而被斷絕了母子關係。是這樣嗎？」

艾琳諾說：「是的。」

「殘忍，眞是殘忍，」他語帶同情地回答，「要拆散兩個相愛的年輕人，是很殘酷的事。費拉斯太太根本不知道自己在做什麼，她並不知道她將會把她兒子逼到什麼絕路。我在哈雷街見過費拉斯先生兩、三次，我對他印象非常好。他不是短時間就能和人熟稔的年輕人，但是我看得出他是個好人，希望他一切順利，尤其他是你的朋友，我更希望他能過得很好。我聽說，他想擔任牧師，你能不能轉告他，德拉福特教區現在正好有一個牧師職位出缺，今天我才收到通知，如果他願意接受，他就可以來此教區擔任牧師。但是以他現在的處境那麼不幸，接受這份職俸也許是杯水車薪。我希望這職俸的薪資能再多一些，但是就我所知，之前的牧師年俸不會超過兩百英鎊，雖說還可能會調整，只是不可能調到夠他過舒適生活的地步。無論如何，我很樂意推薦他接掌這個職位，請你務必轉告他，請他放心。」

這項消息比上校向艾琳諾求婚更讓艾琳諾感到驚喜。兩天前她才覺得愛德華要擢昇牧師職是不可能的事情，沒想到現在聽到這樣的好消息，這一定可以讓愛德華感到高興！但她激動的情緒卻被珍寧絲太太誤以為是為上校而發的。無論如何，她珍視上校的善心，也感激他特殊的情誼，上校也強烈感受到她的感激之情。她衷心感謝他，並提起愛德華的行事原則和脾氣，且加以誇獎一番。她表示很樂意轉告這項好消息，但是她不禁想到，這件事還是由上校親口告訴他比較好。簡單地說，她不希望愛德華在這件事情上面，覺得欠她一份人情，但是布蘭登上校也以同樣的理由，不希望愛德華覺得欠他人情而婉拒，所以希望還是由她去轉告，因此，艾琳諾也就不好再反對。她相信，愛德華現在仍在倫敦。而很幸運地，史荻大小姐曾把他的地址告訴她。因此，她可以當天就寫信通知他。事情敲定之後，布蘭登上校表示，他很高興能有愛德華這麼好的鄰居，接著他就提到為他提供的家又小又不舒適而道歉，但艾琳諾毫不在意。這便是珍寧絲太太偷聽到的片段。

「房子小，我不認爲有什麼不方便，因爲那剛好適合他們的家庭和收入。」艾琳諾說。

上校很驚訝地發現，她在這種情況之下，還考慮到愛德華的婚姻。他覺得，德拉福特的生活很清苦，像他這種生活模式的人不太可能冒險去那裡定居，因此，他說出他的想法：

「那裡只可以讓愛德華過適切的單身生活，但是如果是結婚的話，就會侷促一些。很遺憾，我能幫助的僅此爲止，我的關心也僅限於他。如果以後我有能力進一步幫助他的話，一定義不容辭。我巴不得現在就能幫助他。但是目前我所做的，對他達成婚姻幸福的目標，幫助很小。至於他的婚事，我想恐怕還不至於會這麼快吧！」

珍寧絲太太就是聽到上校最後說的這句話，才產生誤解。但是布蘭登上校和艾琳諾站在窗戶邊對談到最後臨別時，艾琳諾表示感激的情緒有些激動，欲言又止，讓珍寧絲太太以爲是求婚的回應。

第40章

上校一離開，珍寧絲太太便促狹地笑著說：「嗯，達希伍德小姐，我不問你上校對你說了些什麼。我發誓我儘量避免聽到，但是還是免不了聽到一些內容，足以了解他所談的是什麼事情。我保證，我這輩子還沒這麼開心過，我也衷心盼望你快樂。」

「謝謝你，夫人，」艾琳諾說，「我們剛剛所談的事的確令我非常高興。上校的好意我很感動。很少有人能做得像上校那麼好。很少有人那麼有憐憫的心！我這輩子還沒有這麼訝異過！」

「天啊！親愛的，其實你實在太謙虛了！我一點也不驚訝，我最近經常在想，沒有什麼事情是不可能的。」

「從上校平常的行爲舉止來判斷，就可以知道他的爲人善良，但是你絕不知道機會這麼快就來了。」

「機會！」珍寧絲太太說，「哦！的確，當一個男人決定做這樣的事情，他馬上會找到機會的。嗯，親愛的，我衷心地祝福你。如果世界上眞有幸福的佳偶的話，我想我知道該去哪裡找。」

「我猜，你的意思是去德拉福特找他們。」艾琳諾擠出一抹微笑說。

「是的，親愛的，我的確會這麼做。至於說那房子老舊，我不知道上校的意思是什麼，不過據我所知，那是我所見過最好的房子。」

「他說那房子已年久失修。」

「那是誰的錯呢？爲什麼他不修理呢？除了他之外，還有誰會去修呢？」

這時僕人進來暫時打斷了他們的談話並報告說，馬車已經停在門口。珍寧絲太太立刻準備離去，並說：

「嗯，親愛的，我話才說到一半就必須走了。但是無論如何，我們晚上再談吧，到那時就只有我們兩人，比較方便談事情。我不要求你陪我一起出去，因爲我敢說，你現在滿腦子都被此事縈繞。我相信你也急著想好好把整個事情講給你妹妹聽。」

其實在她們開始談話之前，瑪麗安就已經離開客廳。

「當然，我會告訴瑪麗安，但是目前我還不會告訴任何其他人。」

「哦！很好，」珍寧絲太太有點失望地說，「那樣你一定也不希望我告訴露西，我今天就想去赫爾本看她。」

「不，夫人，也不要告訴露西，拜託！耽擱一天沒關係。在我寫信給費拉斯先生之前，最好不要告訴任何人。我會馬上寫信。這很重要，他不能浪費任何時間，因爲他要取得神職資格，還有很多事情要忙。」

艾琳諾這番話讓珍寧絲太太聽得一頭霧水。她不知道爲什麼艾琳諾這麼急著要寫信給愛德華。她想了幾分鐘之後，非常高興地大叫：

「哦，好啊，我了解！費拉斯先生就是主事者，他當然必須趕快取得神職資格，這對他的確是件好事。我非常高興你們已經進展神速。但是，親愛的，要你來寫信，會不會有點不妥？不是應該叫上校自己寫這封信才對嗎？他才是寫這封信的最適當人選。」

艾琳諾不了解珍寧絲太太在說些什麼，但是她覺得沒必要再詢問下去，因此只針對她的結論做回答。

「布蘭登上校是謹言慎行、顧慮周全的人，他不希望任何人知道這件事情是透過他幫忙促成的。」

「因此你非寫這封信不可？嗯，那還眞是奇怪的謹言慎行法！好吧，我不干擾你寫信。（她看見艾琳諾正準備寫信的樣子）你知道你自己最關心什麼。所以再見了，親愛的。自從我女兒夏綠蒂生產之後，這是目前讓我最快樂的事情。」

珍寧絲太太才剛走出去，一會兒又回過頭說：

「親愛的，我想起貝蒂的姊妹，我很樂意幫她找一個好的女雇主。她是一個絕佳的女佣，家務事料理得非常好。你有空的時候可以想想這件事。」

「當然，夫人。」艾琳諾無心回答，珍寧絲太太的話她並沒有聽得很清楚，她只渴望一個人靜下來，能夠趕快寫信。

她正思忖著該如何寫這封信，如何向愛德華陳述這件事。對其他人而言這可能是輕而易舉的事情，對她卻如千斤重擔。他們之間特殊的感情令她難以下筆，因此只能握筆對著信紙坐在桌前考慮半晌，不料這時有人進門，居然就是愛德華。

原來珍寧絲太太到門口正要上馬車時，見到愛德華。他是來辭行的。珍寧絲太太爲自己無法留在家中招待他而道歉，並請他立刻去見艾琳諾，說艾琳諾有重要的事要和他談。

艾琳諾正在爲該如何下筆寫信而苦惱，她心想這信雖然困難，但總比親口說容易多了。這時愛德華忽然進門，迫使她不得不改採更難的親口表達方式。他來得太突然，令她驚慌得手足無措。自從他訂婚的事情鬧得滿城風雨之後——也就是自從愛德華知道艾琳諾已經知道他訂過婚的事之後——她就沒見過他。她一想到自己對他的特殊感覺，以及現在必須對他說的話，就感到非常不自在。他也感到非常的尷尬。不久，兩人不安地一同坐了下來。愛德華不記得進門時，是不是已爲他的唐突來訪表示抱歉。爲了謹愼起見，他一找到椅子坐下來，就趕快道歉。

「珍寧絲太太告訴我，」他說，「你希望和我談談，至少我是聽她這麼說的，所以我才如此冒失打擾。如果我離開倫敦，卻沒有來向你和你妹妹告別，我會感到很遺憾的。尤其是我會離開一段很長時間。明天我就要去牛津了，短時間不可能再見到你們了。」

艾琳諾恢復鎭靜之後，準備趕緊把她不知道要怎麼說才好的消息告訴他：「即使我們無法親自跟你說祝福的話，但是我還是要祝福你。珍寧絲太太說得沒錯，我有事情想告訴你，我碰巧正在寫信。有人賦予我一件愉快的任務（她呼吸得有點快），那是十分鐘之前還在這裡的布蘭登上校要我轉告你的。他知道你在尋求神職，他很願意推薦你到德拉福特教區，那裡正好有一個牧師職缺，只可惜俸祿不高。容我恭喜你有這麼一位令人尊敬、又明智的朋友。按他所知道的職俸——大約一年兩百英鎊——還可能再多一些，也許可以暫時讓你有棲身之處。簡單地說，也許可以幫助你建立你所想要的幸福。」

愛德華半句話也說不出來。他看起來非常驚訝，這突如其來的消息太令他振奮了，但他只說了幾個字：

「布蘭登上校！」

「是的，」艾琳諾最把難表達的話都說了，這令她覺得能更果決地說下去，「布蘭登上校想藉此表達他關心近日來發生的這些事情，以及你家人對你的傷害。我相信，瑪麗安、我和你所有的朋友都關心你。上校也尊敬你的人格，他特別稱讚你現在的表現。」

「布蘭登上校竟然願意推薦我成爲教區的牧師！這怎麼可能呢？」

「你到現在都還不敢相信會遭遇親人如此殘酷的對待，難怪你對別人付出的友誼會大驚小怪。」

「不，」他突然清醒地回答，「你的友誼從來不會讓我感到驚訝，因爲我知道這一切都是來自於你的幫忙。我可以感覺得出來——如果我的表達能力夠好的話——但是你知道我向來口舌笨拙。」

「你錯了，我向你保證，這全是因爲你的優點受到上校賞識，我什麼忙也沒幫。我甚至不知道這件事，直到他告訴我，我才知道有牧師職俸的空缺。先前我也不知道上校會有俸位可以送人。作爲我的朋友，以及我們全家的朋友，上校也許會——事實上，我知道他會很樂意幫忙，但是就這件事情上，你眞的沒有欠我人情。」

事實上，艾琳諾不得不承認在這件事情上面，她也許有一點影響力，但是她不願意讓愛德華感覺她是施與者，因此只能支吾其詞地承認，但這麼做只會增加愛德華的猜疑。在艾琳諾停止說話之後，他坐著沉思了一會兒，最後他勉強地開口：

「布蘭登上校看起來是個人品非常好的人，我常常聽別人這樣誇獎他，你哥哥也非常推崇他。他毫無疑問是個明理人，也是個紳士。」

「的確是，」艾琳諾回答，「我相信在你更了解他之後，你會發現你所聽到的好評都是真的。你將來會和他住得很近，據我所知，配給你的牧師住宅離他家很近。要做鄰居，你當然需要知道他的人品。」

愛德華無言以對，但是當她轉過頭來時，他神情嚴肅、莊重地看了她一眼，意思彷彿在說，他寧願牧師住宅離布蘭登上校的宅邸遠一點。

「我想請問，布蘭登上校是不是住在聖詹姆士街？」稍後他從椅子上站起來問道。

艾琳諾告訴他詳細的地址。

「既然你不讓我謝你，那麼我得趕快向他道謝。謝謝他讓我成爲一個非常快樂的人。」

艾琳諾並未攔阻他。離別時，她衷心地祝福他凡事順利愉快，愛德華也試圖回報同樣的祝福，卻說不出口。

愛德華走後，艾琳諾喃喃自語：「下次我再見到他時，他已經是露西的丈夫了。」

帶著這樣的感傷，她坐下來重新回憶過去，也回想愛德華所說過的每一句話，努力了解他的感受。當然，也想到了自己的委屈。

雖然珍寧絲太太是去看不曾謀面的新朋友，且和這些新朋友聊了很多話題，不過當她回到家時，心裡還是惦記著她知道的重要秘密。所以等艾琳諾一出現，她就重拾老話題。

「嗯，親愛的，」她大叫，「我請那年輕人直接去跟你談，我做對了嗎？你處理起來應該並不困難吧！你有沒有發現，他可能很不願接受你的提議吧？」

「沒有，事情應該還不至於如此吧！」

「嗯，他要多久才能準備好呢？這件事情一切就看他怎麼決定了。」

「眞的，」艾琳諾說，「我不太知道申請神職這類事情的細節，只能猜測大概時間或該準備什麼。我猜大約需要兩、三個月的時間，才辦得成吧！」

「兩、三個月？」珍寧絲太太喊道，「天啊！親愛的，你說得多麼鎭靜啊！上校可以等他兩、三個月嗎？要是我，我可沒耐心這樣等下去。即使有人樂意幫可憐的費拉斯先生一個忙，但是也不値得等他兩、三個月吧！也許其他人會找到已經有牧師資格的人去接任。」

「親愛的夫人，」艾琳諾說，「你在擔心什麼呢？布蘭登上校唯一的目的，就是幫助費拉斯先生。」

「我的天啊！你不會想勸我相信，上校娶你只是爲了付十枚金幣給費拉斯先生吧！」

珍寧絲太太這樣說，雙方的話題就接不下去了。艾琳諾馬上了解上午的答非所問是怎麼回事，並且立刻澄清誤會，這才發現彼此的誤會非常好笑，但是珍寧絲太太仍舊沒有放棄她最初錯誤的期待。

「是啊，是啊，牧師的住宅非常狹小。」珍寧絲太太表達最初的驚訝和滿意之後說道，「可能也年久失修，但當我聽他爲房子的事情道歉時，我以爲他說的是他自己的莊園。就我所知，那個房子一樓就有五個小客廳，那房子的管家告訴我，這些客廳總共可以擺十五張床！如果有人會爲這麼好的房子道歉，那就相當可笑了。但是，親愛的，我們必須趕快聯絡上校，在露西搬進去住以前整修好房子，以便讓他們有舒適的住處。」

「但是，布蘭登上校似乎認爲，牧師的俸祿並不足夠他們婚後使用。」

「上校眞是傻瓜，親愛的。因爲他自己每年有兩千英鎊收入，他就以爲沒有人能靠少於兩千英鎊的錢來結婚。相信我，如果在聖米迦勒節之前，我還有力氣的話，我將會去德拉福特的牧師住宅探望他們。如果露西不在那裡，那我就去不成了。」

艾琳諾也同意她的看法，認爲愛德華和露西可能不需要再等待什麼，就可以結婚了。

第41章

愛德華前去感謝布蘭登上校，接著又將這喜訊轉告露西。第二天珍寧絲太太來巴托特街大樓造訪時，露西告訴她，從來沒見過愛德華這麼高興過。

露西非常興奮，她和珍寧絲太太一樣衷心期待在聖米迦勒節之前，可以在德拉福特的牧師住宅聚會。她同時回頭感謝艾琳諾的幫忙，並且溫馨地說不知該如何報答艾琳諾對他們兩人的情誼。她相信艾琳諾能爲她所珍重的朋友做任何事。露西也爲此事非常崇拜布蘭登上校，把他當成聖人一般看待，她渴望他向教區繳納的稅可以提高到最大極限。

約翰．達希伍德拜訪柏克萊街珍寧絲太太公館至今，已經過了一個多星期了。這期間他對兩個妹妹除了口頭上的問候之外，就再沒聞問，尤其是他太太微恙之後。艾琳諾覺得有「義務」去拜訪一下哥哥嫂嫂，雖然她並不是眞想拜訪他們，何況也沒有人伴陪她一起去。瑪麗安不但拒絕去，而且極力反對姊姊去。珍寧絲太太雖然隨時歡迎艾琳諾使用她的馬車，但是她很討厭芬妮，所以沒什麼興致去看她知道愛德華私訂終身的事之後變成什麼德性。她也懶得爲了愛德華的事和她當面爭執，因此也不願意陪艾琳諾走一趟。結果，艾琳諾只好自己一個人前往，而且很有可能會和嫂嫂單獨面對面交談，她嫂嫂眞是個讓人嫌惡的人。

艾琳諾聽僕人說芬妮不在家，但是在馬車從他家轉回頭之前，約翰·達希伍德正好走了出來。他表示非常高興看到艾琳諾。他告訴她，他正想去柏克萊街拜訪。他保證，芬妮一定非常樂意見她，因此邀請她進門坐坐。

他們上樓到客廳——沒有人在那裡。

「我想，芬妮現在一定是在她房間裡。」他說，「我現在就去找她，我確定她絕對不會不想見你——絕對不會。現在尤其不會。無論如何，你和瑪麗安永遠是我們最歡迎的人，爲什麼瑪麗安沒有跟你一起來呢？」

艾琳諾儘可能地替妹妹找藉口做解釋。

「能和你單獨見面也好，」他回答，「因爲我有很多話要和你談。布蘭登上校的支持是眞的嗎？他已經把教區牧師的職位給愛德華了嗎？我是在昨天無意中聽到的，所以正好找你問個究竟。」

「確實是眞的。布蘭登上校已將德拉福特教區的牧師職俸給愛德華。」

「眞的？那好，眞令人驚訝！他們非親非故！不過沒關係，那個俸位現在可値不少錢呢！是不是？」

「大約一年兩百英鎊。」

「可以讓接任的牧師過不錯的日子啦！如果這是因爲前一任牧師年老、生病而出缺的話，我敢說這個俸位可能還可以賣到一千四百英鎊的高價。所以他爲什麼不在牧師過世之後，就轉賣這個俸位？不過，現在要賣也來不及了！我懷疑聰明的上校怎麼會這樣沒有遠見！也許每個人都有自己的打算。我猜，這個俸位只是暫時給愛德華，等眞正有資格買神職職位的人年紀夠大，就會取回。我相信一定是這樣的。」

艾琳諾反駁他。她表示自己受上校所託轉告愛德華此事，因此了解他給予的條件。

「那眞是令人驚訝！」他聽完大叫，「上校的動機何在？」

「很簡單——只是爲了幫助愛德華。」

「好，好。無論布蘭登上校的動機是什麼，愛德華眞是個幸運兒！但是無論如何，你都不要對芬妮提起這件事。因爲我已經跟她提過，她的反應還可以，不過我想她不會想再聽相關的消息。」

艾琳諾有點想向芬妮說，如果有人願意奉送錢財給她弟弟，她應該要覺得欣慰，因爲這樣一來，她的權益就不會受到瓜分了。

約翰愼重地低聲說：「費拉斯太太目前還不知道這件事。我相信最好儘可能瞞著她。

等愛德華完婚，她自然會聽到這消息。」

「但是爲什麼要這麼謹愼呢？雖然知道費拉斯太太可能極力抵制她兒子有足夠的金錢可以過日子，但在她威脅愛德華之後，她還會在乎這個兒子嗎？她已經把他逐出家門，又斷絕母子關係，因此對他再也沒有影響力了。她應該再也不會爲愛德華擔心或高興，也許對他的任何事情都不感興趣吧。既然她已經不管自己的孩子過得舒適與否，也就應該不會再爲他憂慮了吧。」

「哦，艾琳諾，」他說，「你的推理很好，但是你沒有顧及人的本性。當愛德華舉行他那不幸的婚姻時，他的母親就會覺得她並沒有放棄這個兒子，因此任何會加劇惡化這情況的消息，一定要儘可能瞞著她。費拉斯太太從來沒忘記愛德華是她兒子。」

「眞是令我吃驚。我反而以爲事到如今，她一定忘得差不多了。」

「你完全錯怪她了。費拉斯太太是世界上最有感情的母親。」

艾琳諾沉默。

他停了一會兒之後說：「現在我們想，該改成讓羅伯特娶莫頓小姐了。」

哥哥嚴肅又鄭重其事的聲調令艾琳諾覺得好笑，她平靜地回答：

「難道那位女士對自己的婚事，一點選擇的權力都沒有嗎？」

「選擇？你這話怎麼說？」

「我只是從你說話的態度想到，不論嫁愛德華或羅伯特，對莫頓小姐而言好像都一樣，不是嗎？」

「當然是沒有什麼差別，因爲羅伯特現在被當成長子看待了。至於其他方面，他們都是很好的年輕人，在我眼裡是不分軒輊的。」

艾琳諾沉默不答，約翰也不說話，接著他溫和地牽著她的手，低聲說：

「親愛的妹妹，我可以向你保證，我也必須告訴你，因爲我知道我的做法一定能令你滿意。我有理由這樣想——事實上我從可靠來源得知，我不應該說出來——這不是聽費拉斯太太說，而是我是從芬妮那邊聽來的。簡單地說，無論別人怎樣反對，結成某種姻親關係——你了解我的意思——都不合費拉斯太太的意，只會給她增添煩惱。但是我很高興聽到費拉斯太太考慮改由羅伯特娶莫頓小姐，你知道這令我們每個人都感到欣喜。她說：『這實在無從比較，我不願棄輕取重。』她現在願意妥協了。但是無論如何，這一切都不可能——想都不要想，有感情的結合——一切都成爲過去。但是我想，我會告訴你這些是因爲我知道，這件事將讓你感到高興。你沒有任何理由沮喪，親愛的艾琳諾，從各方面來講你都非常好。你最近是否看見布蘭登上校？」

艾琳諾實在聽夠了。這些閒言閒語不僅不能滿足她的空虛，反而更令她激動、困惑。正好這時羅伯特進來，使她省得回答哥哥的話，同時也避免哥哥再多說些無益的話。三人聊了幾分鐘之後，約翰方才想起，還未向芬妮通知妹妹已經來了的消息，便獨自上樓去找芬妮了。艾琳諾這時有機會多了解羅伯特。他以自滿快樂的態度，享受母親不公平的偏愛和慷慨，對被逐出家門的哥哥充滿偏見，只顧過揮霍放蕩的生活。與他哥哥的廉潔正直相較，艾琳諾不得不對羅伯特的人格和思想感到反感。

他們彼此交談不到兩分鐘，便開始提到愛德華。他也聽說愛德華找到牧師俸位的事，因此非常好奇地想知道這件事。艾琳諾把剛才告訴哥哥的部分細節，再重複一遍。不過羅伯特的反應卻非常不一樣，他絲毫不感驚訝，反而哈哈大笑，表示無法想像愛德華擔任牧師，住在狹小宿舍的樣子。他尤其無法想像愛德華穿白色牧師袍唸誦祈禱文的情景，一想到愛德華爲別人證婚的模樣，羅伯特就覺得滑稽可笑。

艾琳諾在一旁靜靜地等他笑完。她一動也不動，神情嚴肅莊重，眼光不禁流露出對這種愚昧結論的不屑。無論如何，這一眼瞧得好，既讓她表達了不滿的情緒，又讓對方渾然不覺。雖不是因爲受到責備而改變，但一會兒羅伯特就從嬉鬧恢復到正常的態度。

「我們也許可以當它是個笑話，」羅伯特笑了半天之後認眞地說，「但是那眞的是很嚴肅的問題。可憐的愛德華！他萬劫不復了。我眞替他難過，我知道他心地非常善良。達希伍德小姐，你可別從表面的認識來判斷他，可憐的愛德華！他的行事風格絕不是快樂的。但是你知道，每一個人的性格都不一樣。可憐的他！在一群陌生人當中，完全不知所措，眞是可憐極了！但是我眞的相信，他就像天使一樣，擁有一顆好心腸，我敢說這輩子還沒遇過這麼令我震驚的事情。我簡直不相信。我母親是第一個告訴我這件事情的人，當時我自覺有義務果決地行動，因此我告訴母親：『我不知道你會怎麼面對這種情況。就我而言，只要哥哥眞的娶了那個女的，我就絕不再和他見面。』因爲我實在太驚訝，他把自己隔離在上流社會之外了！但是我直接告訴我母親，我一點也不驚訝。從他的教育模式來看，早就可以預期他會如何發展。我可憐的母親簡直要氣瘋了。」

「你見過那位女士嗎？」

「是的，見過一次，當時她住在這裡。我碰巧來串門子十分鐘。她是非常普通的鄉下女孩子，氣質不高雅、舉止不端莊，長得也不漂亮，簡直令人印象深刻。我想她正是愛德華會迷上的那種女孩。所以當我母親告訴我有關他們私訂終身的事時，我立刻自告奮勇地說，我想親自去勸哥哥解除婚約，但是那時爲時已晚。很不幸地我沒一開始就插手，也一直到哥哥和媽媽鬧翻了才知道這回事，那時要干預已無能爲力。但是我若早幾個小時被告知，也許還可以挽救。若是這樣，我一定會勸哥哥：『親愛的哥哥，考慮一下你現在所做的事，與那種女孩的家庭結成姻親是最丟臉的事，我們全家都反對。』簡單地說，這原來或許有辦法可以阻止的，但是現在爲時已晚。他必須挨餓，他必然窮困，那是確定的。」

他情緒高昂地發表言論後，芬妮正好走進來，使這個話題畫下句點。儘管她從未向別人提起任何事，艾琳諾還是從芬妮困惑的表情中，看得出這件事帶給她的影響。芬妮表現出對待小姑的誠摯舉止，她甚至關切艾琳諾兩姊妹何時要離開倫敦，並希望能再見到她們。帶她進客廳的丈夫聽她這番話，也覺得開心，整個氣氛似乎充滿溫情。

第42章

艾琳諾後來又再一次拜訪哈雷街哥哥的寓所時，哥哥恭喜她們姊妹回巴頓的行程沒有花任何費用，而且從這裡到克里夫蘭那一、兩天的行程，有布蘭登上校陪伴，使她們在倫敦旅遊、社交活動方面畫下完美的句點。芬妮也有口無心地歡迎她們回程如果順路的話，可以到諾蘭園玩——其實那是絕對不可能發生的事情。最後約翰則以更隱晦的口氣告訴艾琳諾，他會在德拉福特和她相遇，這等於是爲往後的發展做了預告。

讓艾琳諾覺得好玩的是，幾乎所有的朋友都堅持要送她去德拉福特，偏偏她最不想去的地方就是那裡。不只她哥哥和珍寧絲太太最初一直以爲那裡就是她未來的家，甚至連露西和她分手時，也力邀她去德拉福特找她。

時值四月初，那天一大清早，兩路人馬從漢諾瓦廣場和柏克萊街各自的寓所出發，約定在中途會合。爲了讓夏綠蒂和她的寶貝兒子能得到充分的休息，他們計畫兩天的路程，等女士們抵達克里夫蘭之後，帕莫先生和布蘭登上校便隨後迅速趕上與她們會合。

在倫敦感到非常不快樂的瑪麗安早就希望趕快離開倫敦，現在這個時刻終於來臨了。

曾經在這間屋子對魏樂比懷有的憧憬和希望，如今要完全拋諸腦後。一想到她就要離開，而魏樂比還在此地忙著一些新事務，她自己卻沒什麼新的計畫，不免令她潸然淚下。

艾琳諾則非常滿意終於可以離開倫敦。她對此地毫無留戀，也沒有因為戀人的牽掛而悵然若失，她只高興終於可以遠離露西帶來的煩擾，而且可以在妹妹還未見到已婚的魏樂比之前，先帶著妹妹離開。她更期待回巴頓之後，有許多時間可以靜養，這有助於瑪麗安恢復心靈的平靜，也讓她自己的心更加定靜、安穩。

旅程十分平安順利。她們第二天就來到與世隔絕的世外桃源——桑莫塞夏，這是瑪麗安心目中的夢幻仙境。第三天就抵達了克里夫蘭。

克里夫蘭宅邸是一棟寬敞的現代化建築，座落在碧綠草地的小山坡上。四周沒有花園，但是有一片廣闊的遊樂場地，還有開闊延伸的灌木叢和枝葉扶疏的林蔭小徑。一條鋪上白石子的路蜿蜒到門口，草地上種植林木。克里夫蘭宅邸有冷杉蔽蔭，還有花椒、相思樹、倫巴底白楊樹環繞著。

瑪麗安進入這大宅，心裡知道這裡距離巴頓只剩八十英里，距離魏樂比老家岸然谷也不到三十英里，心中頓時有些激動。當眾人忙著幫夏綠蒂把幼兒交給管家時，瑪麗安在屋內欣賞壁飾不到五分鐘之後，就偷偷溜到蜿蜒的灌木叢中，開始她的美景之旅。她來到不遠處的山丘上，在那裡有一座希臘式的廟。從這廟往東南方望去可以俯瞰鄉村全景，直到天際的山丘那邊。她幻想在從這些山丘上可以遙望岸然谷。

在這樣難得珍貴的時刻，她流出歡欣的眼淚，慶幸自己到了克里夫蘭。她繞不同的路回大宅，感到鄉村的自由自在，可隨處遊走。她決定在和帕莫夫婦待在這裡的這段期間裡，每天都要徜徉在這大自然的美景中，享受一個人漫步的樂趣。

她回到大宅時，正巧大家都準備出去散步，於是她也跟著她們走到菜園，一面欣賞牆上的花朵，一面聽著園丁抱怨蟲害入侵。接著他們走進溫室裡，夏綠蒂談天說笑著她最喜歡的植物受到了霜害。然後她們又參觀了禽園，聽到飼養人說母雞不是離開巢窩，就是牠們的蛋可能被狐狸偷走了，或者快要孵出來的小雞卻突然死掉了。瑪麗安發現了許多新鮮的樂趣。一上午的時光很快就消磨過去了。

那天上午天氣晴朗乾爽，沒想到下午瑪麗安正打算外出時，天氣起了變化，突然下起了傾盆大雨。她原想在黃昏時分散步到希臘廟宇及周圍看看，但在這樣的大雨中，她發現自己是寸步難行的。

屋內的人不多，時間也悄悄溜過。帕莫太太忙著照顧幼兒，珍寧絲太太忙著織毛毯。她們閒聊一些朋友的事、猜想密竇頓太太正在安排何種聚會、猜測帕莫先生和布蘭登上校那天晚上是否已趕路超過里汀。艾琳諾對這些話題絲毫沒有興趣，但仍加入她們的談話。聰明的瑪麗安總是可以在一棟屋子中找到別人忽略的圖書室，她迅速地爲自己找到了一本書。

帕莫太太爲了讓客人有賓至如歸的感覺，儘可能熱切、幽默。雖然稍嫌毛躁、不優雅，但是不失大方、眞誠。她的親切，加上美麗的容貌，還是很吸引人的。她的憨氣並不令人討厭，因爲她並不刻意隱藏，艾琳諾只是受不了她狂笑的聲音。

本來從早到晚下了一天的雨，讓說話的興致降溫許多。不過當帕莫先生和布蘭登上校在晚餐時間抵達的時候，屋內因爲增加了兩位成員，使氣氛一下子熱絡了起來，聊天的話題也擴充不少，大夥兒都爲之高興快樂。

艾琳諾很少見到帕莫先生，她發現他現在對她們姊妹說話的態度不大一樣，但是她很難猜出他在自己家中的眞實模樣。無論如何，她發現他對待每一個客人的態度是個十足的紳士，只是偶爾對待太太和岳母有點粗魯。她也發現他其實很好相處，只是他常自以爲聰穎不凡，尤其是在太太和岳母面前更加驕傲。他其餘的個性和習慣，就像一般男人一樣，艾琳諾看不出有什麼特色。他專挑美食，但作息不定時；疼愛小孩，但不會表達。浪擲一上午的時光打撞球，沒有做點正經事。不過，艾琳諾還蠻喜歡他的，因爲他的性情比她期待的好些，但她也沒辦法更喜歡他。像帕莫先生這樣的美食享樂主義者自私、獨斷、自以爲是，不禁令她想起愛德華的好脾氣、樸實、謙卑。

她從布蘭登上校那裡聽到愛德華的近況。上校最近剛去過多塞夏郡，上校視艾琳諾爲愛德華的朋友，也把她當做是自己的知己，因此告訴她許多有關德拉福特教區的事，描述牧師住宅的簡陋，他準備好好修繕……。上校和艾琳諾才分別十天，他就表示再看到她令他非常高興。他熱切地想跟她說話，凡事尊重她的意見。看在珍寧絲太太眼裡，不得不相信上校是在追艾琳諾。要不是艾琳諾從一開始就知道上校心儀的對象是瑪麗安，她自己恐怕也要起疑心了。無論如何，艾琳諾從來不認爲上校會愛上自己。光聽珍寧絲太太胡扯，她不得不相信自己才是這對佳偶的最佳觀察者。珍寧絲太太只看上校的行爲表現，她卻看他的眼神，尤其是當他焦慮地看著瑪麗安頭痛、咽喉痛，好像重感冒的樣子，因爲這樣的眼神毫無言語表達，所以逃過珍寧絲太太的法眼，但卻逃不過艾琳諾的觀察。她看出情人特有的愛意。

瑪麗安到克里夫蘭的第三天、第四天晚上，又出去逛了灌木林和山丘兩回，甚至走到很遙遠、荒涼、樹木更老、草長得更高更濕的地方，弄得她襪子和鞋子都濕透了。這使得瑪麗安的重感冒加劇。頭一兩天她還不承認，也不在乎，後來病情加劇，令大家十分擔心。治療的偏方紛至沓來，卻都遭到婉謝。雖然發高燒、四肢酸痛、咳嗽、咽喉痛，但是她覺得只要好好睡一晚就可以痊癒。艾琳諾好不容易才勸她，在就寢前試試一兩帖最簡單的藥方。

第43章

第二天早上瑪麗安按平常起床的時間起來，每當有人前來問候，她都說她感覺好多了。她爲了證明自己病情好轉，就以行動如常來證明。但是她只能手捧著書坐在火爐旁全身發抖，卻完全沒有辦法閱讀，或是疲倦虛弱地攤在沙發上，看起來一點都沒有好轉的跡象，最後她只好又躺回床上。艾琳諾雖然照顧她一整天，夜裡也催著她吃藥，但是神情卻非常鎮定，這令布蘭登上校感到驚訝。艾琳諾總相信瑪麗安沒什麼大礙，只要好好睡一晚就好了，無需大驚小怪。

但是兩姊妹的期待並未成眞，因爲瑪麗安發著高燒，一夜輾轉反側不能成眠。當瑪麗安堅持坐起來時，發現自己根本無法坐直，只好又躺回床上，這時艾琳諾才願意聽取珍寧絲太太的忠告，延請帕莫先生的家庭醫師過來。

醫生診察過病人後，表示瑪麗安再過幾天就會康復。但是醫生接著說，她的病有「傳染性」，讓帕莫太太非常擔心她的幼兒被傳染。珍寧絲太太一開始就覺得瑪麗安的病情嚴重，醫生的報告更令她心情沉重。她比夏綠蒂更害怕和小心，敦促夏綠蒂把幼兒帶開。帕莫先生覺得她們的大驚小怪很無聊，而且覺得太太的焦慮和要求令他受不了。夏綠蒂不得不離開此地。在醫生到診一小時之內，她便帶著兒子和護士，遷移到附近帕莫先生的親戚家。不管她丈夫做何感想，她都要求他一起過去暫住，帕莫先生只好答應一、兩天之後過去。她原先也要求媽媽一起去，但是珍寧絲太太宣布，只要瑪麗安還在生病，她就不會離開克里夫蘭。她的愛心令艾琳諾非常感動，她也熱心地一起照顧瑪麗安，隨時都樂意積極幫忙，為艾琳諾分憂解勞，而且她經驗老道，不愧是個好幫手。

可憐的瑪麗安身體十分虛弱，一點也不敢期望過兩天就會康復。想到因此不能按原定時間明天就啓程回家，更是讓她心力交瘁。她們本想明天踏上歸程，在後天上午帶給母親一個驚喜的。瑪麗安很少說話，能吐出的幾個字就只是遺憾因為自己生病而耽擱了行程。艾琳諾安慰、鼓舞她振作精神，要她相信身體很快就會復原的。

第二天，瑪麗安病情毫無好轉，只是沒有惡化罷了。這一行的人數漸漸減少了，帕莫先生基於同情心，也基於不願表現出太太一副被嚇跑的樣子，所以非常不樂意去親戚家和妻兒會合，最後在布蘭登上校的規勸下，只好上路。當他準備啓程時，布蘭登上校也表示要離開。無論如何，珍寧絲太太這時親切地挽留時機非常恰當，她說當他的好朋友艾琳諾為妹妹病成那樣而不安時，上校一走，對她們兩姊妹而言實在是一大打擊。她認為，上校應該留下來，她也希望和他打打撲克牌。她強烈敦促他留在克里夫蘭，這其實也是上校的原意，只是他不好意思明說，經過珍寧絲太太的勸留，只推託了幾句就答應了。至於邀約打牌的事，帕莫先生緊接著岳母之後也大力勸他留下，因爲這樣多少可以在達希伍德小姐有任何緊急狀況時，在旁幫忙或給予忠告。

瑪麗安對這些安排一無所知，她不知道因爲自己的病情，使得克里夫蘭家的主人在自己家裡住了七天之後被迫離家。她沒有看見帕莫太太，因爲她連對方的名字都不曾提起。

帕莫先生離家兩天之後，瑪麗安的病情依然未見起色。醫生每天都來看她，都說她很快就會康復，艾琳諾也一樣樂觀。但是衆人的期待一直沒有成眞。珍寧絲太太預言瑪麗安很可能一病不起，布蘭登上校傾聽珍寧絲太太的預言，也覺得有此可能。他試著讓自己不緊張害怕，儘管他認爲醫生的說法不太令人信服。但是時間一分一秒地流逝，卻不見瑪麗安有任何好轉的跡象，使他不得不憂心忡忡，認爲他可能再也見不到瑪麗安了。

第三天早上，他們的絕望出現轉機。當醫生診斷後，宣布病人已經好了很多。她的脈搏比較強，各種症狀也減輕一些。艾琳諾因此非常高興，趕緊寫信給母親報告好消息。她和其他人的想法不同，她判斷瑪麗安的病情不致於太嚴重，頂多只是多耽擱幾天待在克里夫蘭，她也幾乎敲定了她們會啓程的時日。

但是這一天卻遲遲不來。到了晚上，瑪麗安病情再度加劇，變得比以前更昏沉、更不舒服。她姊姊依舊樂觀，覺得只要讓她多休息就可以了，她認爲這是因爲要鋪床而瑪麗安必須起身所致，於是又餵她吃了一點藥，安心地看她沉沉入睡。其實她的睡眠並不如艾琳諾所想像的那樣安適，只是睡了相當長的一段時間。艾琳諾爲了觀察妹妹的病情有沒有好轉，一直陪伴在身邊。珍寧絲太太一點也不知道病人的情況如何，就像平常一樣很早就寢。她那身爲護士的女佣也回自己的房間裡休息，只有艾琳諾獨自在房間照顧瑪麗安。

瑪麗安睡得越來越不安穩，艾琳諾寸步不離在旁照顧她，看她翻來覆去又聽到她不口齒不清地發出囈語，幾乎想把妹妹從痛苦的昏寐中喚醒，這時瑪麗安卻被屋外一個突如其來的巨大聲響吵醒，她大叫：

「是母親來了嗎？」

「不，還沒來，」艾琳諾心中隱藏著恐懼，一邊扶妹妹再度躺好，一邊回答，「母親不久就會到。你知道的，從巴頓到這裡還有一段路呢。」

「但是她千萬不能繞到倫敦。否則我再也見不到她了。」瑪麗安驚慌地說。

艾琳諾警覺到妹妹已經有些神志不清，立刻量她的脈搏。她的脈搏比先前微弱且快速。瑪麗安依舊狂亂地呼喊著媽媽，情況看來十分緊急。艾琳諾決定立刻去延請醫生來，並且發快信去巴頓，叫母親快趕來。她做了這個決定之後，想要立刻和布蘭登上校商量，看看用什麼方法接母親趕來比較好。於是她請女傭幫她照顧瑪麗安，自己則急忙下樓到客廳，因爲她知道即使時間已晚，還是有可能在客廳看到上校。

已經沒有時間猶豫不決了。她將害怕和恐懼全然攤在上校面前。上校也沒有勇氣和自信化解她的害怕，他只是靜靜傾聽艾琳諾訴說下去。上校決定親自騎馬去接她們的母親過來，解決了難題。艾琳諾雖然有點不好意思，但是她沒有拒絕上校幫這個大忙。她僅僅簡短地謝謝他，他便立刻飛奔叫僕人送信給醫生，並派定馬車，艾琳諾趁此儘快寫信給母親。

患難時刻，擁有像布蘭登上校這麼貼心的朋友，母親有他隨行陪伴著實令人放心。他的友誼更令她窩心！尤其是在這樣驚心動魄的危急時刻，他的體貼、穩定和行事果斷，化解她極度的焦慮。

在此當下，無論上校內心多麼不安，但仍專心一致地迅速行動，做各項必要的安排，並且算準回來的時間，絲毫不浪費一分一秒。等馬匹一送到門口，上校神色嚴肅地握了一下艾琳諾的手，並低聲說了一些話後，就立刻進馬車飛奔而去。

那時大約是深夜十二點，她回到房裡等醫生來，整夜坐在妹妹身邊。這一夜對兩姊妹來說，都是折磨。瑪麗安焦躁不安、語無倫次地無法入睡，在醫生還沒來之前，艾琳諾極度惴慄不安。她之前的樂觀，被她現在的憂慮情緒完全掩蓋，而且更加心慌意亂。她只讓女佣在旁邊陪她通宵熬夜，但不讓女佣叫醒珍寧絲太太，可是這女佣卻一直重複女主人當初的正確判斷，更增加了艾琳諾的不安。

瑪麗安仍然斷斷續續地唸著媽媽，句句令艾琳諾心痛。她自責這幾天一直沒有正視妹妹的病情，不安的心情與時俱增，想到這一切努力即將化爲烏有，所有的事情都拖太久；想到痛苦的母親來晚了，可能見不到她心愛女兒的最後一面，艾琳諾就心痛不已。

她再度請人去催醫生快來，如果他不能來，就要另請高明了。直到清晨五點，醫生才姍姍來遲。他的意見稍微彌補了他的遲來，儘管他承認病人的情況非常不妙，但他還是說沒有什麼危險，並且說要換個藥方治療看看，讓艾琳諾恢復一點信心。他答應三、四個小時之後會再來一趟，這個消息讓病人和照顧者更鎮定了一點。

第二天上午，珍寧絲太太聽到瑪麗安的病情，頻頻責備衆人怎麼沒有叫她起來幫忙。她先前的擔憂這下子更加重了，她覺得瑪麗安可能性命垂危。儘管她極力安慰艾琳諾，但是她自己卻對瑪麗安的病情不甚樂觀。她的心裡非常哀傷。瑪麗安的病情快速惡化，那麼年輕、可愛的女孩說不定會紅顏薄命，即使是不相干的人聽了也會同感哀傷！珍寧絲太太更是對她有感情，因爲瑪麗安陪了她三個月。大家都知道瑪麗安失戀受傷嚴重，悶悶不樂。她姊姊也感到痛苦。但她們的母親必定更加痛苦。想到這裡，令珍寧絲太太深表同情。

醫生第二次來得非常準時，但是他對自己採用的新療法感到失望。他的新藥方沒有效果——瑪麗安的高燒並沒有退。她變得更加安靜，且不省人事——持續昏迷不醒。一切艾琳諾都看在眼裡，她比醫生看來還擔心。她提議是否再另請醫生，但醫生判斷說不需要，他仍然有其他新的療法可以試試看。他非常有自信這最後的一帖藥方一定能奏效，並保證病人一定會康復，但是這些話現在艾琳諾都只是聽聽而已，無法再相信。她保持冷靜，但是想到母親時，難免感到絕望。她懷著這種哀傷的情緒陪著躺在床上的妹妹直到中午。艾琳諾極其痛苦，與珍寧絲太太談話更令她的情緒低到極點。珍寧絲太太將瑪麗安生此重病的原因，歸咎於前陣子因失戀而導致哀傷情緒的累積。艾琳諾同意這個觀點，因此感到更痛苦。

大約中午，艾琳諾開始想像、期待妹妹的脈搏有點起色——她非常謹慎地期待，又害怕失望。好一陣子她和珍寧絲太太都沉默不語。她等待、觀察、一再檢查，最後激動地難以掩飾內心的情緒，只得冒險說出心中的期盼。珍寧絲太太親自檢查瑪麗安的脈搏，承認她暫時是有一點好轉，但是又勸艾琳諾不要抱太大希望。艾琳諾半信半疑，她告訴自己不要抱希望，可是希望已經展現。所有的焦慮都在動搖，她彎下腰去觀察妹妹，半小時過去，妹妹的症狀似乎減輕一點點，其他症狀也跟著好轉。瑪麗安的呼吸、皮膚、嘴唇，逐漸有了顏色，她還一度睜開眼睛看著姊姊，但看起來還是很虛弱的樣子。艾琳諾既焦慮，又懷著希望，無一刻安心。直到下午四點，醫生再度前來，恭賀病人康復的速度超過他的預期，這些話給艾琳諾帶來信心，而喜極而泣。

瑪麗安各方面都有了起色，醫生宣布病人已經脫離危險期。珍寧絲太太也慶幸自己的預言沒有實現。醫生的判斷令她喜出望外，她也盼望病人能完全康復。

艾琳諾感到無比的喜悅。瑪麗安總算獲得了重生，她終於可以回到朋友身邊，和親愛母親的懷抱。這讓艾琳諾充滿了感激，但是她的外表一點也沒有顯出狂喜，她沒有訴諸言語或笑容，只把這份喜悅默默地放在心裡。

艾琳諾下午繼續陪伴妹妹，觀察妹妹每一個表情和呼吸。她擔心病情又會突然惡化，幸好每當她觀察妹妹時，都看到她一直持續有好轉的跡象。直到六點，看到瑪麗安進入安靜沉穩的睡眠，她才放下所有的疑慮。

算算時間，布蘭登上校差不多在晚上十點左右就會回來了，她母親應該會帶著惶恐不安的心情抵達，上校也是同樣的不安！哦，時間怎麼過得這麼慢，他們還不知道瑪麗安已經脫離險境的好消息！

七點，艾琳諾看瑪麗安依舊睡得香甜，便到客廳和珍寧絲太太一起喝茶。早餐時，她還在擔心受怕，到了午餐時雖然好轉，但還是不放心，可說這一整天都無心吃東西。現在她的心情安定之後，這些茶點變得非常可口。珍寧絲太太勸她在母親還沒到以前，先好好休息一下，她願意代替她來照顧瑪麗安。但是艾琳諾一點也不覺得累，而且她也睡不著，她一刻也沒有辦法離開妹妹。珍寧絲太太因此陪她一起上樓去病房，確定一切都安然無恙，便留下艾琳諾繼續照顧妹妹，她則回自己的房間寫信、就寢。

這一夜又冷又有暴風雨。風在房子四周怒號，雨滴不停打在窗戶上。但是艾琳諾神情愉快，絲毫不曾感覺受到風雨侵擾。瑪麗安也沉睡如故，即將到訪的客人也將得到一個豐富的獎賞，犒賞他們不顧風雨之苦遠道而來。

時鐘敲了八下。如果已經是十點，艾琳諾就會相信門外一定有馬車經過。雖然時間還沒有到，但她確定聽到了什麼聲響，她不禁跑去緊鄰的穿衣間，打開窗扉觀看。她立刻證實自己的想法：在昏暗的光線之下，有一輛閃著燈火的馬車映入眼簾，仔細一瞧，還是四匹馬拉的馬車。這讓她想到一定是母親極其驚恐，所以馬車才這麼快速飛奔而來。

艾琳諾這輩子從沒有像此刻這樣激動，當馬車停在門口，她想到母親下馬車時的心情：懷疑、懼怕，也許絕望！她該說什麼？這些想法令她無法鎮靜下來。她唯一想到的事情就是要快。因此她讓珍寧絲太太的女佣留下來照顧瑪麗安，自己則快速衝下樓去。

她衝過內廳走廊，聽到前廳一陣聲響，還以為一定是母親和上校進門了。她立刻從客廳衝出來，進前廳一看，卻只看見魏樂比。

第44章

艾琳諾一看到魏樂比，嚇得立刻想轉身就走，她本能地抓住門把準備關門，可是魏樂比搶先一步，堅決地央求她留步。

「達希伍德小姐，請給我半個小時——或十分鐘就好——我求你留下來。」

「不，先生，」她堅定地回答，「我不願意留下。你的事應該與我無關。我想，僕人大概忘了告訴你，帕莫先生不在家。」

「就算他們告訴我了，」他激動地說，「帕莫先生和他全家都下地獄，也趕不走我。我的事與你有關，我就只找你一個人。」

「找我！」她非常驚訝地問，「哦，先生！那就請快一點——如果你可以的話——不要那麼激動。」

「你坐下來，我都聽你的。」

她猶豫了一下，不知道該怎麼做。她害怕布蘭登上校這時候進來，撞見魏樂比在這兒。但是她既然答應要聽他說——她也很好奇他到底要幹什麼。重整一下思緒之後，她便靜靜地在桌邊坐下來。他也在對面找了椅子坐下。大約過了半分鐘，雙方都沒開口。

「請你快說吧！」艾琳諾不耐煩地說，「我可能沒有時間了。」

他一副深思的樣子，似乎沒聽到她在說什麼。

「你妹妹，」他過了一會兒突然說，「聽說已經脫離險境。我聽僕人說的。感謝上帝！但這是眞的嗎？眞的嗎？」

艾琳諾沒有回答。

他一再反覆且熱切地問：「看在上帝的份上告訴我吧，她到底有沒有脫離險境？」

「我們希望她已經脫離險境。」

他站起來，走到客廳前面。

「要是我早半個小時之前就知道這個消息——可是既然我已經在這裡，」他走回座位，聲音更嘹亮地說，「而現在說這些有什麼用呢？也許是最後一次了，達希伍德小姐，請讓我和她再見一次面好嗎？讓我們歡欣地見一次面吧！我現在帶著一份愉快的心情來，請老實告訴我，你覺得我是壞人，還是蠢人？」他說時兩頰通紅。

艾琳諾非常驚訝地看著他。她開始想，他一定是喝醉了。這是一次很奇怪的拜訪、很奇怪的行爲表現，艾琳諾既而一想，立刻就站起來說：

「魏樂比先生，我勸你現在就回去，我沒有時間再陪你。無論你的事情和我有什麼關係，你最好清醒一下，明天再做解釋。」

「我了解，」他面帶微笑平靜地回答，「是的，我是喝得醉醺醺的。我在馬波洛喝了一品脫的黑麥啤酒配一盤冷牛肉，夠我醉得東倒西歪的。」

「馬波洛？」艾琳諾大叫，越來越搞不清楚他到底想幹什麼。

「是的——我今天早上八點離開倫敦，唯一步下馬車十分鐘的那段時間，就是到馬波洛吃點東西。」

他鎮定的態度和眼神流露的訊息，令艾琳諾不得不承認，不論他可能有什麼不可原諒的動機，但是他並不是喝醉酒才來克里夫蘭的。於是她沉思片刻之後說：

「魏樂比先生，在發生那麼多事情之後，你這樣跑來找我，一定是有特別的理由，你來這裡的用意到底是什麼呢？」

「我的用意是，」他非常嚴肅地說，「如果我可以的話，希望能請你不要那麼恨我。我想爲我過去的所作所爲解釋，也想來道歉。我誠心誠意想讓你相信，雖然我是個大笨蛋，但我不是壞人，並且希望能獲得瑪麗安的原諒。」

「這是你來這裡眞正的理由嗎？」

「的確是這樣。」他熱切地回答，令她回憶起從前的那個魏樂比，也不由得覺得他現在是眞心眞意的。

「如果只是這樣，那你大可以滿意了，因爲瑪麗安早就已經原諒你了。」

「她已經原諒我了？」他用同樣焦急盼望的聲調說，「她是在還不應該原諒我之前，就原諒我了。可是她應該再原諒我一次，尤其是在更合理的原因之下原諒我。現在，你願意聽我說嗎？」

艾琳諾點頭表示同意。

他整理了一下思緒說道：「我不知道，你是怎麼解釋我對你妹妹的行爲，或責怪我有什麼邪惡的動機？也許你並不會改變對我的看法，但無論如何請你聽我的解釋，你將會了解一切。當我剛開始和你們全家交往時，我沒有任何意圖，也沒刻意想結交什麼朋友，我只是想在德蒙夏郡的日子，可以愉快地度過，沒想到在那裡過得比以往更快樂。你妹妹的美麗和風趣很吸引我，她幾乎從一開始就對我有感情——當我再次回憶整個事情，回憶她的樣子時，我承認那時我其實並不很認眞。那是非常令人驚訝的！我必須承認一開始，我和她在一起只是爲了滿足虛榮心，毫不在乎她的幸福，我只想到自己的快樂，像過去一樣放縱我的感情給她愛情的錯覺。我千方百計討好她，卻毫不理會她付出的情感。」

這時，艾琳諾雙眼憤怒地瞪視他，並且打斷他的話：

「魏樂比先生，你不要再說下去，我也不要再聽下去。你的說明若是這樣開始，絕對不會有什麼好結果。不要讓我再聽到任何這類的話題。」

「我堅持你一定要聽完全部。」他回答，「我的財產不多，我卻一直揮霍無度，習慣與比我富有的朋友來往。自從我成年以後，每一年我都累積了一些債務。雖然只要我年老的表親史密斯太太過世，我就可以紓困，但是這事未卜，她什麼時候去世還遙遙無期，因此我滿心想著娶一個有錢的老婆，以重建我的財力。因此我根本沒有想過要跟你妹妹產生感情，我卑鄙、自私、殘忍地接近她，一方面贏得她的愛，可是我卻不去愛她。無論你對我如何大發雷霆、侮慢、甚至嚴厲地責備我，都不爲過。我就是這樣，想贏得她芳心，卻又不想回報她。我一點也不知道這給她帶來多大的傷害，因爲那時我根本不知道什麼是愛。我什麼時候了解過愛呢？這也許値得懷疑，因爲我若眞的懂愛，也不會爲了虛榮心和貪婪而犧牲愛情。更糟糕的是，我居然犧牲了她！然而這一切我都做了。爲了避免貧窮，我極力追求富有的女子，想藉由她的愛情和社交人脈抬高自己的財富，卻喪失了可能得到的眞正幸福。」

艾琳諾口氣稍微軟化地說：「這麼說來，你是相信你自己曾經愛過瑪麗安了？」

「要抗拒那樣的吸引力、那樣的溫柔，世界上有哪一個男人能做得到呢？是的，我發現我在不知不覺中愛上她了。我一生中最快樂的時光就是和她在一起的那段時間，我感覺我求婚的意圖是非常正當的，我對她的感情是無可指責的。不過即使在當時，雖然我已經下定決心要向她求婚，卻不願意在負債累累的情況下結婚。我將不爲此辯解——我也不阻止你責罵我愚蠢、荒謬。這件事證明我是個狡猾的笨蛋，害自己永遠被掛上卑鄙、邪惡的罪名。最後我決定只要有機會和她單獨在一起，我就要向她表白我對她的愛。但就在這時發生一件嚴重的事情，毀滅了我這決心和安適的生活。有件事情東窗事發……，」他說到這裡猶豫了一下，低下頭去。「史密斯太太不知聽誰說，我猜可能是企圖害我失去財產繼承權的遠親，密告說我有一件風流韻事——但是我不需要進一步解釋這件事，」他說得臉色變得更紅，以詢問的眼神看著艾琳諾說，「就是你的好朋友，你可能早就聽到整件事情的來龍去脈了。」

「沒錯，」艾琳諾回答，她的臉色也脹紅，又硬起心腸不再同情他，「我全聽說了。你如何能爲自己所做的醜事開脫罪責？我承認那不是我所能理解的。」

魏樂比大叫：「無論你是從誰那裡聽到這件事，你所聽到的可能是一面之詞！我承認伊麗莎白的情意和個性應該受到我的尊重。我的意思不是在自圓其說，但也不是全錯在我。不能因爲她已經受傷了，就認爲她是無可指責的。也不能因爲認定我是一個放蕩不羈的人，所以她就必定是一個聖女。無論如何，她的激情與幼稚的感情——我無意爲自己辯解。她對我的情意應該受到更好的回報。我經常自責，回憶她的柔情蜜意曾經暫時贏得我的回報。我衷心期望那件事情從來沒有發生過。但是我傷害的不只是她，我也傷害了另一個對我有情的人，她比她更溫柔——哦！她的心智遠勝過她！」

「不過，你對那個不幸女孩的無情無義——我必須說，我不想再聽下去——你的無情無義無法彌補你拋棄她的歉疚。不要以為你替自己辯解，指出她的弱點和少不經事，就能逃脫你顯然殘忍的罪名。你必須知道，當你在德蒙夏郡享受歡愉、追尋新的目標時，她正陷入貧困潦倒的深淵。」

「但是，我一點也不知道。」他溫和地回答，「我忘了把我的地址給她。但依常識判斷，即使如此，她也該知道要到哪裡去找我。」

「好吧，先生，那史密斯太太怎麼說？」

「她立刻譴責我的罪行，我的窘態可想而知。她的生活非常單純，中規中矩，與世無爭——每一件事情都與我格格不入。這件事情又是我無法抵賴，也無法大事化小的。我相信，她先前已經在懷疑我素行不良，我又很少有時間陪她。簡單地說，事情最後的結局是完全破裂。我只有一個方法可以救我自己。她是一個道德感非常高的好婦人！她要求我，如果能娶伊麗莎白，她就原諒我。但那是不可能的事，於是我被她逐出家門，也斷絕我繼承她遺產的權益。發生這件事情的當天晚上——我原就計畫第二天上午離開——我一直在想將來的路要怎麼走。我有很大的掙扎。我對瑪麗安的愛，我完全相信她也死心塌地地愛我，但這些都不足以勝過我對貧窮和放棄奢華社交生活的害怕。我有理由相信，我若娶了現在這個妻子，我就能獲得應有的安全感，因此我選擇娶了她，因爲我沒有別的出路。然而，在我離開德蒙夏郡之前，卻有一件艱難的事要面對——我已經約好當天要和你們全家吃晚飯。我必須爲爽約做解釋。但是，無論我是否寫道歉信，或親自登門道歉，都需要耗費一番口舌。何況要去看瑪麗安，讓我感到害怕，我甚至懷疑我會不會再見她一面之後，就無法離開她。在這一點上面，我太低估自己的本性。當我去找你們，看到瑪麗安，看到她很痛苦，我在她心痛的時候離開她，而且，希望永遠再也不要見到她。」

「那樣，你爲何還要來呢？魏樂比先生。」艾琳諾以譴責的口吻詢問，「寫一封便箋就夠了，何必親自跑一趟呢？」

「爲了我的自尊，我有必要走一趟。我無法忍受我的離開，讓你們或其他鄰居誤會我和史密斯太太之間發生什麼事情，因此我決定在前往杭尼頓途中，親自到巴頓別墅登門拜訪。然而當時看到你妹妹眞是令人感到害怕，尤其我看到她形單影隻，你們都不在，我也不知道你們去哪裡。我前一晚離開她時，才下定決心要好好愛她。只差幾小時，她就永遠屬於我了。我記得我從別墅回艾倫漢時，有多快樂、多欣喜、對自己滿意極了，也對每一個人感到愉快！但是在我們最後一次見面時，我在她面前充滿罪惡感，幾乎連偽裝的能力也沒有了。當我告訴她，我馬上得離開德蒙夏郡時，她感到痛苦、失望、懊惱——我永遠忘不了。她是那樣依賴我、信任我！哦，天啊！我真是一個沒心肝的混帳！」

兩人沉默了幾分鐘之後，艾琳諾先開口：

「你告訴她，你很快就會回來嗎？」

「我不知道我告訴她什麼了。」他不安地回答，「可能談了過去，還有未來。我想不起來了——就算想起來也沒有用。那時你母親進來，她的親切和信賴讓我更無地自容，這對我眞是很大的折磨。謝天謝地！我眞是非常痛苦。達希伍德小姐，我痛恨自己的愚蠢、惡劣，當我回想過去的悲傷痛苦，對我反而是一種欣慰。我離開了我所鍾愛的一切，投到我根本不愛的人的懷抱。我到倫敦的旅程——騎著我自己的馬——沿途顯得冗長乏味，沒有人可以和我說話，我陷入沉思中。當我回憶巴頓，那裡的美好撫慰我的心！哦！那是一趟充滿幸福的旅程。」

說完後，他停了下來。

「好吧，先生，」艾琳諾雖然可憐他，但是越來越希望他能快點離開。她說，「你說完了嗎？」

「不！你忘了在倫敦的事情了嗎？那封可鄙的信！她拿給你看了嗎？」

「是的，我看了每一封信。」

「當我收到她寫給我的第一封信時，因爲當時我就在倫敦，所以這封信幾乎是她一寄出，我就馬上收到了。我的感覺眞是無法形容，更簡單地說，我非常痛心，每一行、每一個字都——一字一句在在刺痛我的心。知道瑪麗安也在倫敦，宛如晴天霹靂、刀劍穿心！她會怎樣痛罵我？我了解她的品味和意見更勝於了解自己的，而且也更加珍視。」

聽了這些話之後，艾琳諾的心再度軟化。但是她覺得，她有責任阻止魏樂比繼續說這些話。

「那不對，魏樂比先生，別忘了你已經結婚了。請你只說些你良心覺得有必要告訴我的事情。」

「瑪麗安的信，讓我相信我還是她最心愛的人，儘管我們已經分開好幾個星期，她依舊愛著我，對我始終如一，這更敲醒我的自責、悔恨。我說敲醒是因爲我已被時間、倫敦、繁忙和放蕩不羈混濁了我對她的感覺，我已變成鐵石心腸的惡棍，毫不在乎她，並且以爲她一定也變得不在乎我。我告訴自己，過去的戀情不足以記在心上，回憶那段戀情是在浪費時間。我聳聳肩膀證明事實就是如此。我掩蓋自責的心情、克服所有的顧慮，不時地告訴自己：我衷心祝福她找到好對象。但是她的來信讓我更看清楚自己。我覺得她毫無保留地愛我，勝過世上任何女人，而我卻只是卑鄙地在利用她。那時我和葛蕾小姐的婚事已成定局，要撤銷這樁婚事已不可能。我能做的事只有躲避你們姊妹倆。所以我沒有給瑪麗安回信，試圖藉此使她不再注意到我。有一段時間我甚至決定再也不去柏克萊街，但是最後我判斷，比較聰明的辦法還是把這種情況轉化成冷淡、普通的友誼，因此我趁你們某天上午都外出時，過去遞上我的名片。」

「趁我們都外出！」

「正是。你聽了可能會很驚訝。我有多常看見你們，有多常差點就和你們撞個正著。當你們的馬車經過時，有好幾次我故意躲進商店，避免讓你們看見。我在龐德街躲躲藏藏，幾乎沒有一天沒見到你們的影子。我一直非常注意自己的行蹤，避免讓你們看見我。我也儘量避免去密竇頓家，避免碰到雙方可能都認識的每一個朋友。不過，我不知道他們也在倫敦。我去拜訪珍寧絲太太之後一天，我偶然間遇見約翰爵士，我相信那是他抵達倫敦的第一天。他要求我那天晚上去他家參加舞會。如果他沒有特別告訴我，你們姊妹也會參加，我一定會放心前去。第二天上午，我又收到瑪麗安第二封短信——依舊是充滿感情、坦白、信賴我，字字句句都讓我的行為變得可恨。我無法回信。我試過回信，但是我寫不成句。我只是每天每時每刻想著她。如果你能同情我，達希伍德小姐，請可憐我當時的情況。我滿腦子都是她的影子，但是卻不得不扮演另一個女人的快樂情人！那三、四個星期，我的情況更是糟糕透頂。最後，我其實不必告訴你，你們也看到了，我所傷害的是多麼甜美的人！我每個晚上何其痛苦！瑪麗安漂亮得像天使，在我身旁用極其溫柔的聲音叫喚著我的名字！哦，上帝啊！她伸出手來，用令人心醉的眼神，和令人牽掛的聲調，對著我的臉要求我解釋一切！蘇菲亞則像嫉妒的魔鬼，站在另一旁看得一清二楚。但這並不重要，一切都已經結束了。那天晚上，我一看到你們，就立刻逃開。我看到瑪麗安甜蜜的臉蛋變得枯死蒼白，那是我最後一次見到她的面——她出現在我面前的最後模樣，那模樣真令人心驚！今天我想到她正面對死神的召喚，我深知她會給見她最後一面的那些人，留下什麼樣美好的印象。她美麗的身影經常在我面前，無論我走到天涯海角，她的面貌和神色一直跟著我。」

雙方都靜默、沉思了一會兒。魏樂比先開口：

「好吧，我趕快說完就走。你妹妹真的好轉，脫離險境了嗎？」

「這點我們很肯定。」

「你們可憐的母親一定也很高興！她那麼寵愛瑪麗安。」

「但是那封信，魏樂比先生，你自己的信，你有什麼話要說？」

「是，是，我要特別說一下。你知道，第二天你妹妹再度寫信給我。你看她說了什麼。當時我在艾利森家吃早餐，信差從我的住處那裡帶來一堆信來，包括她寫的信。在我還沒看到她的信之前，蘇菲亞就先看到了她的信了。那封信的大小、信紙的優雅、字跡，立刻引起她懷疑。她先前就聽說我在德蒙夏郡與一些年輕女孩交往的事，前幾個晚上她的觀察已經確定和我交往密切的那位女孩是誰，因此她對這個女孩更是醋勁十足。因此，她以女人戀愛中的淘氣，鬧著玩地直接打開瑪麗安寫給我的信，並且唸出信中的內容。她覺得信中的內容寫得厚顏無恥，因此唸得非常不屑。我實在受不了她不屑的口吻，但是她的嫉妒怒火，必須安撫下來。簡單地說，你認爲我太太寫的信會是什麼風格？細膩、溫柔、眞正的女人味——不是嗎？」

「你太太！那是你自己的筆跡啊！」

「是的，但那是我太太擬的稿，我只是照抄一遍罷了。原稿出自她快樂的想法與柔和的措辭。但是我又能怎麼樣呢？我們都已經訂婚了，也正在預備婚事當中，日子也都訂了——但是我現在說話就像個傻瓜一樣。老實說，我需要她的財富，依我當時的情況，我做任何事情目的只是在避免和未婚妻決裂，我需要她的財產。畢竟，瑪麗安和她的朋友們對我的個性有什麼批評、我要用什麼樣的措辭回答，又有什麼重要？反正一切都已經結束了。我的事情已使我變成一個惡棍，無論我是打躬作揖，還是大聲咆哮，都不重要了。我告訴自己，在他們眼中，我永遠沒有好名聲。我已經從他們的社交圈中被剔除了。他們已經認爲我是一個沒有原則的傢伙，這封信更會讓他們感覺我是個惡棍。這就是爲什麼我會照抄太太原稿爲回信內容的原因，並且退回她送給我的信物。她寫給我的三封信——很不幸都放在我的皮夾裡，若非如此，我早就可以否認它們的存在，而把它們珍藏起來。那些信是被迫附上的，我甚至都來不及親吻它們一下。瑪麗安那一綹頭髮，我同樣放在皮夾裡，也被我太太狠毒地搜出來——那一綹親愛的頭髮——每一件信物都被剝奪了！」

「魏樂比先生，你大錯特錯，眞是該罵。」艾琳諾雖然語帶斥責，卻仍忍不住憐憫說道，「你不應該用這種態度，提及尊夫人或我妹妹。那是你自己做的選擇，沒有人逼迫你。起碼你太太有權利讓你以禮相待、並受你尊重。她一定對你有感情，否則不會嫁給你。這樣不友善地對待她、說她，不但補償不了瑪麗安，也不能讓我相信，這樣足以讓你自己的良心過得去。」

「不要跟我提及我太太，」他深深感歎地說，「她不值得你同情。我們結婚時，她就知道我一點也不愛她。但是，我們還是結婚了，並且緊接著到岸然谷去，再到倫敦來，想過快樂的日子。現在你同情我嗎，達希伍德小姐？我說這些沒頭沒腦的？在你的眼中，現在的我是不是沒有以前那麼罪孽深重或是有減輕一些？我的企圖並不總是連番錯誤的？我的解釋是否能消除我部分的罪惡呢？」

「是的，你確實消除了一小部分——只是一點點。這證明你沒有我想像中那樣十惡不赦，也證明你的心沒有那麼邪惡。但是想到你所造成的傷害，不知道還有什麼比這個更惡劣的事！」

「等你妹妹甦醒過來時，你能不能轉告她，我所告訴你的這些話？讓我在她心目中的罪孽，能像你現在的想法一樣減輕一點。你說她已經原諒我了，但我希望，當她了解我的心和我現在的感受之後，她能更自然、更溫和、而不是高高在上地原諒我。請將我的悽慘和懺悔告訴她，並告訴她我的心從來沒有對她不忠實。如果你願意，請告訴她，對我而言，此時此刻的她比以往更讓我珍愛。」

「只要有必要告訴她的，我一定會轉告她。但是你還沒有向我解釋清楚，你此刻來這裡的目的，也沒有說明你是怎麼知道她生病的消息。」

「昨晚，我在倫敦皇家劇院的門廳，遇見約翰．密竇頓先生。他看清楚是我——這是兩個月以來，我們第一次見面——便和我說話。自從我結婚後，他便對我不理不睬，我一點也不驚訝或憎恨。然而，這時他善良、誠實和愚蠢的個性，忍不住告訴我他覺得應該告訴我的事情，有可能他不認爲告訴我這消息之後，會讓我感到恐懼和悲傷。因此，他直言不諱地告訴我，瑪麗安在克里夫蘭因高燒不退生命垂危。那天早上，我也收到珍寧絲太太的來信，說瑪麗安隨時可能沒命、帕莫夫婦已經被嚇跑了等等。我太震驚了，一時目瞪口呆，甚至約翰爵士告知我時，我還是無法相信。他看我這麼痛苦，才心軟下來，先前厭惡我的態度也一掃而空。等我們結束談話要分開時，他還和我握手，並提醒我，他曾經答應過要送我一隻獵犬。我聽說你妹妹性命垂危時，覺得我是世界上最狠毒的惡棍，在彌留之際，她藐視、憎恨我，這令我心痛——如果我不這樣對待她的話，事情豈會搞到這麼嚴重的地步？我確信，她的際遇最能凸顯我是什麼樣的人。我心裡恐懼極了！立刻決定今天早上八點騎馬登門造訪。這就是我來這裡的緣故。」

艾琳諾沒有回答。她靜靜地在想，一個才華出衆，大方、誠懇、多情的年輕人，因爲太早經濟獨立，結果養成遊手好閒、揮霍無度和奢華的習慣，這給他帶來一生無法彌補的傷害。這世界使他變成奢侈浪費和自負的人，進而使他變得冷酷、自私。尤其是虛榮心，使他不惜犧牲別人，爲了達成自己的目標，更不惜爲了奢華的生活，而失去了眞正的愛情。每一個錯誤都引領他邁向罪惡，且受到罪有應得的懲罰。他毫無誠意、眞情，不顧一切割斷了眞實戀情，最後終究讓他吃盡苦頭。他曾經傷害她的妹妹，另結新歡，如今這樁婚姻卻成了他自己無可自拔的痛苦淵藪。她沉思了幾分鐘，被魏樂比打斷，他從那些痛苦的回憶中回神，準備告辭，於是說：

「繼續留在這裡也沒有用，我該走了。」

「你會回倫敦嗎？」

「不，回岸然谷。我在那裡還有事要辦。過一兩天再去倫敦。再見。」

他伸出手來，她無法拒絕與他握手，他充滿感情地和她握手。

「你現在對我的看法有比較好一些了嗎？」他鬆手時，斜倚著壁爐說話，彷彿忘了他就要離去。

艾琳諾肯定地表示沒錯，她能原諒他、同情他，也祝福他，甚至關心他的幸福。她也提出溫柔的忠告，告訴他怎麼做才會達到幸福的捷徑，但他的答覆卻令人洩氣。

「關於幸福，」他說，「我會勉強過下去的。家庭幸福已不可能。然而，如果你們姊妹都關心我的命運和行爲舉止，我就心滿意足了——這將使我警戒自己的言行舉止。至少，讓我覺得生命還有點意義。我將註定永遠失去瑪麗安了。如果還有機會能重獲自由，我——」

艾琳諾以譴責的口吻打斷他的話。

「好吧！」他回答，「再次向你告別。現在我就要離去，只是害怕某件事情會發生。」

「你這是什麼意思？」

「你妹妹的婚姻。」

「你大錯特錯，你已經永遠失去她了。」

「但是她會嫁給另一個人。如果那位幸運的仁兄就是我最無法贊同的那一位——我還是不要繼續待下去，以免讓你一點都不同情我。再見了，願上帝賜福予你！」

魏樂比說完這話，幾乎是用跑的離開。

第45章

魏樂比離去，直到他的馬車不見蹤影，艾琳諾的腦中才開始思緒翻騰，五味雜陳，一陣悲傷湧上心頭。一時之間，連瑪麗安都暫拋腦後。

魏樂比——半個小時以前一直被她視爲最卑鄙、最可憎的男人——儘管千錯萬錯，至少現在她對他自作自受的命運感到同情。想到從今以後他再也不會和她們家的人有任何朋友關係，艾琳諾不免爲他感到惋惜。但她很快地意識到，她對他的憐憫正好使他的心願達成，可是卻與他的道德不符合。她覺得情況看似無足輕重，卻影響了她的看法。魏樂比確實是一個魅力非凡的男人——大方、柔情似水、風度翩翩，這雖然稱不上什麼美德，但他至今依舊深愛瑪麗安。雖然他已經沒有資格愛她了，但這些種種好像有一點點感動了艾琳諾。

等她回到瑪麗安身邊時，才發現她剛好醒了過來。經過這麼長時間香甜沉穩的睡眠，瑪麗安體力已恢復一大半。艾琳諾心裡千頭萬緒，過去、現在、未來——魏樂比的造訪、瑪麗安的安然無恙和她母親的即將到來，都讓她精神高亢，絲毫未感疲憊，她只怕在妹妹眼前流露出憂心的神態。然而，她愁容滿面的時間不長。魏樂比離開後不久，她又聽到馬車聲音，於是立刻下樓。她不希望讓她母親有太過無謂的驚慌，所以立刻衝過大廳、趕到大門口，及時迎接剛要進門的母親。

達希伍德太太快要抵達時，提心吊膽到幾乎以爲瑪麗安已經斷氣，她憂心到連詢問艾琳諾的話都說不出口，而艾琳諾卻不等招呼問候，馬上就報了喜訊。她母親聽了之後高興得說不出話來，先前的恐懼立刻轉爲歡喜。她由女兒與上校攙扶著走進客廳，這時她喜極而泣，仍舊說不出話來，只能一再擁抱艾琳諾，和不時握著布蘭登上校的手，眼神不斷流露出感激之情，而且相信上校一定也分享了這一刻的欣喜！無論如何，他一直靜靜地分享這份喜悅，實際上他的狂喜甚至勝過達希伍德太太所想像的。

等達希伍德太太回復鎮定之後，她第一個想到的事情就是趕快去看瑪麗安。兩分鐘之內，她便與她所疼愛的女兒相聚在一起了。與母親分隔一段時間、又經歷不幸和危險，使母親更加倍地心疼她。艾琳諾看到每個人都那麼高興，她也非常高興，只是擔心這樣一來會耽誤了瑪麗安多睡一會兒的時間。達希伍德太太非常冷靜，甚至凡事小心謹慎。瑪麗安知道母親就在身邊，感到很安心，但她身體太虛弱，無法說話，只好順從護士的忠告安靜休息。達希伍德太太整夜陪在瑪麗安身旁，艾琳諾也順從母親的懇求，上床睡覺。但是艾琳諾卻因心緒擾攘煩亂，而整夜無法成眠。她腦海中一直顯現魏樂比的容貌，而且還允許自己在內心呼喚著：魏樂比，可憐的魏樂比。她曾經說過再也不聽他辯解的，但是她還是聽了，她自責當初不該把他想成那麼壞。但是她答應魏樂比轉告妹妹一些話，這卻令她感到痛苦。她害怕代魏樂比轉告這些話，妹妹聽了之後不知會有什麼反應。她懷疑經過這番解釋之後，妹妹還會不會快樂地嫁給另一個男人。她一會兒巴不得魏樂比立刻成爲鰥夫，繼而想起布蘭登上校，感到愧疚自責。上校付出許多心力，又那麼癡情，遠比魏樂比更值得獲得妹妹的愛。

當布蘭登上校去巴頓接達希伍德太太來時，看到老太太的臉上並沒有露出震驚的模樣，因爲她對女兒的病情早就了然於心。但老太太非常擔心瑪麗安，所以還沒有等進一步的消息，就決定當天啓程趕到克里夫蘭。所以等上校抵達克里夫蘭時，她已經準備好了，只等柯雷家的人接走小女兒瑪格麗特，因爲她不希望瑪格麗特到有傳染病的地方。

瑪麗安的病情一天天持續地好轉，達希伍德太太的神色和精神也跟著興奮起來。她一再自稱自己是世界上最快樂的女人，她一直堅定地認爲瑪麗安一定會恢復健康。艾琳諾看到母親表現出快樂的樣子，心中不禁想著，母親會不會偶爾想到愛德華？而達希伍德太太雖已從信中知道艾琳諾情場失意的事情，但一時之間只能顧及可以讓她感到快樂的事情。瑪麗安終於重新回到她的懷抱了，達希伍德太太這才開始覺得當初錯以爲瑪麗安和魏樂比是一對佳偶，因而鼓勵女兒與他在一起是大錯特錯的判斷。在瑪麗安病情有點起色之際，老太太還有另一項高興的事，是艾琳諾想不到的。因此她們母女倆一有機會可以單獨相處，她就告訴了艾琳諾。

「我們終於可以單獨相處了。我的艾琳諾，你不知道我有多高興。布蘭登上校親口告訴我，他愛瑪麗安。」

艾琳諾一時百感交集：高興、痛苦、驚奇、平靜，完全說不出話來。

「親愛的艾琳諾，你一直都不像我，我實在不理解你爲何可以如此鎮定？要是我坐下來爲我的家人祈禱，我會希望布蘭登上校娶你們姊妹中的任何一人爲妻。我相信你們兩姊妹中，瑪麗安嫁給上校是會最幸福的。」

艾琳諾有點想問母親爲什麼這麼想，因爲她認爲母親難道不會考慮到彼此的年紀、性格和感受嗎？但是她知道母親對於她有興趣的事，總是非常一廂情願，因此索性就不問了。

「昨天我們趕路時，上校對我吐露心跡。他在談話當中，不知不覺便說出來了。你了解，我一路上開口閉口都在談瑪麗安，他無法掩藏自己對瑪麗安的憂慮。我發現他的焦慮和我不相上下。便覺得若光只是友誼，不該產生這麼情深意重的疼惜之心——或者是他不經意地流露出抑制不住的感情，讓我了解他對瑪麗安誠摯、溫柔和始終如一的眷愛。親愛的艾琳諾，他對瑪麗安一見鍾情。」

聽到這裡，艾琳諾覺得這並不是布蘭登上校會表白的話，而是她母親天生愛加油添醋所編織出來的，她母親只要遇到欣喜的事情就會這樣漫天幻想。

「他對瑪麗安的關愛遠超過魏樂比的虛情假意，他多麼溫暖、認眞、始終如一。即使知道瑪麗安愛上了那個不值得愛的男人，也沒有改變愛她的初衷。他毫不自私、全心全意希望瑪麗安過得幸福。多麼高貴的心思！那麼坦蕩蕩、誠摯！他從沒有欺騙任何人。」

艾琳諾說：「布蘭登上校的品格非常卓越，這是衆所周知的事實。」

「這些我都知道，」她母親認眞地回答，「經歷過這麼多傷痛，我應該是最不贊成再有一樁感情，或是爲此感到高興的。但是光是他不辭辛勞來接我過來這件事情——那麼主動、熱切的情誼，就足以證明他是非常値得敬佩的男人。」

艾琳諾回答：「無論如何，他的品格不僅止於此。即使不是出自他對瑪麗安的感情，只要是他認爲對的事，他都會這麼做的，這是因爲他擁有仁厚、高貴的情操。珍寧絲太太和密竇頓夫婦都是他多年的好朋友，他們都很愛他、尊崇他，甚至連我這個認識他不久的人，也覺得他實在是一個不可多得的好人。我非常重視他、推崇他，如果瑪麗安能和他一起過幸福快樂的日子，我也將和你一樣相信，這是上天賜予的最好祝福。你如何回答他呢？你給了他希望了嗎？」

「哦！親愛的，那時瑪麗安病得奄奄一息，我實在無法給他或我自己任何希望。他也一點兒沒有問那方面的問題。他只是不自覺地向我吐露心聲，情不自禁地流露對瑪麗安的愛意，但不是在向心上人的母親提親。過了一會兒，當我克服這驚喜的情緒之後，才告訴他，如果瑪麗安能如我所願地倖存下來，我最大的快樂將是看到她和上校結合。自從我和上校抵達這裡，知道瑪麗安已經脫離險境之後，我們便更具體愉快地談論這件事情，我一再鼓勵上校加油。我告訴他，瑪麗安的心不會永遠浪擲在魏樂比那種男人的身上，上校憑自己那些優點就可以贏得芳心。」

「不過，從他依然拘謹的態度來判斷，你還沒有讓他對這件婚事懷抱著和你一樣樂觀的信心。」

「不。他認爲瑪麗安前一段戀愛用情太深，需要很長一段時間才可能改變。他甚至覺得，即使瑪麗安已重獲自由，但是他們兩人的年紀、個性都相差太多了，他不敢相信能獲得她的青睞。不過，他這些想法錯了。他的年紀比她大一些反而是個優點，至於他的品格、處世原則和氣質，我相信再適合瑪麗安不過了，他一定能使瑪麗安幸福。他的人品和風度也都是優點。我對他的偏愛並不是盲目的，我也知道他沒有魏樂比英俊，但是他和善的面容更令人感到喜悅。如果你記得的話，我告訴過你，有時候我不太喜歡魏樂比的眼神。」

艾琳諾不記得了，但是她母親還沒等她回話，就繼續說：

「上校不只風度比魏樂比更令我欣賞，我相信他也是瑪麗安喜歡的那一型。上校的溫和、眞摯、關懷別人、樸實自然、男子氣概，都比矯揉造作、虛僞輕浮的魏樂比更適合瑪麗安。我非常確信，就算魏樂比悔改了，瑪麗安和他在一起也絕對不會比嫁給上校幸福。」

母親停了下來。艾琳諾並不十分同意母親的觀點，但是她沒有反駁。

達希伍德太太說：「如果瑪麗安嫁給上校並住在德拉福特，而我仍留在巴頓，我們也是相距不遠的。或許在那裡也可以找到適合的房子，這是非常有可能的，因爲我聽說那裡是一個大村莊——事實上那附近必定會有一些木屋或別墅，會使我們擁有跟現在一樣舒適的居家環境。」

可憐的艾琳諾！這下子又多了一個讓她得到德拉福特的可能性，不過她的意志還是十分堅定。

「還有上校的財產呢！你知道，像我們這種年紀的人，都很關心財產的問題。雖然我從不知道，也不想打聽上校到底擁有多少財產，但是我確信他的財產爲數不少。」

此時有人進來，打斷她們母女的談話。艾琳諾獨自思考母親所說的那些話，她盼望上校在這件婚事上能成功，同時卻又替魏樂比感到悲傷。

第46章

瑪麗安這一病，雖然傷了元氣，但是她畢竟還年輕、體質好，加上有母親在身旁照顧，所以康復得很快。母親才來第四天，瑪麗安就搬到帕莫太太的臥房。在她特別要求之下，布蘭登上校被邀請到房裡見她，因為她迫不及待要感謝他去接她母親過來。

上校走進臥房時，憂愁地看著瑪麗安逐漸好轉的臉色，愛憐不捨地緊握著她伸出的蒼白小手，情緒非常激動。依艾琳諾推測，上校由內而發的感情一定不只是他對瑪麗安的愛意，或者眾所周知地他對她的關切之情。艾琳諾發現上校看著瑪麗安時，眼神憂鬱，表現出愁悵萬端的樣子，大概是想起許多悲慘、痛苦的往事。他曾說過，瑪麗安和伊麗莎白長得很像，瑪麗安病後深陷的眼窩、蒼白的皮膚、虛弱的身軀，一定很像當年病重的伊麗莎白。

達希伍德太太沒有像艾琳諾那樣細心注意到上校的表情，但她自有另一種想法，因此觀察出的結論也大不相同。她認為上校的愁容是因為單純的真情流露。再看看瑪麗安的回應和言詞，達希伍德太太極力相信，女兒所表達的感情是遠遠超過感激了。

過了一、兩天以後，瑪麗安已經復原得差不多了，達希伍德太太和女兒們都希望趕快回到巴頓。但這趟回家之旅還得看兩位朋友（即珍寧絲太太和布蘭登上校）的計畫而做安排。因爲在達希伍德姊妹停留期間，珍寧絲太太一直無法離開克里夫蘭；而布蘭登上校也在衆人力邀之下，暫緩回德拉福特的計畫。其實他留下來陪她們是義不容辭的。他和珍寧絲太太一起促請達希伍德太太使用他的馬車，以利大病初癒的瑪麗安可以免除舟車勞頓，舒適一些。達希伍德太太和珍寧絲太太則再度邀請上校，最後上校欣然同意數週後到巴頓一遊。

分離的日子終於來臨。瑪麗安向珍寧絲太太告別時，滿懷感激、敬意和祝福，似乎爲自己這段日子的怠慢而感到歉意。她接著以朋友的熱情向布蘭登上校道再會。上校小心翼翼地攙扶她上車，達希伍德太太和艾琳諾緊跟在後。啓程的人離去了，留下的人頓時落寞了起來，珍寧絲太太大歎失去兩位年輕朋友的陪伴，而布蘭登上校也立刻騎著馬回到德拉福特。

達希伍德母女三人走了兩天的路，瑪麗安受到母親和姊姊無微不至的照料，因此不覺得疲累。媽媽和姊姊細心觀察瑪麗安的每一個反應，使她感到心情舒暢、身體安適。她們的付出，在瑪麗安身上也得到了寬慰。艾琳諾看到妹妹康復得如此順利，感到特別欣慰。過去這些日子以來，她看著妹妹承受病痛之苦，她只能壓抑心痛的感覺，不敢說出口。現在看到妹妹經過深思熟慮而呈現的平靜神貌，想到這會帶給她滿足和喜樂，她的欣喜是言語無法形容的。

當她們接近巴頓時，沿途的樹木和景色喚起了瑪麗安一些沉痛的回憶，她陷入沉思，特意把臉看向窗外，不讓母親和姊姊注意到。此情此景，艾琳諾對妹妹的反應並不訝異，也沒有責怪。她甚至在攙扶瑪麗安下馬車時，發現瑪麗安曾哭過。艾琳諾也覺得觸景傷情是自然的反應，很值得同情，還在心裡讚許她默默承受的表現。瑪麗安接下來的舉措，似乎是在進行理性的探索。她們一進客廳，瑪麗安便盯著周遭看，彷彿決心要習慣這一切景象會讓她回憶起魏樂比。她鮮少說話，但每說出口就希望能展露快樂的心情，即使偶爾歎氣，她也會立刻補上微笑。晚飯過後，她試著彈琴。她走到鋼琴旁，但是首先進入她眼簾的卻是魏樂比送給她的歌劇樂譜，裡面有他們倆喜歡的二重唱曲子，樂譜封面還有他替她簽的名。這可不行！她搖搖頭，將那一本樂譜放到一邊，接著彈了幾分鐘，埋怨自己的手指不夠有力，於是關上鋼琴。然後她堅決地表示一定會多加練琴。

第二天，瑪麗安快樂的心情並沒有減低。相反地，靜養後的她，身體和意志都變得更堅強，她的眼神和說話的語氣也都表現得很有精神。她期待妹妹瑪格麗特快點回家，她說等她看到她們，一定會非常高興。從此一家人又可以共享天倫之樂，這是她們共同的目標和歡樂，也是一種理想中的幸福。

「等天氣一穩定，我也恢復體力，」她說，「我們就可以每天一起去散步了。我們可以散步到山丘旁邊的農莊，看看那些孩子們；我們還可以散步到約翰爵士在巴頓新蓋的農園，看看他種的植物，然後逛到大修道院；我們也可以經過小修道院廢墟，試著尋找傳說中的修道院根基。我們一定會感到無比歡欣，快樂地度過整個夏天。我保證一定會在六點以前起床，直到吃晚餐之前，我將會盡興地閱讀與彈琴。我已經訂好計畫，要好好學習。我們書房的書，除了娛樂的書之外再也找不到別的書，但是巴頓園還有許多作品值得一讀。我也可以向布蘭登上校借閱一些最新出版的書籍。每天只要閱讀六個小時，一年下來，我就可以飽讀詩書，可以獲得許多知識，不會貧乏無知了。」

艾琳諾非常讚許瑪麗安這麼崇高的計畫。看到妹妹這麼熱切地計畫著，艾琳諾不覺莞爾。但是，當她想起答應魏樂比要轉告瑪麗安的事情，她還沒有做到時，她的笑容立刻變成歎息。她擔心一旦告訴瑪麗安之後，會害她再受一次打擊，好不容易平靜的心靈又再次翻騰。因此，艾琳諾準備等妹妹的健康情況更穩定之後，再伺機告訴她。但是，這個決心不久便被打破。

瑪麗安在家裡待了兩、三天之後，終於等到一個和煦宜人的清晨，這樣的天氣實在太誘惑達希伍德家女兒的心，也令老夫人信心大增。瑪麗安獲准由姊姊攙扶著外出散步，只要她不疲倦，可以在家門前面的小徑散步，能走多久就走多久。

配合瑪麗安病後還很虛弱的身體狀況，兩姊妹慢慢地走著。瑪麗安病後一直沒有散步過——她們走到家門前方可以鳥瞰整個山丘的地方，瑪麗安停步凝視周遭美景，平靜地說：

「那裡，就是那裡，」她用手指著前方，「就在那個突出的小山崗——我在那裡跌倒。就在那裡第一次遇見魏樂比。」

提到魏樂比，她的聲音一沉，但隨即回復生氣，繼續說：

「我很高興地發現，我看見那個地方，而不感到痛苦了！我們可以談談這個話題嗎，艾琳諾？」她有些躊躇地說，「還是不應該談談呢？我想，我希望我現在可以侃侃地談論他了，我也應該談談他。」

艾琳諾溫和地請她暢所欲言。

「說到後悔，」瑪麗安說，「有關他的事情，我已經甩開後悔的情緒。我不是要告訴你我過去對他的愛有多深，而是要告訴你我現在的感覺。現在，如果有一點能讓我感到滿意的話——如果我可以認爲，他對我並非逢場作戲，並非欺騙我的感情的話。如果我確信，他不是像我所害怕的那樣邪惡的人，我就會很滿足了。只是那個不幸女孩的遭遇令我……。」

瑪麗安停了一會兒。艾琳諾很高興地回答：「你是說，只要你清楚這一點，你就可以安心了嗎？」

「是的。我的心靈能否平靜，與這一點息息相關。因爲懷疑一個人，不只是一件恐怖的事情，況且懷疑者又會變成什麼樣的人呢？何況是懷疑一個我曾經深愛深信的人。每當我想到，自己曾經很可恥地毫無保留付出感情，會讓我——」

「怎麼樣呢？」她姊姊問道，「你對他的行爲做何感想？」

「我會猜測他，哦！我猜測他只是個太沒有定性、情感善變的人——非常非常善變。」

艾琳諾沒再說什麼，只在心裡忖度，何時可以全盤托出魏樂比要她轉告的事情，還是等妹妹身體好再說？兩人默默無語地前行了幾分鐘。

「我希望他回憶起來不會比我更不愉快。」最後瑪麗安感嘆地說，「和我分手後，但願他沒有比我更痛苦。但他勢必會感受痛苦的。」

「你是拿自己的情況和他的相比嗎？」

「不，我只是比較應有的行爲。我是拿自己的情況和你相比。」

「可是我們的情況並不一樣。」

「除了反應不同之外，我們的遭遇很像。我最親愛的艾琳諾，不要用仁慈自我防衛，我所認識的你一定會用判斷力嚴厲批判所有的事情。這場重病讓我發現到，生病反而使我獲得空間和冷靜，以致於能認眞地回顧。早在我康復到可以說話之前，我已經能夠認眞思考。我衡量過去，看見自己從去年秋天認識他以來，行事一直非常輕率，對別人不夠友善。我看見自己太過感情用事，註定要吃苦。我在感情泥淖中缺乏剛毅的精神，害自己差點丟了性命。我深知我的病完全是咎由自取，我明明知道不對，卻還是不注意自己的身體。萬一我就這樣過世，那也是自我毀滅。直到脫離險境，我才知道自己有多危險。就是這些在回顧過往中所產生的感受，使我在康復期間渴望活過來，渴望向上帝、向你們所有的人贖罪。萬一我死了，我會給你們帶來多大的痛苦！而你，看見我種種自私行爲、也深知我心中的喃喃之音！如果我死後，會在你的腦海中留下什麼樣的記憶？還有母親，又該如何安慰她的心？我無法表達我對自己的痛恨。每當我回顧過去，我看見自己疏忽了一些責任，且有一些缺失。我似乎傷害到每一個人。珍寧絲太太的親切友善，得到的卻是我的嗤之以鼻。密竇頓夫婦、帕莫夫婦、史荻姊妹，甚至每一個朋友，我總是高傲無禮地對待他們，對他們的優點視若無睹。而他們對我的關注，卻只惹得我怒火中燒。甚至對哥哥約翰和嫂嫂芬妮，我也沒有以應有的禮數相待。但是，我最對不起的人卻是你。我知道，只有我知道你的心事和悲痛，但是我卻無動於衷——我沒有展露任何同情心。你的苦難發生在我的事件之前，但是我發揮了什麼用處？我體貼了你、安慰了你嗎？你獨自承受痛苦，卻還表現出和藹、殷勤或感恩的舉止。我學會你的自制，或減輕你的負擔了嗎？不，無論我知道你不快樂或快樂，我都沒有盡到妹妹或朋友的責任，聽你傾訴。我只一直沉溺在自己的痛苦中，只會埋怨我被拋棄、被傷害，而拼命爲那個人懊惱，卻撇下你，讓愛我的你，爲我而受苦。」

瑪麗安如此自責地訴說，說到這兒，稍微停了一下。艾琳諾迫不及待地安撫她，儘管這個做姊姊的太誠實了，以致於說不出取悅妹妹的話，但還是立刻對妹妹誇獎一番，嘉許她的坦誠和悔悟之心。瑪麗安緊握姊姊的手說：

「你太好了！時間會證明一切。我已經訂好計畫，並要開始執行。以後我會控制自己的情感、改變我的脾氣，不再讓別人困擾，也不困擾自己。現在我將爲家人而活。你、母親和瑪格麗特，從現在開始就是我的一切，你們將分享我全部的愛。我不會再離開你們和這個家。如果將來我再和其他朋友交往，我要謙卑、改善態度、學習禮節、有溫柔和節制。至於魏樂比，要忘掉他不是一件容易的事，無論環境如何改變，我都忘不了他，但是我會藉由宗教、理智，或忙碌來淡忘他。」

瑪麗安停了一下，低聲說：「要是我知道他眞正的用心，那一切都將變得好過一些。」

艾琳諾原本考慮很久，不知道該不該將原委全盤托出，聽到這兒，她猶豫的心終於做了決定。她想，如此舉棋不定，還不如坦白地告訴她眞相。

她很有技巧地說出魏樂比那天的談話內容，小心翼翼地讓這個焦慮的傾聽者逐一了解事實。艾琳諾只簡單、誠實地提到魏樂比的道歉，並傳達他的懺悔，但是在有關現在他對愛情的看法原則說得很委婉。瑪麗安不發一語，全身顫抖，兩眼直盯地上，嘴唇蒼白，心中浮現千萬個疑問，但是不敢發問。她渴切記住姊姊所說的每一字、每一句，卻不知不覺握緊姊姊的手，臉上流滿淚水。

艾琳諾擔心瑪麗安累了，於是攙扶她往回家的方向走。她想著妹妹不敢發問，心中卻想問的問題，如何以最自然、又安全的方式一一述說那天與魏樂比之間的談話細節和魏樂比的神情。一路上她們的話題都是魏樂比，等她們到家，一進屋子，瑪麗安便親吻姊姊一下，含著眼淚清晰地說：「告訴媽媽。」然後離開，慢慢地上樓去。艾琳諾知道她現在只想一個人靜一下，因此沒有打擾她。艾琳諾有點憂慮地預測瑪麗安清靜之後的結果，以防萬一瑪麗安沒有辦法重述此事時，她可以幫助她。於是艾琳諾走進客廳，按瑪麗安所交代的，把事實眞相告訴母親。

第47章

達希伍德太太聽完魏樂比的事情之後，非常高興。這個曾經令她欣賞的女婿人選，已經洗刷掉一部分的罪名。她為他感到惋惜，也祝他幸福。但是過去的感情卻已無法挽回，瑪麗安對他的信賴已無法恢復，而他對小伊麗莎白的傷害更是無法彌補。達希伍德太太不會像過去一樣敬重他，更沒有因此減輕對布蘭登上校的好感。

要是達希伍德太太和艾琳諾一樣，親耳聽到魏樂比訴說自己的故事眞相，親眼看見他的痛苦、表情和舉止，她很可能會比艾琳諾更同情他。但是，艾琳諾無法、也不願意藉由轉述，引起其他人的同情心。她益發冷靜地用理性判斷，也審愼看待魏樂比所犯的錯。因此，她希望只簡單地陳述有關魏樂比眞實人格的事情，不讓母親有太多的聯想。

晚上她們全家相聚在一起時，瑪麗安再次談及魏樂比的事，但是她費了一番功夫才說出口。她已經坐在那沉思許久，一開口說這話題時，她立即雙頰脹紅，聲音顫抖起來。

「我希望你們能了解，」她說，「我已經知道所有事情的眞相——一如你們渴望我知道的一般。」

達希伍德太太企圖溫柔地打斷她的話，但是艾琳諾希望聽聽妹妹對此事的看法，所以她打手勢請母親保持沉默。

「艾琳諾今天早上告訴我的話，令我如釋重負。現在我已經聽到我想聽到的事。」她哽住片刻，但是等她一恢復鎮靜，便以更冷靜的口吻繼續說，「現在我感到非常心滿意足，我不希望有任何改變。我早晚會知道所有的眞相。知道這些事實之後，我明白和他在一起是不會幸福的。我不可能再信任他、尊重他。再也沒有什麼事情會讓我改變的。」

「我知道——我知道。」她母親大叫，「與放蕩不羈的男人在一起，豈有幸福可言！他傷害了我們最親愛的朋友、也是天底下最好的人的幸福。何必跟這種人交往？不——這樣的男人不會讓我的瑪麗安幸福！你的良心，你敏銳的良心，他是不值得你這麼做的。」

瑪麗安歎口氣，說：「我不希望事情有所改變。」

艾琳諾說：「現在你思考這件事情，已經證明你思慮清楚、懂得用理智了。我敢說，你現在的想法和我的一樣。從許多方面看來，你嫁給魏樂比一定會遭遇許多困難和失望。他飄泊不定的愛情一定會傷害你，而且如果你嫁給他，一定會非常窮困，因爲連他自己都承認他揮霍無度，而且沒有自制力。他的需索無度，加上你沒有理財的經驗，兩個人要管理那麼一點點收入，必定會帶來你意想不到的苦惱。我了解你淑德、誠實的個性，當你發現自己一窮二白時，你一定會努力的開源節流。也許，你以爲只要你節儉就可以省下一點開支，但是這也只能減低你自己這一方的安適，何況你可能實行起來有所困難。單憑你一個人的力量，如何能控制得住婚前就已經形成的禍根？無論你怎麼努力合理地控制他的享樂，他那麼自私的人，難道就會認同你的做法？你難道不怕因此會駕馭不住他的心，終至讓他後悔娶你，使他認爲陷入困境是因爲跟你結婚所致？」

瑪麗安雙唇顫抖，重複姊姊的話：「自私？你眞的認爲他很自私嗎？」

「自始至終，」艾琳諾回答，「從你們一開始談戀愛，一直到結束，他都很自私。他先是自私，玩弄你的感情——後來等他自己也愛上你時，他卻遲遲不肯表白，最後又遠離巴頓。爲什麼？因爲他把自己的享樂和安適，放在第一位，完全以自己爲主。」

「這是眞的，他從來沒有考慮我的幸福。」

艾琳諾繼續說：「現在，他爲他所做的事後悔。他爲何後悔呢？因爲他發現，他沒有得到想要的幸福。現在當他不再爲了債務受苦，於是他開始想，他娶的妻子沒有你溫柔、聰明。但是如果他當時娶了你，他會覺得幸福嗎？貧賤夫妻百事哀，那時他必定會受苦於金錢的匱乏。現在因爲他沒有這個問題，所以他覺得無所謂。他原想娶一個性情無可挑剔的妻子，但那可能會讓他在財務上陷入困境，如此一來，也許他很快就會發現，無負債的財產和無匱乏的物質享受遠比家庭幸福和太太的性格更重要。」

「毫無疑問。」瑪麗安說，「我沒什麼好後悔的，除了我自己的愚蠢以外。」

「更確實地說，那是我的錯，我親愛的孩子，」達希伍德太太說，「我該負責任。」

瑪麗安不讓母親說下去，艾琳諾很滿意聽到母女倆都各自認錯，但她希望避免過度的批判，削弱妹妹的志氣，因此她立即說：

「我想，可以用一個頗爲公正的觀點，來看待整件事情——那就是魏樂比最早的錯誤在於違反道德。他和伊麗莎白·魏蓮絲小姐輕易地發生關係，這個罪是他往後每一個較小罪過的源頭，也是他目前種種不滿的最大原因。」

瑪麗安同意姊姊這個看法。她們的母親聽了之後，則列舉布蘭登上校受了多少委屈、他有多少優點，以及付出了多少友情、熱誠和情意，但是瑪麗安卻心不在焉。

接下來兩、三天，艾琳諾繼續觀察瑪麗安，發現她雖然恢復元氣的速度減慢了，但是她的決心卻不曾削減，而且一直試圖展現欣喜和自在的情緒。艾琳諾相信假以時日，她一定可以復元得很好。

瑪格麗特回到家了，全家終於團圓，再度安逸地居住在別墅中。就算她們沒有像剛搬到巴頓時那樣熱烈地讀書、彈琴、作畫，至少她們也在努力使一切逐漸上軌道。

艾琳諾越來越想知道愛德華的消息。自從離開倫敦之後，她一直沒有再聽到有關愛德華的事情，甚至連他目前住哪裡都不知道。瑪麗安生病期間，艾琳諾和哥哥通了幾封信。她哥哥的第一封信上寫著：「我們絲毫不知道不幸的愛德華近況如何，而且不敢詢問這個被禁止談論的話題，但是我們的推論是，他可能還待在牛津。」這是艾琳諾從信件中所得知僅有的訊息。此後的信件中，哥哥則連愛德華的名字都沒再提過。不過，即使那麼久毫無他的音訊，她還是抱持一絲希望。

有一天，男僕湯瑪斯去埃克塞特辦事，當他在餐桌上伺候主人進餐時，女主人詢問他這回出差，有沒有聽到什麼消息。他說：

「夫人，我想，你們都知道，費拉斯先生結婚了。」

瑪麗安猛地一驚，眼睛直盯著艾琳諾，看到艾琳諾臉色變得蒼白，她自己則歇斯底里地昏倒在椅子上。達希伍德太太在僕人回答時，看到艾琳諾的臉色，就了解她一定很痛苦，這令她感到震驚。隨即她又看到瑪麗安也很傷心的樣子，老太太一時之間，不知道該先照顧哪個女兒才好。

男僕看到瑪麗安倒在椅子上，立刻找來另一個女佣過來照顧她。在達希伍德太太的幫忙之下，攙扶瑪麗安進另一個房間。等瑪麗安好了一點之後，她母親把她交給瑪格麗特和女佣照顧，這才回頭去照顧艾琳諾。艾琳諾雖然心緒煩亂，但已經恢復理智，也開口說話，她立刻詢問男僕從哪裡聽來的消息。這時達希伍德太太也趕來，接著詢問此事。

「誰告訴你，費拉斯先生結婚了，湯瑪斯？」

「我今天早上在埃克塞特，看見費拉斯先生和他的新婚太太史荻小姐。他們的馬車正好停在新倫敦客棧的門口，那時我也正好去那裡，將巴頓園莎莉小姐的信件代轉給史荻家當郵差的兄弟。我經過時，碰巧抬頭望了一望，隨即發現是史荻家的二小姐。我向她行個禮，她認識我，把我叫喚過去，問起了老太太和幾位小姐，特別是瑪麗安小姐，她吩咐我代替她和費拉斯先生，向諸位致上衷心的問候和敬意。還說非常抱歉沒有時間來拜訪。他們急著離開，因爲還要趕路。不過他們回來時，一定會過來拜訪。」

「但是她告訴你，她結婚了嗎？湯瑪斯。」

「是的，夫人。她結婚了，而且她還說，她婚後已經改了姓名。她向來都是和藹可親，而且非常有禮。所以我就自作主張祝福她新婚愉快。」

「費拉斯先生也和她一起在馬車上嗎？」

「是的，夫人，我只看見他靠在座椅上，連抬頭看也沒看一眼。不過他向來都是不多話的人。」

艾琳諾很容易就可以了解，以他的個性，他的確不會隨便和別人交談。達希伍德太太也持同樣的看法。

「馬車上沒有其他人嗎？」

「沒有。只有他們兩個人。」

「你知道他們是從哪裡來的嗎？」

「他們直接從倫敦城裡來的，這是露西小姐，就是費拉斯太太告訴我的。」

「他們是要往西邊走嗎？」

「是的，夫人——但是不會去很久。他們很快就會回來，接著他們確定會來這裡拜訪。」

這時達希伍德太太看著女兒，但是艾琳諾心裡有數，知道這對新婚夫婦是不會來拜訪的。她從僕人的訊息中，早就知道露西的爲人，她也相信愛德華絕不會來打擾她們。她輕聲地告訴母親，這對夫婦可能要到普里茅斯附近的帕拉特先生家拜訪。

湯瑪斯似乎報告完了，艾琳諾卻還想再多知道一些消息。

「你離開之前，他們啓程了嗎？」

「沒有，小姐。他們才剛剛把馬匹牽出來，但是我沒再多耽擱一點時間，因爲我擔心回來會太晚了。」

「費拉斯太太看起來好嗎？」

「是的，小姐，她非常好。我一直覺得她是一位漂亮的年輕女士，她看起來十分幸福滿足的樣子。」

達希伍德太太想不出還要問什麼問題，便叫男僕退下。瑪麗安早已表示，她不想再吃任何東西。達希伍德太太和艾琳諾也沒有什麼胃口。瑪格麗特覺得自己不像兩個姊姊最近經歷那麼多煩心的事情，以致於沒有什麼胃口，她倒是從來沒有一頓晚餐是吃不下的。

等甜點和美酒送上桌時，餐廳只剩下達希伍德太太和艾琳諾，兩母女都靜默不語，沉思許久。達希伍德太太怕說錯話，因此不敢冒然安慰女兒。她發現，過去她一直以爲艾琳諾是會坦白表述一切的這個想法錯了。現在看來，艾琳諾是看到母親已經爲了瑪麗安傷心傷神，爲了不讓母親再爲她擔憂，於是在信中故意將一切發生在自己身上的事情輕描淡寫。老太太發現，她錯以爲自己很了解艾琳諾和愛德華之間的感情，以爲是如她想像中的淡薄，原來這是來自於艾琳諾的體貼，爲了不讓母親再爲她煩心所致。她認爲過去她對艾琳諾太不公平、也太不關心她了，這是由於瑪麗安的痛苦立刻展露在她眼前，因此獲得她全神貫注的照顧，而因此讓她忘了還有一個女兒——艾琳諾可能也陷入痛苦的遭遇中，只是艾琳諾沒有表現出來，也比較堅強。

第48章

艾琳諾發現，對於一件不願意發生的事情，儘管心知肚明會發生，但是期待和事實總不會相同。如今她發現，若愛德華還是維持單身時，她可以一直懷抱著希望，期待他和露西的婚事會受到阻撓。也許是他想娶露西的決心改變，或者來自親友的干涉，或是露西可能遇到更好的良緣，讓衆人可以皆大歡喜。可是現在愛德華已經結婚，她曾經在心中偷偷地奢望，反而害自己陷入更深的痛苦之中。

在他還沒有擔任神職，還沒有養家活口的能力之前，竟會這麼快就結婚（超乎她想像）。剛開始聽到這消息時，著實令她感到驚訝。但是她立刻領悟到，很可能是露西急於想結婚，因爲她怕夜長夢多，他們才會立即在倫敦成婚，然後急著趕去她舅舅家。此時，他們夫婦就在距離巴頓方圓四英里內的地方，愛德華在看見艾琳諾家的僕人，又聽到露西對這僕人所說的話時，心中會做何感想？

艾琳諾猜想，愛德華夫婦會迅速定居在德拉福特這個曾引發諸多聯想，令她深感好奇、卻又想迴避的地方。艾琳諾彷彿看見他們住在牧師住宅中，想像露西渴望表現出聰穎、節儉的典範，卻恥於讓人知道他們的經濟拮据。她儘可能地追求自己的利益，討好布蘭登上校、珍寧絲太太及所有富有的朋友。至於愛德華，艾琳諾想不出他會如何，無論他幸不幸福，都不會使她高興，她想索性把他忘卻，不要多想了。

艾琳諾自我安慰地想，倫敦的親友可能會再捎來更多的信息，多透露一些相關的細節。但是日子一天一天過去，毫無信件，也沒有任何消息。雖然說不上應該怪誰，但是艾琳諾覺得每一個朋友都有錯。他們一定都太粗心大意，或者懶惰。

「媽媽，你什麼時候要寫信給布蘭登上校？」艾琳諾心急地想方設法，期待她關心的事情能有進一步消息，於是問了母親一句。

「親愛的，我上星期就已經寫信給他了，我告訴他，我很渴望能當面見到他，而不是收到他的信。我極力邀請他來看我們，如果這兩天就能看到他，我不會感到驚訝。」

艾琳諾心想：她一定能從布蘭登上校身上，獲得有關愛德華的消息。

想到這裡，突然有個騎馬的男人身影，將她的目光引向窗外。那人停在她們家門口，看來是一位紳士，她心想可能是布蘭登上校。她顫抖地期待著，但是，來者卻不是布蘭登上校——頭髮不像，身高也不像。怎麼可能？居然是愛德華！她再看一次，沒錯——他正下馬，正是愛德華。她離開窗口，坐下來，心想：「他特地從帕拉特先生那裡來看我們。我必須冷靜，我必須保持鎮定自制。」

轉瞬間，她發現她們全家人都察覺到來者不是布蘭登上校，她母親和瑪麗安臉色一變，兩人轉眼看她，交頭接耳說了幾句悄悄話。艾琳諾眞渴望自己能說此話，讓她們了解，她希望不要冷落、怠慢了客人。但是她沒有出聲，只靜靜地看著門口。

大家沉默不語。她們全都安靜地等候客人進門。他穿過石子路的腳步聲，由遠而近，不一會兒便到走廊，接著出現在她們面前。

他進門時，看來不是很愉快，甚至連看到艾琳諾，也沒有轉爲歡愉。艾琳諾的臉色也顯得蒼白、激動。她的神色看來彷彿害怕登門造訪者會受到冷落。達希伍德太太按照女兒的希望，強顏歡笑，勉強迎上前去，和他握手，並且向他問好。

愛德華臉色一紅，結結巴巴地回答了一句沒有人聽得清楚的話。艾琳諾也隨著母親以禮相待，一說完話，她也想和母親一樣能和他握個手。但時機不對，她只好再度坐下來，佯裝著若無其事，隨口談談今天的天氣。

瑪麗安儘可能退到一旁，以免讓人覺察出她的傷感；瑪格麗特並不了解整件事，她只稍微知道一點點。爲了保持莊重，她儘可能找距離愛德華最遠的位置坐下來，而且保持沉默不語。

當艾琳諾一停止天氣概況的話題後，氣氛便顯得有點嚴肅。達希伍德太太打破僵局，說她希望他離開家裡的時候，費拉斯太太一切都安好，愛德華急忙回答說她很好。

又一陣靜默無聲。

艾琳諾雖然害怕聽到自己的聲音，但是仍開口說：

「費拉斯太太住在龍斯塔波嗎？」

「龍斯塔波？」他語帶驚訝地回答。「不，我母親在倫敦。」

「我是指，」艾琳諾邊從桌上拿起針線活，一邊說，「我是說愛德華・費拉斯太太。」

艾琳諾不敢抬頭，但是她母親和瑪麗安都轉頭看著愛德華。他臉色發紅，看來有些不知所措的樣子，幾經猶豫之後才說：

「也許你的意思是——我弟弟——你指的是羅伯特・費拉斯太太。」

「羅伯特・費拉斯太太！」瑪麗安和母親同聲驚訝地大叫——儘管艾琳諾說不出話來，但是她也好奇訝異地盯著他看。他從位子上站起來，走到窗戶邊。他有些手足無措地拿起放在那兒的剪刀，胡亂剪東西，同時慌張地說道：

「也許你們不知道——你們可能沒有聽說，我弟弟最近結婚了——他娶了史荻家的二小姐——露西・史荻。」

他的每一句話都令在場的人震驚不已。愛德華重複了一次他所說的話。艾琳諾一頭埋在針線活裡，激動得不知自己身在何處。

「是的，」他說，「他們上個星期結婚，現在人在多利虛。」

艾琳諾再也坐不住了。她幾乎立刻起身跑出客廳，一關上房門便喜極而泣，一發不可收拾。原本不敢正視她的愛德華，望著她情緒激動地匆匆跑出門，隨即陷入沉思，對達希伍德太太的詢問沒有回答，也沒有任何回應。

最後，他不發一言地離開客廳，朝村子走去，讓達希伍德一家對他這突如其來的舉動，感到驚訝、困惑——她們絲毫不知道事情怎麼會演變成這樣，只有憑自己的想像臆測事情的始末。

第49章

無論如何，愛德華重獲自由，在達希伍德母女看來是很不可思議的事情，不過他眞的是自由之身了。她們也在猜測，愛德華重獲自由之後到訪的用意已經非常明確。他在經歷未愼重考慮，且未經母親同意就訂婚，並因此耗費了四年的時間之後，解除了婚約，應該是立刻會再找其他人訂定婚約的。

事實上，愛德華來到巴頓的目的很簡單，就是要來向艾琳諾求婚。對於求婚，他並不是沒有經驗，但是要向艾琳諾求婚，他還是會感到不安。他迫切需要勇氣和新鮮的空氣幫他壯膽。

然而，當他下定決心抓住機會表白後，立刻獲得回應。大約在他來訪的三個小時之後，也就是四點鐘，衆人都坐下來吃飯時，他已經求婚成功，也徵得達希伍德太太的同意。這不只令他的愛人欣喜若狂，且讓他成爲最快樂的男人。他的喜樂非筆墨可以形容。他的情緒一直非常高亢，不只是因爲兩情相悅、相許的快樂，而是因爲他終於擺脫早已不愛的女人，和早就令他痛苦的婚約——現在他正陶醉在與眞心相愛的女人定情的快樂中。這段感情險些讓他感到無望，如今他不是從懷疑或掛慮中解脫出來，而是從悲慘轉爲快樂，這轉變令他興高采烈、神采飛揚，他的朋友們從來沒看過他這麼快樂過。

現在，他的心完全向艾琳諾敞開——無論是缺點，或是錯誤，他都向她坦承，他以自己二十四歲的年紀，回述他年少輕狂時，對露西那份荒誕的初戀。

「都怪我愚笨、盲目的依戀，」他說，「那時我涉世未深——又沒有工作。我想，如果我十八歲那年，脫離帕拉特先生的照顧之後，我母親若能給我一些積極的專業訓練，我就不會和露西訂婚。因爲雖然我離開龍斯塔波時，不可自拔地愛著帕拉特先生的外甥女露西，但是如果那時有任何能讓我耗費時間或任何我値得追求的工作，並使我與她分離幾個月，我應該很快就會淡忘這段情，尤其我了解自己非得工作不可。但是，我卻沒有任何工作，不但沒有任何專業的工作，也沒有任何選擇的自由，只能回家閒蕩。一年之後，我甚至連名義上的職業都沒有，直到十九歲我才進牛津大學。因此，除了幻想戀愛之外，我幾乎無事可做。由於我母親並沒有給我一個舒適的家，我沒有朋友，和弟弟關係也疏遠，且不喜歡結交新朋友，因此自然會經常回龍斯塔波，那裡至少讓我很自在，有賓至如歸的溫暖感覺，且經常受到歡迎。所以我十八、九歲時，大部分時間都在那裡度過。當時露西溫和、親切，又長得漂亮——至少那時我是這麼想。那時的我很少見過其他女人，無從比較，也看不出她有什麼缺點。所以我就愚蠢地和她訂婚，後來在在證明我這婚約訂得實在愚昧，可是這在當時並非不近人情或是荒唐的行爲。」

短短幾個小時之內，達希伍德太太母女的心情變化非常劇烈。她們欣喜若狂，並全都興奮得睡不著。達希伍德太太高興得坐不住，不知道要如何疼愛德華和讚美艾琳諾。她很想在不傷害愛德華脆弱的感情下，恭喜愛德華重獲自由。她很希望讓這對有情人能無拘無束地促膝長談，而她也能陪在身邊。

瑪麗安喜極而泣，但也不由得顧景自憐，哀傷悲歎。她替姊姊感到高興，但是這種高興之情卻未能提振她的精神，也令她無法暢所欲言。

但是艾琳諾呢？她的感受如何形容？自從知道露西嫁的是別人，愛德華恢復自由之身開始，直到愛德華證實一切的希望都將隨即成眞，艾琳諾的心情翻來轉去，始終無法保持平靜。當她發現心裡的種種疑慮和牽掛都雲消霧散，與她近來陰鬱愁苦的心情有天壤之別。看他正正當當地解除婚約的束縛；看他立即趕來並向她求婚，他的愛一如她所信任的那般眞摯、忠貞不渝。一切都著實令她扼抑不住激動的情緒，簡直快被幸福的感覺沖昏了頭，非得花數個小時才能平復狂喜之情，讓心靈逐漸定靜下來。

現在，愛德華要在達希伍德家的別墅至少待一個星期。即使他還有其他事情要辦，也不可能放棄與艾琳諾相處的快樂，他們至少要有一星期的時間來讓他們互訴過去、現在、未來的衷曲，而且可能只能說出心裡話的一半而已。一般人只要在一起幾小時，就可以聊盡無數話題；但是對戀愛中的情人而言，時間鐵定是不夠用的。他們總有談不完的話題，每一個話題至少要重複二十遍，才算眞正地說完。

「露西爲何會改嫁愛德華的弟弟」這件事是最讓衆人感到疑惑的，也是愛德華和艾琳諾最先想談到的事。就艾琳諾對露西和羅伯特的認識，無論從什麼角度來看，她都想不到他們倆會結婚。他們怎麼會在一起？羅伯特怎麼會娶一個他曾親口告訴艾琳諾，她長得並不漂亮又庸俗的女子？何況她又已經與他哥哥訂婚，哥哥還因此被逐出家門，這些事著實令艾琳諾想不透。她心中儘管覺得這是一樁皆大歡喜的婚姻，但她也不免覺得，這樁婚姻有點可笑，而且充滿了不可解的謎團，眞是太令人費解了。

愛德華只能試圖猜測說，也許他們先是不期而遇，一方的奉承激起了另一方的虛榮心，因此導致了後續發展。艾琳諾記得羅伯特在哥哥家對她說的話，當時他還談到，若是他及時出面調節處理的話，也許可以爲哥哥挽回某種局面。她把那些話向愛德華複述了一遍。

「羅伯特的個性就是這樣。」愛德華立刻報告他的觀察所得，「也許他們剛認識時，羅伯特可能就有某種動機了吧。露西起初也許只是覺得可以找他幫幫我們的忙。其他發展可能是後來才產生的。」

「他們交往了多久？」愛德華也無從得知，無法回答。因爲自從他離開倫敦之後，一直待在牛津，所有關於露西的消息都是來自她的信件。露西來信的頻率和情意依舊一如往常，因此，愛德華從不曾懷疑過會發生什麼變故。直到最後收到露西的親筆信，告訴他結婚的事實。他在驚愕卻又欣喜的情況下，愣了半晌，他想到自己終於獲得解脫。一說完話，他就把那封信拿給艾琳諾看——

親愛的愛德華：

我知道你已經不愛我，因此我將自己的終身託付他人。和他在一起我非常幸福，一如以前我相信和你在一起會幸福一樣。你既然已心有所屬，我也不想和你結婚，在此祝你也能找到幸福。如果我們不能成為好朋友，那肯定不是我的錯，因為現在我們已經是姻親了。我必須說我沒有惡意傷你，也相信你一定會寬宏大量、不計前嫌。你弟弟已擄獲我的心，我們彼此難分難捨。我們剛在教堂結完婚，正要趕往多利虛住幾星期，令弟好奇地想去那裡看看。不過我想先寫這封信給你，打擾了。

你真誠的祝福者、朋友、弟媳

露西・費拉斯

附記：我已將你所有的信件燒毀，且將退回你的照片。也請將我所有的信件燒毀，但是訂婚戒指，還有我那綹頭髮，你可以保留。

艾琳諾讀完這封信，不予置評，把信還給愛德華。

「我不會問你對這封信有何看法。」愛德華說，「以前我不敢把她的信給你看。做弟媳已經夠糟糕了，妻子還得了！看她的信令我感到羞愧！我敢說，自從我們愚昧地訂婚頭半年以後至今，這是她寄給我的信當中，唯一令我感到內容可以彌補文筆拙劣的信。」

艾琳諾停了一會兒之後說：「無論如何，事情總是發生了，他們還是結婚了。你母親自作自受。她因爲對你不滿，而把繼承權轉給羅伯特，還讓他有自由選擇權，並且以一年一千英鎊的收入討好他做他另一個兒子不願做的事，也把長子應得的一切都轉給他。因此，我猜，羅伯特娶露西，一定比你娶露西更讓她覺得受到打擊。」

「她的確會更加受傷，因爲羅伯特最得她的寵愛。不過雖然她會加倍受傷，但是也會更快就原諒他。」

羅伯特這樁婚事會使他們母子間的關係變得如何，愛德華並不清楚，因爲他的家人並沒有跟他提起。在收到露西這封告白信之後兩天內，愛德華便離開牛津，心中只有一個目標，就是以最快的速度趕往巴頓。一路上他沒有時間思考到了巴頓要怎麼做，沿途也沒有時間去考慮與計畫什麼。除非和艾琳諾的感情能定下來，否則他什麼事也沒辦法做。他是急著想要確定這份戀情。儘管他曾經嫉妒布蘭登上校，儘管他對自己的評斷比較謙虛、談起自己的疑慮還是非常有禮，但是他預料還不致於得到冷落的回應。無論如何，他說他是這樣期待的，而且說得委婉動聽。不過一年以後這些話要怎麼說，只能留給夫妻去想像了。

艾琳諾很清楚，露西讓達希伍德家的男僕湯瑪斯傳話，目的是要讓她們誤解愛德華。而愛德華現在也看清楚露西的性格。他毫不懷疑她本性不良，什麼事都做得出來。早在他認識艾琳諾之後，他就看出露西無知、沒有智慧，但他只覺得那是因爲她沒受過太多教育的緣故。在收到她寫的最後一封信之前，他一直誤以爲她是一個隨和、心地善良，且對他一往情深的女子。因此，他一直不肯辜負她取消婚約，但其實早在他母親爲這樁婚事大發雷霆以前，他就已經爲這樁婚約煩惱、後悔不已。

「我覺得，那是我的責任，」他說，「當我母親與我斷絕母子關係，當我孤立無援時，撇開我自己的感情不談，我覺得應該給露西選擇的權利，看她要不要繼續這個婚約。我無法想像，在這種情況之下，她仍堅持與我同甘共苦。直到如今我還是不明白，是什麼動機或利益，使她甘心想嫁給她一點也不愛，且總財產只有兩千英鎊的男人？那時她並不知道布蘭登上校會送我牧師俸位。」

「不，她可能猜想，你將來也許會出現什麼有利的情況，或者你家人到時候可能會心軟。無論如何，她繼續這個婚約應該不會有什麼損失，因爲她已經證明，這樁婚約束縛不了她的思想和行動。這門婚事是很體面的，也許可以讓她在親友面前提升地位。就算你們的經濟狀況不能好轉，嫁給你總比單身好。」

明白這個原因之後，愛德華立刻了解露西爲何對他這麼一往情深，她的動機也不言而喻了。

艾琳諾責備愛德華已經訂婚，還花那麼多時間和她們待在諾蘭園，那時他內心一定是天人交戰。

「你那時的行爲大錯特錯。」她說，「因爲，這不是我一廂情願的看法，我的親友們都想著以你當時的處境，根本不可能犯下如此的錯誤。」

他只能爲他的無知坦承錯誤，並請求她原諒。

「我當時的想法太簡單了。我以為既然和別人有了婚約，和你在一起就不會有危險。我只要想到自己已有婚約，我就會安份守己，保持忠貞。我只覺得尊敬你，我告訴自己，我對你只是存著友誼。直到我開始拿你和露西比較時，我才知道自己已經愛上你，無法自拔。從那之後，我覺得繼續留在蘇塞克斯是不對的，我如此自我安慰，有危險的是自己，我只會傷害到我自己，不會傷害任何人。」

艾琳諾搖著頭，微微一笑。

愛德華很高興聽到布蘭登上校將會來訪，他不只希望能多認識上校，而且希望有機會讓他相信，他不再怨怪上校送他德拉福特教區牧師職俸一事。

他說：「之前我那麼不禮貌地向上校道謝送我牧師的俸位，他一定會以為我永遠不會原諒他的提議。」

之前愛德華從未去過德拉福特教區。他對擔任該教區牧師一事，興趣不大。有關牧師住宅、花園、教會附屬地、教區大小、教會屬地的情況、教友繳交十一稅率奉獻等事，都是艾琳諾認眞聽布蘭登上校說的，因而瞭若指掌。

她和愛德華之間只剩一個困難的問題還沒有解決。他們彼此相愛，也獲得親朋好友最熱烈的祝福。他們的幸福可期，只是希望生活能不憂慮。愛德華只有兩千英鎊收入，而艾琳諾只有一千英鎊，加上德拉福特的牧師薪俸，就是他們倆所有的資產了。達希伍德太太不可能提供什麼嫁妝。愛德華和艾琳諾都覺得，即使他們再相愛，一年三百五十英鎊的俸給並不足以提供舒適的生活。

愛德華對母親還抱著一絲希望，企盼母親能改變初衷，這樣他們就可以增加生活費用。但是艾琳諾卻不這麼想。因爲，既然愛德華還是不願意娶莫頓小姐，而選擇了艾琳諾，在費拉斯太太眼中跟他娶露西相比只是憎惡少一點而已。艾琳諾擔心羅伯特忤逆了母親，可能只會讓芬妮漁翁得利，使母親將遺產轉給她。

愛德華抵達大約四天後，布蘭登上校也來到。達希伍德太太眞是心滿意足了，這是她搬到巴頓以來，第一次有這麼多貴客臨門，讓她的小別墅都不夠住。由於愛德華先到，擁有住在別墅的特權，布蘭登上校只好每天晚上都回到巴頓園投宿，第二天早上再回小別墅。不過他每天都來得太早，打擾到愛德華和艾琳諾這對情侶早餐前的情話綿綿。

布蘭登上校住在德拉福特那三個星期，每天晚上都左思右想，想著三十六歲和十七歲不相稱的年紀。他帶著這樣的心情到巴頓來，只有看到瑪麗安一切好轉，對他熱切地歡迎和達希伍德太太不斷地精神鼓舞，他才會振作精神。果然，在朋友的關愛下，他終於又再度精神奕奕。來巴頓之前，他並沒有聽到有關露西的傳言，所以並不知道最近發生了什麼事情。

因此在他抵達的數小時之內，就處在聆聽與驚異之中。達希伍德太太把所有事情一五一十地告訴他。他發現他幫愛德華的忙，有額外令他興奮的理由，因爲最後等於是幫了艾琳諾一個大忙。

這兩位紳士進一步互相認識之後，對彼此讚賞。他們兩人待人處世的原則、理智、性情和思考模式都很相似，光是這些因素就足以讓他們滋生友誼，何況他們同時愛上達希伍德家的兩姊妹，更使他們彼此關懷。

來自倫敦的信，幾天前還會令艾琳諾感到緊張焦慮，現在她卻可以開開心心地閱讀這些信件。珍寧絲太太的來信訴說有關露西拋棄愛德華的事，以便替艾琳諾出一口氣，並且對愛德華表示憐憫。珍寧絲太太肯定地指稱，愛德華因爲愛上那個不值得愛的輕浮女子，現在大概正心碎地待在牛津。——她繼續寫道：「我從來沒有遇過這麼詭異的事。兩天前露西才來找我，和我聊了幾個小時，誰也沒有起疑心。沒想到，安娜這可憐的孩子第二天就哭哭啼啼地跑來，說她怕極了費拉斯太太，又不知道要怎麼回普里茅斯，因爲露西似乎在結婚之前借光安娜的錢，以誇示自己富有，害得可憐的安娜身無分文。因此我只得給安娜幾枚金幣，好讓她回埃克塞特。她準備在那裡和柏格斯太太住上幾個星期，並希望能有機會再和那個博士見面。我不得不說，露西不肯讓安娜和他們夫婦一起坐馬車，實在是非常惡劣。可憐的愛德華！我一直牽掛著他，你一定要邀他到巴頓去，並且請瑪麗安安慰他。」

約翰．達希伍德的來信口氣比較嚴謹。他一直認爲，費拉斯太太才是最不幸的女人——可憐的芬妮也受創嚴重——他覺得，她們母女倆遭受如此打擊，還能倖存於世，實在令他感恩。羅伯特私訂終身確實不可原諒，但露西更是罪加一等。以後費拉斯太太絕不要別人在她面前，再提起他們兩個人。即使她以後會原諒她的兒子，她也絕不會把露西當媳婦看，而且絕不會允許露西出現在她面前。他們兩人凡事保密，更是罪不可赦，因爲只要這樁婚事略微走漏風聲，費拉斯太太必定可以加以阻止。約翰．達希伍德要求艾琳諾加入他的行列，對露西違背婚約未嫁給愛德華，給費拉斯家帶來更大痛苦，同表遺憾。

他因此做了以下結論：

「費拉斯太太再也不提愛德華的名字，這倒是一點兒也不令我們驚訝。令我們大惑不解的是，愛德華在這種情況下一直沒有寫信回家。無論如何，也許他是因爲害怕觸怒母親，所以保持沉默，因此我寫信去牛津暗示他。我和他姊姊都認爲，他應該寫一封順從母親意思的『認錯信』給芬妮，再由芬妮把信轉交給母親，這樣就不會有差錯。因爲我們全都知道費拉斯太太刀子口豆腐心，她希望與她的子女有美好的關係。」

這番話對愛德華的未來前途和行動具有重要性。這使他決定試圖與母親和解，但並不是用姊姊和姊夫所建議的方式。

「寫一封中肯的認錯信！」他回答，「他們要我為羅伯特背信棄義而迎娶露西，侵害我的尊嚴，而去向我的母親道歉？我寫不出這樣的認錯信。過去所發生的事情並未頓挫我的志氣，或讓我覺得需要悔悟。我只覺得現在非常快樂，但是這並不符合他們的期望。我認為自己根本不需要寫什麼認錯信。」

「你當然可以請求母親原諒。」艾琳諾說，「因為你確實冒犯過她。我覺得，你現在應該大膽地為你曾經私下訂婚，以致於惹母親生氣，而表示愧疚。」

他同意照辦。

「等你母親原諒你之後，你再謙卑一點承認第二次的訂婚，也許會好一點，否則在她看來，這次訂婚和第一次訂婚一樣魯莽。」

他不反對艾琳諾的看法，但是仍然堅持不寫中肯的認錯信。他聲稱，要做這種讓步，還不如親口說。因此，為了不為難他自己，他決定親自跑一趟倫敦，當面求芬妮幫忙。

「如果他們真的願意幫忙愛德華與母親和解，」瑪麗安帶著公平而坦率的性格說，「哥哥和嫂嫂的為人也不是一無是處。」

布蘭登上校只待了三、四天，兩位紳士便一道離開巴頓。他們立刻去德拉福特，愛德華則親自造訪他未來的家園，並協助他的贊助者兼好友敲定這屋子有哪些地方需要修繕。在那裡待了兩夜之後，愛德華便啓程前往倫敦。

第50章

費拉斯太太似乎非常怕別人說她心軟。爲了顧及面子，在口頭、態度上堅持不原諒兒子的行徑之後沒過多久，便允許愛德華回到家裡，並宣布恢復母子關係。

最近，費拉斯家的變動很大。多年來她一直擁有兩個兒子，一直到幾個星期以前，愛德華私訂終身的事曝光，使她失去一個兒子；接著羅伯特又犯下同樣的罪過，使她一夜之間兩個兒子盡失。此刻才又失而復得，重獲愛德華這個兒子。

儘管他獲准與母親恢復母子關係，但是直到他透露他已經與艾琳諾有婚約之前，他一直沒有安全感。他擔心在這種情況下公開婚約，會像先前一樣悲慘。因此他宣布這件事情時，非常小心翼翼，也非常冷靜地觀察母親的反應。起初，費拉斯太太非常理性地規勸他，不要娶達希伍德大小姐，因爲她沒有什麼財力，莫頓小姐擁有比較高的地位和財產。她並且強調，莫頓小姐是貴族之後，擁有三萬英鎊的財產，而達希伍德小姐只是一位紳士的女兒，總財產只不過三千英鎊。但是費拉斯太太發現，儘管她苦口婆心地陳述這兩個女孩子的差別，她的兒子卻充耳不聞、無意服從。費拉斯太太想到前車之鑑，只得屈服——因此，又爲了再度維持尊嚴，她在冷淡、延宕中，終於宣稱同意讓愛德華和艾琳諾結婚。

費拉斯太太接下來要考慮的事情，就是該如何增加他們的收入。問題很明顯，雖然愛德華現在是她唯一的兒子，但卻沒有繼承權了。她已經答應要給羅伯特每年一千英鎊。因此她得接受愛德華靠頂多兩百五十英鎊的牧師俸給過日子。她已經給了芬妮一萬英鎊了，無論現在或未來，她都無法再給出更多的承諾。

然而這已經超過愛德華和艾琳諾所求所想，反而是費拉斯太太不斷對她自己找藉口說沒有給愛德華更多的錢而感到驚訝。

有了足以生活的費用之後，等愛德華接受牧師一職，再等住處修繕後，就萬事俱備了。布蘭登上校渴望讓艾琳諾住得舒適，因此準備大肆整修之後再進駐，哪裡知道修繕工程一再拖延。艾琳諾原先堅持先辦完其他事再結婚。現在只好改變主意，計畫初秋在巴頓教堂舉行婚禮。

他們婚後的第一個月，是與布蘭登上校在莊園宅邸度過的。在這裡，他們可以監督牧師住宅修繕工程的進度，在現場指揮工人做他們想要的改善；他們也可以選擇壁紙、灌木林品種，並且設計前院花園的景觀。珍寧絲太太的預言成眞了，因爲她可以在聖米迦勒節之前，到牧師住宅去拜訪這對夫婦，她發現艾琳諾和她的丈夫是世界上最幸福的一對夫妻。事實上，他們也沒有什麼奢望，只期待布蘭登上校和瑪麗安能結良緣，而他們的乳牛能吃到上好的牧草。

愛德華和艾琳諾一結完婚，幾乎所有的親朋好友都來拜訪。費拉斯太太也來查看這對她幾乎恥於同意的婚姻，是否過得幸福，甚至連約翰．達希伍德夫婦也大老遠從蘇塞克斯來探望這對新婚夫婦。

「我不說我感到失望，親愛的妹妹。」約翰．達希伍德有一天早上與妹妹一起在德拉福特牧師住宅前散步時表示，「那樣說有些言重了，你確實是全世界最幸運的年輕女子，因爲我覺得，能與布蘭登上校結爲姻親，是很榮幸的事情。他在這裡的財產、地位、屋子，還有一切，多麼卓越、値得尊敬！何況他還擁有一大片林地！我在多塞夏郡從來沒見過像德拉福特山坡上那麼好的木材！也許瑪麗安並不是眞正吸引上校的人，但是我想，現在你應該找機會讓他們經常來你這裡，因爲布蘭登上校好像經常足不出戶，沒有人知道會發生什麼事情。只要兩人經常在一起，你就能爲他們製造機會，你了解我的意思吧。」

儘管費拉斯太太過來探望這對新婚夫婦，但是卻對他們虛情假意，他們從未眞正獲得母親的歡心，這都是因爲羅伯特的愚昧和露西的狡猾。這對夫妻努力籠絡母親好幾個月才終於得逞。露西當初的自私、刁鑽，使羅伯特不顧母親的反對，陷入與她結婚的家庭困擾中。

如今她想爲他扳回一城，因此只要一有機會巴結婆婆，露西就顯得非常謙卑、殷勤體貼、不停地奉承，最後終於贏得費拉斯太太對他們婚姻的認可，恢復以往對羅伯特的寵愛。

露西在整件事情中的表現，以及整件事情的反敗爲勝，在在顯示自私的好處，無論事情受到什麼樣的阻撓，只要追求，最後都能順利達成目的，自私的人頂多只是犧牲一些時間和良心罷了。羅伯特第一次認識露西，是在巴特勒特大廈，那時他原只想勸她放棄和他哥哥的婚約。羅伯特本來以爲和露西談一兩次，就可以解決這問題。不過，就這觀點而言，他錯了。因爲露西每次總給他希望，讓他錯以爲憑他三寸不爛之舌，必定可以說服她放棄和他哥哥的婚約。於是他便再度約她、再度和她談話，一直想要說服她。每次當他告辭後，她會表現出好像還有些疑問，覺得還需再和他談談，才能釋疑。於是他就繼續與她見面約談。於是，她把他套住了。他們起初是在談愛德華，後來卻全只談羅伯特。這是他最樂於攀談，且話匣子一開就談不完的話題，她也立刻表現出聆聽者大感興趣的表情。此後雙方立刻發現，羅伯特已經取代哥哥在她心目中的地位。羅伯特非常驕傲自己征服了露西的愛情，也驕傲他耍了哥哥，更驕傲於未經母親同意就私訂終身。接下來發生什麼事，大家都知道了。

他們在多利處度過好幾個月快樂的日子，因爲露西可以避開許多親朋好友——他則畫了好幾個草圖要建造豪華別墅。之後他們回倫敦，他聽從露西的建議，尋求母親的饒恕，他們採用露西的權宜之計，極力討好母親。起初，費拉斯太太只饒恕羅伯特一個人。事實上這是很合理的，露西並沒有欠費拉斯太太什麼，因此算不得犯了什麼家規，雖然過了幾個星期她仍然沒有被寬恕，但是她百折不撓的謙恭舉止、爲羅伯特私訂終身而自責，即便遭到婆婆苛刻的對待仍心存感恩，使她贏得高傲婆婆的注意，最後溫和有禮地對待她，甚至快速地視她如掌上明珠。露西搖身一變，成了費拉斯太太身邊不可或缺的重要人物，一如羅伯特和芬妮一樣。儘管愛德華曾經想娶露西的事，從來沒有獲得母親由衷地原諒；儘管艾琳諾的財富和出身背景比露西好，卻一直被當成入侵者，但是這一切都沒有影響露西的地位。費拉斯太太凡事都會想到露西，也經常公開宣稱她是受寵的媳婦。羅伯特和露西定居在倫敦，每個月按時收到母親供給的慷慨資助，也與約翰・達希伍德夫婦維持良好的關係。只要暫時將露西和芬妮姑嫂之間的嫉妒和敵意撇在一邊，也暫時不管羅伯特和露西之間偶有的爭吵，他們一家人在一起還算和樂。

愛德華爲何失去長子的繼承權？這令許多人感到疑惑。羅伯特到底憑什麼獲得長子的繼承權？也許更令人困惑。看來這事情沒有什麼公平與否可言。因爲從羅伯特的生活或談話模式看來，他一點都不後悔侵佔哥哥權利而獲得大筆財產，也不會因爲自己拿得太多了，而感到懊惱。若從愛德華來看，他樂於履行自己的職責，他對太太越來越寵愛，經常保持精神快樂。他可能對這樣的命運感到心滿意足，絲毫不想有所改變。

艾琳諾並沒有因爲結婚而與家人分離，也沒有讓巴頓別墅完全被棄之不顧，因爲她母親和兩個妹妹有大半時間和她在一起。達希伍德太太頻頻造訪德拉福特，一來爲了散心，二來也另有目的。她希望能製造機會撮合瑪麗安和布蘭登上校，希望他們以更自然的方式彼此交往，這是她目前唯一的目標。雖然她也渴望女兒在身邊陪伴，但是她更希望上校有瑪麗安相伴一生。愛德華夫婦也抱著同樣的期望，他們都感受到上校的悲傷和自己的責任。他們一致認爲瑪麗安將可彌補這一切。

瑪麗安在長時間和上校相處之下，更了解他的優點，並相信他對自己堅定的愛意。這也是大家有目共睹的深情，最後她終於也感動了，她不得不自問該怎麼辦？

瑪麗安的命運與衆不同。她發現自己過去的看法錯誤，並且極力付出行動改正她既往的格言。她註定要擺脫十七歲的那段舊戀情，而且懷著崇高的敬意和愉悅的情誼，心甘情願地伸出她的雙手、交出她的心、迎接他的愛！另一個男人曾經遭受失戀而受苦，其痛苦的心情甚至不亞於她。兩年前，她還覺得上校年紀大她太多，不適合嫁，而且還穿著法蘭絨馬甲保護身體！

事情的發展就是這樣。瑪麗安沒有像以前那樣天眞地期待，爲不可抗拒的愛情犧牲奉獻；也沒有像她曾經做的決定，要永遠留在母親身邊，終生以閱讀自愉。後來她更以冷靜、縝密的判斷，做了另一個決定——她發現她已經十九歲了，她沉浸於新的戀情，擔負新的責任，必須安頓新家，做一個妻子、家庭主婦和莊園的女主人。

布蘭登上校現在非常幸福，一如所有深愛他的朋友相信他必然會贏得幸福。瑪麗安為他過去的創傷帶來安慰。她的關愛和陪伴鼓舞他的心志，使他振作，恢復了活力。瑪麗安也因為上校的心靈重建而感到幸福，其他朋友看到他們恩愛的情形，也感到高興。瑪麗安的愛總是那麼濃烈，她的心就像一度完全獻給魏樂比一樣，現在全然地獻給丈夫。

魏樂比聽說瑪麗安結婚了，難免一陣心痛。史密斯太太的原諒，使他所受到的懲罰達到了頂點。史密斯太太曾經表示，如果他娶一個有品格的女人，她就會憑她的仁慈，寬容他先前的罪過。這使他相信，如果他對瑪麗安始終如一地忠誠以對，今天他可能就是最幸福、富有的男人。他為自己罪行懺悔的誠摯是無庸置疑的，有一段很長的時間，他只要一想起布蘭登上校，就感到嫉妒；一想起瑪麗安，就感到懊悔。但是他並沒有一直沉溺在抑鬱的心情中，也沒有離群索居、意志消沉或心碎。他活得盡興，經常自愉。他太太並不是經常脾氣失控，家庭也不是經常失和！他飼養馬匹和獵犬，從事各項運動，這帶給他不少家居之樂。

無論如何，他心底深處依舊常繫著瑪麗安。雖然他的魯莽使他失去了她，但他依舊關心瑪麗安。他對所有與她有關的事情感興趣，且視她爲女性的完美典範。這之後，任何美女都令他覺得無法與瑪麗安——布蘭登夫人相提並論。

達希伍德太太依舊住在巴頓別墅，並沒有打算搬到德拉福特，這是約翰爵士和珍寧絲太太的福氣。瑪麗安出嫁之後，瑪格麗特也已屆參加社交舞會的年紀，可以交男朋友了。

巴頓和德拉福特之間，因爲強烈的親情而經常有連繫。艾琳諾和瑪麗安都過得非常幸福甜蜜。兩姊妹住得很近，相處融洽，她們的丈夫彼此的來往也很熱絡。

國家圖書館出版品預行編目資料

理性與感性 / 珍奧斯汀著：楊淑智譯——三版，
——台北市：遊目族文化，2013.08
416 面 ； 14.8 × 21公分
譯自 ： Sense and Sensibility
ISBN 978-986-190-028-5（25K精裝）

873.57 102012828

理性與感性

文 / 珍 · 奧斯汀
譯 / 楊淑智
總編輯 / 郝廣才
責任編輯 / 張玲玲、曾文娟、林煜幃、洪筠婷
封面設計 / 王叙淳
內文排版 / 華漢電腦排版有限公司
出版發行 / 遊目族文化事業有限公司
地址 / 台北市新生南路二段二號三樓
電話 / (02)2351-7251 傳真 / (02)2351-7244
網址 / www.grimmpress.com.tw
讀者服務信箱E-mail / grimm_service@grimmpress.com.tw
ISBN / 978-986-190-028-5
2013 年 8 月三版 1 刷
2015 年 6 月 2 刷
定價 / 320元